도서관에는 마녀가 필요하다

fioret

도서관에는 마녀가 필요하다 5

초판 1쇄 인쇄 2018년 2월 14일
초판 1쇄 발행 2018년 2월 21일

지은이 이청
발행인 오영배
기획 박성인
책임편집 박주애
디자인 권지연
제작 조하늬

펴낸 곳 (주)삼양출판사 · 피오렛
주소 서울시 강북구 도봉로 173
대표 전화 02-980-2112 **팩스** / 02-983-0660
편집부 전화 02-980-2116 **팩스** / 02-983-8201
출판등록 1999년 3월 11일 제9-00046호

ISBN 979-11-283-9316-7 (04810) / 979-11-283-9311-2 (세트)

+ 이 도서의 국립중앙도서관 출판시도서목록(CIP)은 서지정보유통지원시스템홈페이지(http://seoji.nl.go.kr)와 국가자료공동목록시스템(http://www.nl.go.kr/kolisnet)에서 이용하실 수 있습니다. (CIP제어번호: 2018003936)

도서관에는 마녀가 필요하다

5

이청 장편소설

fioret

Contants

14.

수수께끼에는 해답이 필요하다

사경을 헤매던 베시가 눈을 뜬 후, 하루가 지났다. 저스틴이 곁을 지키는 가운데, 그녀는 침대에서 잠으로 시간을 보냈다. 처음에는 저스틴의 다정한 손짓 하나, 눈빛 한 번에 마냥 설레어 하던 베시에게 변화가 찾아온 것은 바로 그 이튿날부터였다.

* * *

맑은 수프를 몇 입 먹고 잠든 후, 그녀는 꿈을 꿨다. 환영의 잔재가 남은 꿈은 끔찍했다. 저스틴이 제 앞에서 죽어 가는 모습을 바라보기만 해야 했다. 악몽에서 소스라치게 놀라 일어나니 새벽녘이었다. 벽에 기대어 잠든 저스틴이 보였다. 베시는 그가 깨어나기 전까지, 오래도록 그를 지켜보았다. 눈을 감으면 다시 악몽이 시작될 것 같았으니까.

두 번째 날, 얕은 잠 사이에 또다시 악몽이 찾아왔다. 이번 악몽은 저스틴이 저를 떠나는 내용이었다. 역시 마녀를 사랑하는 게 아니었다고 그는 후회하였다. 베시는 꿈속에서 몇 번이나 울었다. 그를 붙잡지도 못했고, 보내지도 못했다. 눈을 떴을 때, 베시는 시트가 흠뻑 젖었다는 걸 알았다. 저스틴은 찬 물수건으로 그녀의 눈을 닦아 주며 무슨 슬픈 꿈을 꾼 것이냐 물었다.

베시는 아무 대답도 하지 않았다.

그 이튿날에도 베시는 꿈을 꾸었다. 저스틴에게 고백을 받아 느꼈던 행복함과 설레던 마음이 차츰 밑바닥으로 가라앉았다. 저스틴이 다정하게 저를 보살펴 주면 줄수록, 그 통증은 더욱 심해졌다. 아무래도 독의 후유증이 아직 남은 모양이라 생각해 봐도 한 번 가라앉은 것을 다시 떠오르게 하는 건 쉽지 않았다.

지하 수로에서 다 죽어 갈 때보다도 지금이 더 괴로웠다. 지나치게 달콤해서 결코 깨고 싶지 않다고 생각했던 환상이 차라리 깨지길 간절히 바랄 수밖에 없었다.

그나마 베시가 숨통을 트일 수 있었던 건 저스틴에게 부단장 복귀 명령이 떨어지면서였다. 저스틴은 계속 그녀의 곁을 지키고 싶어 했으나, 황제의 명을 어길 수는 없었다. 결국 그는 시간이 날 때마다 몇 번씩 베시가 안정을 취하는 객실로 찾아왔다.

하지만, 다른 누구도 아닌 베시가 그것을 거부하였다.

“이렇게 자주 올 필요는 없어요, 저스틴 군. 바쁘잖아요.”

“당신이 걱정되어서 한시라도 눈을 떼고 싶지 않습니다.”

“걱정할 게 뭐가 있어요? 여긴 이 수도에서 가장 경비가 철저한 공간이잖아요.”

객실 근처에는 붉은 늑대 기사 몇 명과 경비대에서 파견된 경비대원들이 경호를 서고 있었다. 베시의 말은 타당하였으나 저스틴은 단지 그녀가 그 이유 때문에 저를 내쫓으려 하는 게 아니라는 걸 눈치챘다.

“당신이 없어도 괜찮으니까 안심하고 일하세요. 설마 하얀 사자 기사단의 부단장이나 되는 분이 시간이 남아도는 건 아니겠죠? 그런 거라면 차라리 저한테 지금 상황이 어떻게 돌아가는지를—”

“베시.”

조용하게 저를 부르는 목소리에 베시가 얼른 입을 다물었다. 평소 같으면 곧바로 저스틴의 눈을 보고 장난스럽게 너스레를 부렸을 그녀였다. 하지만 베시는 시선을 피하고 있었다. 단지 부끄러워 그를 피하는 것처럼 보이지는 않았다. 그것의 의미는 단 하나였다.

그녀는 저스틴과 보내는 시간을 불편해하고 있었다.

어째서? 분명 자신의 고백에 뺨을 붉게 물들이며 키스를 받아들여 준 그녀였다.

‘하지만 나와 같은 마음이라 답해 주지는 않았지.’

그것을 깨달은 저스틴은 저도 모르게 온몸에서 힘이 주르륵 빠지는 것만 같았다. 초조해진 그는 베시를 향해 묻고 싶어졌다. 당신이 이렇게 낯설게 나를 대하는 이유가 대체 무엇이냐고. 조금만 더 감정이 끓어올랐다면— 그리고 베시의 안색이 유독 창백하다는 사실을 깨닫지 못했다면, 그랬을지도 몰랐다.

저스틴은 부쩍 야윈 베시의 얼굴을 보고 단단히 제 마음을 붙잡았다. 그녀는 의식을 되찾은 지 일주일도 채 안 된 환자였다. 아직 마음이 혼란스러워 저를 대하는 태도 역시 어색해진 것일지도 모른다. 저스틴은 느긋하게 기다리기로 마음먹었다. 어차피 자신은 베시를 놓칠 마음이 없었으니까.

"……뭔가 필요한 건 없습니까, 베시?"

당신이 원하는 건 무엇이든 가져다 바치겠노라며 저스틴이 물었다. 베시는 고개를 저었다. 저스틴은 바짝 애가 탔다. 해 주고 싶은 것은 산더미 같은데, 정작 상대가 그걸 원하지 않으니 아무것도 해 줄 수 없었다. 이런 무력감을 느껴 보는 것은 처음이었다.

"조금 쉬고 싶어요. 난 괜찮으니, 당신은 이만 가 봐요."

그녀가 홀로 있고 싶어 한다는 걸 깨달은 저스틴은 고개를 끄덕였다. 마음 같아서는 자리를 떠나고 싶지 않았으나 동시에 그녀가 원하는 건 무엇이든 해 주고 싶은 마음도 있었다.

"알겠습니다, 베시. 푹 쉬십시오."

다정하게 인사를 마친 그가 객실 밖으로 사라지자 베시는 한숨을 내쉬었다

"……미안해요, 저스틴."

그렇지만 지금은 당신을 보는 게 조금 힘드니까. 닿지 않을 사과를 중얼거리는 사이, 또 심장이 욱신거렸다. 좋지 않은 징조였다.

베시는 이미 비쩍 말라 버린 식은땀을 훔쳐내려는 것처럼 이마를 문질렀다. 오늘도 악몽에서 깬 터라 온몸이 땀에 흠뻑 젖어 있었다. 그것을 저스틴에게 보이기 싫어 일부러 이불 속에 푹 파고들었던 베시가 시트 자락을 걷어 냈다. 제가 보기에도 지나치게 마른 손목이 마치 고목 가지 같았다.

'언제부터 내가 이렇게 나약해진 걸까. 이것도 독의 후유증 때문인 걸까?'

그녀는 악몽의 원인이 제 마음 때문이라는 걸 인정하고 싶지 않았다. 아무렇지 않은 척하고 싶었다. 그 남자가 이미 제 삶의 일부가 되어 버렸다고 생각하고 싶지 않았다. 자신을 바라보는 그 남자의 눈빛에서 깊은 애정을 읽고 기뻐하는 자신이, 그러면서도 그에게 아무 대답을 돌려주지 않는 자신이 싫었다.

그러나 그를 좋아하는 마음 하나로 결론을 서두를 수는 없었다. 아무리 자신이 저스틴을 좋아하고, 저스틴 역시 자신을 좋아한다고 해도—

감정만으로 결정할 수 있는 문제가 아니었다. 이건 베시뿐만이 아니라 저스틴의 일생이 걸린 일이기도 했다.

동화는 언제나 행복한 결말만을 보여 준다. 사람들은 그 뒷이야기를 궁금해하지 않는다. 그럴 필요가 없었다. 이야기는 이미 행복하게 끝났으니까.

하지만 베시는 때때로 생각하였다.

그들의 이야기가 정말 그걸로 끝일까? 주인공은 고난과 역경을 견뎌냈기에 정말 영원한 행복을 보장받을 수 있는 걸까?

인생은 마치 커튼이 내려오는 무대 같은 것이라 아무리 근사한 쇼를 관객에게 보여 주었다고 하더라도, 후회가 남기 마련이었다.

하물며 그것이 온전히 제 것이 아니라 다른 사람의, 제가 진심으로 행복해지길 바라는 남자가 일생이 걸린 문제라면 더더욱 후회하고 싶지 않았다.

'당신은 틀림없이 날 행복하게 해 줄 수 있을 거야. 그럼 난? 당신을 정말 행복하게 해 줄 수 있을까?'

며칠째, 밤을 새워 고민하던 문제에 대한 대답은 아직도 좀처럼 나오질 않았다.

덜컥 겁부터 먼저 났다.

부모님을 그렇게 떠나보냈던 것처럼, 혹은 다른 마녀들이 겪어왔던 수많은 비극처럼 저스틴을 잃게 되면 어쩌나 하는 생각이 들었다.

지금도 이렇게 그를 아끼는데, 지금보다 더 많이 그를 사랑하게 된 후에 잃게 되면 절대 살아갈 수 없을 거라는 생각이 들었다.

베시는 눈을 스르르 감았다. 저스틴이 대답을 재촉하지 않는 걸 빌미 삼아 하는 제 행동이 얼마나 이기적인 것인지 알고 있었다. 그런데도 저를 조용히 기다려 주는 저스틴이 고마웠다. 그리고 미안했다.

"저스틴. 나는 당신을……."

그가 없는 자리에서 베시는 몇 마디 말을 속삭였다. 텅 빈 공기에 울리는 제 목소리가 공허한 메아리처럼 서글프게 들렸다.

*　　*　　*

그녀가 의식을 되찾았다는 소문을 들은 이들이 모두 면회를 희망하였다. 황실 주치의는 베시의 상태가 아직도 위중하다 판단했기 때문에 그 누구의 면회도 허락하지 않았다.

하지만 파나세아의 약 덕분에 베시가 놀라운 회복 속도를 보이자, 주치의는 착잡한 얼굴로 면회를 허락해 주었다.

제일 먼저 베시를 찾아온 사람은 물론 이네딧 부인이었다.

"관장님!"

이네딧 부인은 베시를 보자 주름진 눈에 눈물을 그렁그렁 단 채, 그녀를 와락 끌어안았다. 베시의 옷이 금방 축축하게 젖어 들었다. 그녀는 어색하면서도 이네딧 부인의 등을 가볍게 토닥여 주었다.

"걱정 끼쳐서 미안해요, 이네딧 부인."

"……제가 제 명에 못 죽으면, 다 관장님 탓일 거예요."

한참을 운 후, 이네딧 부인이 벌겋게 부은 눈가를 비비며 불평을 터트렸다.

“이제 부상은 나으신 거죠? 어머! 제가 혹시 너무 세게 끌어안았나요? 상처가 덧나기라도 하면—”

훌쩍이던 이네딧 부인은 베시를 끌어안고 있던 팔을 재빨리 풀고 그녀의 몸을 살폈다. 베시는 웃는 얼굴로 고개를 저었다.

“아니에요. 상처는 거의 다 아물어서 크게 문제될 건 없어요.”

거짓말은 아니었다. 칼에 베인 자상이나 다른 자잘한 상처들은 모두 깔끔하게 치료할 수 있었다.

문제는 체내에 남아 있을지도 모르는 독이었다.

아무리 로젠베리를 이용하여 치료했다고 하더라도 독에 당한 후, 상당 시간이 경과되고 나서 치료를 한 지라 부작용이 있을 수도 있었다.

그나마 이렇게 수월하게 치료가 가능했던 건, 베시를 납치했던 남자가 독의 양을 조절해서 썼기 때문이었다. 조금이라도 더 강하게 독을 썼다면 틀림없이 베시는 온전한 상태를 유지할 수 없었을 것이다.

물론 베시는 이네딧 부인 앞에서 이러한 사정을 구구절절하게 늘어놓을 마음이 없었다.

“제 친구 중에 기가 막히게 약을 잘 만드는 마녀가 있거든요. 그 친구가 보내 준 약 덕분에 상처는 다 나았어요. 이거 보세요. 흉터 하나 없잖아요.”

이네딧 부인을 안심시키기 위해 베시는 단추를 풀어 몸을 보여 주었다.

“관장님, 알았어요. 알았으니까 얼른 옷 다시 입으세요. 감기 드시겠어요.”

추운 날씨도 아니건만, 이네딧 부인은 심각한 얼굴로 얼른 베시에게 이불을 덮어 씌웠다.

“에이, 감기는 무슨. 부인도 가만 보면 엄청 걱정 많은 타입이라니까요.”

단추를 다시 제대로 잠그며 베시가 고개를 절레절레 저었다. 그녀의 걱정을 덜어 주기 위해 한 행동이었는데, 오히려 이네딧 부인의 얼굴빛이 더 좋지 않았다.

“……관장님.”

이네딧 부인의 목소리가 전에 없이 엄하자 베시는 자세를 바로 하였다.

“네.”

“참으려고 하지 마세요.”

베시는 눈을 동그랗게 떴다. 이네딧 부인의 입에서 나온 말이 예상 밖의 것이었다. 뭘요? 베시가 그렇게 묻기 전에 이네딧 부인의 말이 이어졌다.

“힘든 것도, 아픈 것도…… 어떤 것이라도 좋으니 참지 마세요.”

“…….”

“그리고 혹시나…… 숨겨야 할 게 있다면, 부디 끝까지 숨기지는 말아 주세요.”

저는 언제까지고 기다릴 터니, 언젠간 반드시 말해 주세요. 그렇게 말하는 이네딧 부인의 눈빛이 무겁게 가라앉아 있었다. 베시는 그녀가 지금 하는 말이 꼭 다른 사람에게 들려주려던 말 같다는 생각이 들었다.

자신의 생각이 옳다는 걸 알게 된 건, 두 번째 면회객 덕이었다.

* * *

"이네딧 할망구 걱정이 과한 것 같다고? 그거야 그렇겠지."

평소처럼 화사한 아가씨의 차림을 한 애니드는 이네딧 부인의 가족사를 알려 주었다.

"그 할망구한테 말이야. 딸이 하나 있었대. 남편이 일찍 죽고 나서 여자 혼자 자식 키우는 살림이라 그 형편이 알 만 했겠지. 그래서인지 그 딸은 늘 괜찮다는 말을 입에 달고 살았다나? 아플 때도 말이야."

"……."

이네딧 부인은 이제까지 딸에 대한 이야기를 꺼낸 적이 한 번도 없었다. 베시는 애니드가 무어라 대답할지 예상하면서도 물었다.

"그 따님은?"

"몇 년 전에 폐렴에 걸려서—"

애니드는 뒷말을 흐렸다. 베시도 굳이 묻지 않았다. 자신을 슬프게 보던 이네딧 부인의 눈빛이 그제야 이해가 갔다.

누군가를 잃는 게 싫어서 늘 일정한 거리를 두고 살아온 삶이었다. 그런데 저를 위해 그렇게 많이 슬퍼할 사람이 있다는 사실에 가슴이 묵직하게 내려앉았다. 베시는 절대로 이네딧 부인에게 다른 걱정을 끼치지 않으리라 다짐하였다.

그런 그녀의 얼굴을 힐끔 본 애니드가 작게 헛기침을 하더니 화제를 돌렸다.

"그나저나 환자 노릇은 어때? 며칠 침대 위에 누워 있으면 죽을 맛 아냐?"

애니드의 거침없는 말에 베시는 한쪽 눈썹을 꿈틀거렸다.

"앤. 아무리 우리가 서로를 애틋하게 염려해 줄 사이는 아니라지만, 적어도 이럴 땐 예의상 괜찮냐고 물어봐야 하는 거 아냐?"

"이거 왜 이래? 그런 쓸모없고 감동적인 장면은 나 말고 다른 사람이랑 연출해. 그리고 팔다리 멀쩡히 붙어 있고, 입도 움직이는 걸 보니 완전히 다 나은 거지. 거기다 대고 내가 뭘 걱정까지 해 주냐."

의사가 들었다면 경악했을 말을 내뱉은 애니드가 침대 옆에 놓여 있는 의자에 털썩 주저앉았다. 흰색 스타킹에 감싸인 늘씬한 다리는 자연스럽게 침대 위로 올라왔다. 베시는 얼굴을 찌푸렸지만 애니드의 무례를 딱히 지적하지는 않았다. 자신도 가끔 하는 행동이었으니까.

"지금 상황은 어때?"

몸을 침대 헤드 보드에 기대며 베시가 물었다. 애니드는 어깨를 으쓱하였다.

"개판이지, 뭐."

"그런 거 말고 조금 더 쓸모 있는 정보 좀 내놔."

애니드는 무슨 말도 안 되는 소리를 하냐는 얼굴로 베시를 흘겨보았다.

"내가 무슨 네 꼬마 까마귀냐? 정보를 내놓게?"

"에릭이랑 아직 못 만나서 아는 게 없는 상태란 말이야."

베시가 입을 부루퉁하게 내밀며 대꾸한 말에 애니드가 픽 웃었다.

"그럼 만나서 들어. 내일쯤에는 그 꼬마도 널 찾아올 테니까."

묘하게 확신에 찬 말투에 베시는 고개를 갸웃하였다. 애니드랑 에릭이랑 서로 친했나?

"그래도 한 가지 알려 주자면, 너한테는 상당히 재미없는 상황일 거야. 네 납치 사건은 와트러 자작가에서 단독으로 벌인 범행으로 결론이 날 것 같다더라."

"와트러 자작가?"

그동안 무슨 일이 있었는지, 또 누가 이 사건에 연루되었는지 전혀 알지 못하는 베시의 혼란은 더욱 깊어졌다.

결국 그녀가 의문을 해소할 수 있었던 건, 애니드의 예언대로 이튿날, 에릭이 찾아오고 난 후였다.

* * *

“얼굴 보니까 살 만한가 보네. 황실에서 주는 밥이 좋아서 그런가?”

“……너희한테서는 정말 눈곱만큼도 나에 대한 걱정이 느껴지지 않는구나.”

전날 본 애니드의 태도와 지금 에릭의 태도가 상당히 흡사하다 생각하며 베시는 픽 웃었다. 그래도 지금은 저스틴을 마주하는 것보다는 이렇게 얄밉게 구는 까마귀나 암살자 얼굴을 보는 게 더 마음이 편하였다.

“넌 죽여도 안 죽을 것 같은 이미지라서.”

“야! 당연히 죽거든? 내가 무슨 불사신인 줄 알아?”

“아니, 너한테서는 뭐랄까…… 벌레 같은 생명력을 느끼거든.”

“하다못해 잡초라고 해라, 좀!”

암만 그래도 벌레는 너무 심하잖아. 그렇게 투덜거리던 베시는 자신이 쓸데없는 일로 언성을 높였다는 걸 깨달았다. 저스틴이나 이네딧 부인이 옆에 있었다면 이런 일로 흥분하면 안 된다고 잔소리를 늘어놓았을 게 분명했다. 베시는 작게 헛기침을 하였다.

“흠, 흠. 그나저나 네가 날 찾는 일을 많이 도와줬다면서? 고마워.”

저스틴을 통해 에릭이 얼마나 애를 써 주었는지 전해 들은 베시가 짧게 감사를 표하였다. 순간, 에릭이 어깨를 작게 움츠리더니 어색한 얼굴을 하였다.

"……별것도 아니었는데, 뭐."

감사를 받는 일이 좀처럼 없는 소년에게는 이 정도의 인사도 부담스러운 모양이었다. 베시는 제 나이 또래 같은 얼굴로 모자를 만지작거리는 에릭을 보며 조용히 웃었다.

"침대에서 일어나면 특별 보너스 챙겨 줄게."

평소 같으면 고개를 끄덕였을 에릭이 어쩐 일인지 고개를 저었다.

"됐어, 보답 바라고 한 일은 아니니까."

그 말은 에릭의 진심이었다. 저스틴이 말했던 것처럼, 에릭에게 있어서 베시는 그저 심술 맞은 마녀는 아니었다. 자신을 뒷골목의 더러운 좀도둑이 아니라 능력 있는 정보 상인으로 인정하고, 일거리를 준 사람.

베시는 에릭을 처음으로 '사람'으로 인정해 주었다.

그렇기에 이번 일은 순전히 개인적인 감정으로 움직인 것이었다. 당연히 금전적인 대가를 받고 싶은 마음도 없었다.

베시 역시 에릭의 목소리에서 진심을 읽어 냈다. 하지만 그녀 역시 제 주장을 굽히고 싶지 않았다. 에릭이 순수하게 베시를 위해 움직여준 것처럼, 베시 역시 순수하게 그에게 보답을 하고 싶었다.

"그런 거 아니거든? 내가 고마워서 주고 싶을 뿐이야. 금전적인 보수가 싫다면 그냥 선물은 어때?"

에릭을 가만히 바라보던 베시가 챙이 닳은 모자를 가리켰다.

"새 모자 사 줄까?"

"이거 아직 멀쩡해."

"다 닳았잖아."

"끝만 그런 거야. 심지는 아직도 엄청 딱딱하다고."

에릭은 제 모자의 튼튼함을 증명하려는 것처럼 모자를 벗어 들더니, 그것을 베시의 손 위에 올려놓았다. 베시가 손끝으로 더듬어 보니, 정말 모자 심지가 아직도 단단하였다. 심지어 손을 많이 탔음에도 불구하고, 모자 원단은 길이 잘 든 것처럼 촉감이 좋았다.

아니, 근데 모자 심지가 원래 이 정도로 단단한 거였나? 이건 무슨 쇠 같은 느낌인데. 베시는 에릭이 늘 하던 것처럼 모자 앞챙을 만지작거리며 입을 열었다.

"그럼…… 여기 닳은 부분 수선 맡기는 건 어때? 계속 오래 쓰고 다니려면 한 번쯤은 고쳐 두는 게 좋을 것 같은데."

에릭은 정말 베시가 자신에게 무언가를 해 주고 싶어 한다는 걸 깨달았다. 그 정도라면 괜찮겠지. 에릭이 고개를 끄덕였다. 베시가 우선 모자를 다시 돌려주자 에릭은 얼른 모자를 다시 썼다.

"그 모자, 어릴 때부터 계속 쓰던 거라고 했지?"

"응. 날 처음 발견했던 건 서링크로스 거리에 살던 어느 젊은 부부였는데…… 바구니 속에 나랑 이 모자가 같이 들어 있었대."

챙을 만지작거리며 대답하는 에릭의 목소리가 차분하였다. 하지만 그 속에 담긴 감정은 절대 가벼운 것이 아니었다. 베시는 에릭이 이 모자만을 고집하는 이유를 이해할 수 있었다. 그에게는 이것이 유일하게 제 존재를 세상과 연결하는 고리 같은 것이리라.

"……아, 맞다! 에릭, 상황 좀 설명해 봐! 뭐가 어떻게 돌아가는 거야?"

한동안 말 돌릴 구석을 찾던 베시가 얼른 궁금증을 입에 담았다. 저스틴에게 물어봐야 일단 지금은 쉬라는 말밖에 돌아오지 않고, 애니드는 헛소리나 실컷 하다 갔으니, 지금으로서는 에릭밖에 믿을 구석이 없었다.

"뭐, 대충 설명하자면 개판이지."

"……."

전날, 애니드가 한 말과 한 치의 다름도 없는 말에 베시는 할 말을 잃었다. 그 정도야? 베시가 기가 막혀 하자 에릭이 심각하게 말을 이었다.

"일단…… 처음부터 설명해야 하자면 납치한 널 싣고 이동한 마차는 와트러 자작가 소유 마차였어. 와트러 자작가는 반황태자파인 동시에 노튼 가문과 사이가 좋은 가문으로 알려져 있었지."

"노튼? 은빛 매 기사단 부단장 네 가문을 말하는 거야?"

에릭은 고개를 끄덕였다.

"맞아. 와트러 자작은 신분이 썩 높다고는 할 수 없지만, 그 가문이 소유한 산에서 특수 약초가 상당히 많이 생산되어서 부유

한 집안이거든. 그래서 고위 귀족들과 두루 친했지."

"……특수 약초?"

베시가 눈을 번뜩이자 에릭이 픽 웃었다. 역시나 눈치가 빠른 마녀다웠다.

"그래. 아마 너한테 쓴 독도 와트러 자작가에서 준비했겠지."

"그럼 조사는 어떻게 진행되고 있어? 어제 대충 들어보니 와트러 자작의 단독 소행으로 결론이 날 것 같다던데…… 그 집안은 나랑 아무 접점이 없어서 표면적으로는 동기가 없잖아."

"단순한 마녀 혐오가 동기가 될 것 같아. 실제로 와트러 자작은 다른 귀족들과 함께 마녀 차별법에 서명을 하기도 했으니까."

그놈의 마녀 차별법은 잊을 만하면 또 튀어나오네. 베시는 얼굴을 팍 찌푸렸다.

"좋아. 그래서 경비단에서는 마녀를 혐오하던 와트러 자작이 굳이 도서관 재개장식 날, 외성까지 쳐들어와서 나를 납치해 갔다는 걸로 조사결과를 냈다는 거야?"

"그렇다고 할 수도 있고, 아니라고 할 수도 있지. 이 사건은 미결 사건이 될 가능성이 더 높거든."

의미심장한 말에 베시의 표정이 굳어졌다.

"……그게 무슨 말이야?"

"네가 정신을 차리기 훨씬 전에, 와트러 자작가에 불이 났어. 모든 게 다 불탔지. 와트러 자작을 포함하여 그 집에서 키우던 애완견 열네 마리까지. 살아남은 건 아무도 없어."

베시는 잠시 동안 말을 잃은 사람처럼 눈만 깜빡였다. 서너 번 정도 눈을 깜빡인 후, 그녀는 길게 한숨을 내쉬었다.

"하― 멋지게 당했네."

저스틴과 크리스가 했던 말을 그대로 반복한 베시는 고개를 저었다.

"아무래도 상대방은 꽤 머리가 잘 돌아가는 데다가 과감한 행동력까지 갖고 있나 보네. 하긴 내 배를 칼로 쑤셔 대는 걸 보면 제정신은 아닌 것 같더라."

다소 섬뜩한 말을 담담히 중얼거리며 베시는 미간을 찌푸렸다.

"화재 사건의 조사는 어떻게 되었어?"

"와트러 자작가에서 일했던 마부가 술 먹고 저지른 범행으로 정리되었어. 범행의 이유는 뭐, 이것도 평소에 불만이 많았다 어쩌고저쩌고."

베시는 그제야 저스틴이 왜 그리 자신에게 사실을 전해 주지 않으려고 애를 썼나 이해가 갔다. 그 역시 이런 답답한 상황을 베시에게 말해 주고 싶지는 않았으리라.

크리스가 꽤 열 받아 했겠네. 저스틴 군은 두말 할 것도 없고.

안 봐도 뻔했을 광경을 상상하며 베시가 천장을 올려다보았다. 성에 있는 객실답게 천장이 지나치게 높았다. 그것을 물끄러미 보고 있자니 아득한 기분이 들었다. 마치 지금 자신이 처한 상황처럼.

"어떻게 할 거야?"

천장을 올려다보고 있던 시선을 옆으로 돌리니 호주머니에 손을 푹 찔러 넣은 에릭이 보였다. 별다른 표정이 없는 얼굴이건만, 묘하게 그가 자신을 걱정하는 것처럼 느껴졌다.

베시는 속으로 쓴웃음을 지었다. 얼마나 내가 못나게 굴었으면 우리 까마귀가 저런 얼굴로 날 보는 거지?

더는 이러면 안 된다는 생각에 베시가 고개를 털었다. 저스틴과의 문제는 별도로 치더라도, 그녀는 아직 수도에서 할 일이 있었다. 베시는 숨을 고르게 내뱉으며 어깨에 힘을 주었다. 그리고 빅터 앞에서 했던 선언을 반복하였다.

"짓밟아 줘야지. 다시는 나한테 시비 걸지 못하도록."

에릭이 의외라는 얼굴을 하였다.

"……용감하네. 죽다 살아났으니 아무리 천하에 무서운 것 없는 너라도 잠자코 도망치지 않을까 생각했는데."

"날 뭐로 보고 그런 말을 하실까?"

베시가 작게 웃음을 흘렸다. 비록 저스틴과의 일로 인해 답지 않게 조금 의기소침해지긴 했으나— 배에 구멍 좀 난 것 때문에, 독에 당해 죽다 살아난 것 때문에 이대로 물러설 자신이 아니었다.

하물며 상대가 온갖 증거를 불태우고, 진실을 파헤칠 경로를 원천 봉쇄했다고 해서 기죽을 자신도 아니었다.

애초에 가장 중요한 단서는 아직 베시가 쥐고 있었다. 베시를 납치했던 남자 역시 그 때문에 그녀를 그토록 괴롭혔던 게 아니던가.

"이대로 물러설 생각은 절대 없어."

에릭은 희귀한 동물을 보는 것 같은 눈으로 베시를 보며 입을 열었다.

"그래서 당한만큼 갚아 주시겠다?"

"아니지. 당한 것 이상으로 갚아 줘야지."

당한 만큼 갚아 준다, 혹은 당한 대로 되돌려 준다.

베시의 입장에서 이런 말은 모두 너무 착해 빠진 말이었다. 애초에 가만히 있는 나를 건드린 이에게 어째서 당한 '만큼'만 복수하는 관대함을 베풀어야 한단 말인가.

복수는 자신이 당한 것보다 더 크게 되돌려 줄 때 의미가 있었다. 기왕이면 다 산산조각 내버리는 것도 좋고.

"박살을 낼 거야."

나는 이제 산책이나 가려고 한다는 것처럼 평온한 어조로 무서운 말을 내뱉자 애릭은 한숨을 쉬며 대답하였다.

"그런 의지 표명 자체는 아주 멋지지만 말이야, 베시. 네가 박살 낼 상대가 누군지는 알고 있긴 해?"

"아주 많이 높으신 귀족 나리겠지. 크리스가 함부로 손을 댈 수 없고, 은빛 매 기사단이나 다른 고위 귀족을 쉽게 체스 말로 움직일 수 있는 정도의."

베시의 대답에 에릭은 정곡을 찔렀다는 얼굴로 입을 다물었다.

침대 위에 누워 저에게 정보를 한두 번 들은 게 전부인 그녀가 제 적을 이렇게 정확하게 파악하고 있다는 게 놀라웠다.

아니, 그렇지는 않은가.

잠시 생각에 잠겼던 에릭은 베시가 내린 결론이 머리가 조금이라도 돌아가는 사람이라면 누구나 내릴 수 있는 타당한 결론이라고 생각하였다. 곧 죽어 가는 얼굴을 하고 있어서 걱정했는데, 아무래도 걱정이 기우였던 모양이었다.

마녀는 죽다 살아나도 역시 마녀였다.

에릭은 한결 마음이 놓인 얼굴로 물었다.

"그럼 어쩔 작정이야? '높으신' 귀족 나리를 박살 내는 건 아무리 너라도 쉬운 일이 아닐 텐데."

베시가 아무리 이름 있는 학자라고 하더라도, 그리고 황태자의 신임을 받는 마녀라 하더라도 이 제국의 고위 귀족을 무너트리는 것은 간단한 일이 아니었다. 그것도 이런 대담한 일을 손쉽게 벌일 정도의 막강한 권력을 가진 귀족이라면 더더욱.

"물론 쉬운 일은 아니지."

평소보다 마른 손가락을 들어 올려 베시가 제 배를 가리키는 시늉을 하였다.

"이렇게 나를 엉망으로 만들 수 있는 놈인데, 만만한 상대겠어?"

"그걸 알고 있다면 차라리 안전을 택하는 게 어때? 네가 도망치면 상대도 더는 너에게 관여하려 들지 않을 거야."

에릭이 내심 진심을 담아 꺼낸 걱정에 베시가 고개를 저었다.

"아니, 안 그럴 거야."

자신감 넘치는 말투로 베시가 단언하였다.

"고위 귀족을 쳐부수는 게 어렵긴 해도, 아예 불가능한 일은 아니야. 그럼 해 볼 가치는 충분하잖아? 그 멍청한 인간한테 마녀에게 싸움을 건다는 게 어떤 건지 알려 줘야지."

에릭은 잠시 침묵하였다. 만일 다른 사람이 이런 말을 했다면 다시 한 번 생각해 보라고 만류했을 게 분명하였다.

하지만 그의 눈앞에 있는 건— 죽여도 곧 죽을 것 같지 않은, 잡초 같은 생명력의 마녀였다.

그러니 말리기보다는 차라리 마녀를 돕는 편이 더 나을 것이라 판단하였다. 어디서든 가장 마지막까지 살아남는 건 악운이 강한 쪽이니까.

"그래서 난 앞으로 또 널 위해서 날갯죽지가 빠지도록 밤거리를 배회해야 한다?"

역시 내 까마귀라니까. 베시의 입가에 선명한 미소가 번졌다.

"물론이지. 앞으로도 정보 조달, 잘 부탁해? 내 까마귀 님."

"……특별 보너스 받을걸."

에릭은 절대 싫다는 내색을 하지 않으면서도 툴툴거리며 모자를 고쳐 썼다. 그는 살가운 말은 안 해 주어도 언제나 다정한 까마귀였다. 왼쪽 가슴의 어느 부분이 조금 따뜻해졌다. 베시는 소리 없이 웃었다.

어느새, 저스틴에 대한 생각으로 내내 무거웠던 가슴이 한결 가벼워져 있었다.

그래, 맞아. 지금은 아직 이렇게 축 늘어져 있을 때가 아니었어.

해야 할 일을 상기하니 불안이 어딘가로 조금 씻겨 나간 기분이었다. 어쩌면 침대에서 일어나서 움직일 수 있게 되면 이 끝없는 두려움 그 자체가 자연스럽게 사라질 것 같다는 생각이 들었다.

그렇게만 된다면—

그때는 틀림없이 저스틴을 마주볼 수 있을 것만 같았다.

*　*　*

에릭이 베시를 찾아온 뒤로부터 이틀 후.

이번에는 정말 예상 밖의 면회객이 베시를 찾아왔다. 무언가를 잔뜩 들고 있는 알렉스와 꽃다발을 손에 꼭 쥐고 있는 세라였다.

세라는 이네딧 부인이 그랬던 것처럼 베시를 보자마자 커다란 눈에서 눈물을 뚝뚝 흘렸다. 베시가 그런 세라를 어떻게 달래야 할지 몰라 안절부절못하자 알렉스가 먼저 입을 열었다.

"에일 관장. 몸은 좀 괜찮소?"

"네, 공작 각하. 덕분에요. 이제 침대에 있는 게 답답할 정도로 아주 멀쩡하답니다. 뛸 수도 있을걸요."

딴에는 무거운 공기를 가볍게 만들고자 한 말이었다. 하지만 세라는 그 말을 듣자마자 펄쩍 뛰었다.

"베시! 그게 무슨 소리예요. 베시는 며칠 동안 혼수상태에 있었다고요. 아무리 겉으로 보이는 부상이 다 나았다 하더라도 어떤 후유증이 있을지 모르니 당분간은 꼭 절대 안정을 취해야죠!"

누가 가족이 아니랄까 봐 세라는 저스틴과 똑같은 말을 하고 있었다. 베시는 쓴웃음을 지으며 작게 어깨를 움츠렸다.

"그냥 말이 그렇다는…… 거죠. 주치의 선생님이 허락하실 때까지 얌전히 요양할 생각이에요."

베시는 자신이 매일 주치의에게 '절대 안정' 처방을 철회해 달라며 억지를 부리고 있다는 말은 따로 하지 않았다.

"어쨌거나 와 주셔서 고마워요, 하이네 공작 부인. 이렇게 번거롭게 오실 필요는 없었는데."

세라는 다시 눈에 눈물을 글썽거렸다.

"베시. 아까부터 자꾸 서운한 말만 하네요. 내가 얼마나 당신 걱정했는지 모르죠?"

"……죄송해요."

망설이던 베시는 사과하였다. 자신을 진심으로 걱정해 주는 사람에게 무어라 말해야 할지 알 수가 없었다.

상대가 빅터라면 웬 궁상이냐고 얄미운 소리나 한 번 하고 말 터인데, 세라는 그럴 수 있는 상대가 아니었다. 마치 몸에 맞지 않는 옷을 입은 것처럼 이런 공기가 어색하였다.

"사과받자고 한 말이 아니에요. 그만큼 베시가, 당신을 좋아하는 모든 사람들에게 소중한 존재라는 걸 알았으면 해요."

세라가 제 손으로 베시의 손을 감쌌다. 비단처럼 보드라운 손길이었다.

"당신이 무척 강한 사람이라는 걸 알고 있어요. 하지만 그게 내가 베시를 걱정하지 않는 이유가 되는 건 아니에요. 나는 내 친구가 아무리 강하고, 똑똑하다 하더라도 그녀가 위험에 처할 때마다 걱정할 거예요."

그러니까 내가 너무 많이 걱정하지 않게 해 줘요. 세라의 말에 베시가 눈을 깜빡였다. 어쩐지 눈 안쪽이 화끈거리는 것 같아 가만히 눈을 뜨고 있을 수 없었다.

새삼 자신이 이런 사람에게 약하다는 걸 깨달았다.

세상의 더러운 부분을 많이 접하지 않았기에 깨끗한 사람. 진심으로 선의를 베풀 수 있는, 가식 없는 사람. 자신과는 다른 사람.

베시는 그런 세라가 좋았다. 세라가 자신을 좋다 말해 주는 것처럼. 조금 잠긴 목소리로 베시가 답하였다.

"……그럴, 게요."

세라는 그 대답에 만족한 것처럼 웃으며 베시의 손등을 다정스레 토닥여 주었다. 천천히 흉진 곳이 없나 살피던 세라가 퍼뜩 생각이 난 것처럼 외쳤다.

"참! 베시, 선물이 있어요. 여보. 그것 좀 주세요."

침대 옆에 서 있던 알렉스가 들고 있던 작은 상자를 세라에게 넘겨주었다. 세라는 그 상자를 침대 옆에 살짝 걸쳐 올려놓은 후, 생긋 웃었다. 베시의 눈에 무척 익은 상자였다.

"……줄리아의 애플파이?"

베시의 중얼거림에 세라가 정답이라 말하는 것처럼 활짝 웃었다.

"여기 오기 전에 줄리아의 가게에 들렀어요. 베시의 병문안용으로 애플파이를 포장해 가려고 한다 했더니 줄리아가 이걸 당신에게 전해 달라고 했어요. 아, 다른 말은 안하고 아프다고만 말해 두었어요. 걱정 말아요."

베시는 아무 말 없이 상자를 내려다보았다. 생각하지도 못한 선물에 잠시 머리가 멍하였다. 그녀가 선뜻 포장을 뜯지 않자 세라가 베시를 재촉하였다.

"얼른 열어봐요, 베시. 아! 혹시 지금 파이를 먹으면 안 되는 건가요?"

"아뇨, 그런 건 아니에요. 그냥— 조금."

줄리아의 가게에서 자주 애플파이를 사 먹긴 했지만, 이런 선물을 받을 정도로 친한 건 아니었던 것 같은데. 베시가 머뭇거리며 말하자 세라가 조용히 웃었다.

"베시도 참. 그런 게 어디 있어요? 그리고 줄리아가 그랬어요. 자긴 베시처럼 세상에서 제일 행복한 얼굴로 자기 애플파이를 먹어 주는 사람이 좋대요. 그런 사람이 아프다면 걱정하고 빨리 낫길 바랄 수밖에 없지 않겠어요? 그러니까 얼른 줄리아의 마음을 받아 줘요."

한참 상자 위의 리본만 바라보던 베시가 느릿느릿 포장을 뜯어냈다. 상자 안에서 나온 것은 평소보다도 훨씬 더 달콤한 냄새를 풍기는 애플파이였다. 작은 메시지 카드도 한 장 있었다.

≪베시, 빠른 쾌유를 빌어요. 건강해지면, 또 언제든 가게에 들러요. 그때는 쾌유 축하로 파이를 선물할게요.≫

가슴속이 간질간질한, 그런 기분이 들었다. 이상했다. 이곳에서 지낸 게 그리 오래된 것도 아닌데, 마치 평생을 살아온 것처럼 많은 이들이 베시를 걱정해 주고 있었다.

그녀에게 있어서 비록 난 곳이 이 수도 다스티여도, 마음의 고향은 언제나 하얀 달밤이었다.

하지만 지금이라면, 이곳을 고향이라 말할 수 있을 것 같았다.

이렇게 다정한 사람들이 있는 이곳을.

"애플파이는 줄리아가 준비해 주었으니 난 차를 준비했어요. 베시가 전에 날 위해 준비해 준 것처럼 특별한 약효가 있는 차는 아니지만, 심신 안정 효과가 있는 허브티예요. 파이랑도 잘 어울릴 거고요."

세라가 내놓은 예쁜 틴 케이스를 보며 베시는 잠긴 목소리로 말하였다.

"……공작, 부인."

"빨리 다시 건강해진 베시의 모습을 보고 싶네요. 한 번 더 베시와 식사를 하고 싶어요. 그때는 우리 남편도 꼭 함께 하고 싶다네요. 그렇죠, 여보?"

묵묵히 상황을 지켜보고 있던 알렉스가 고개를 끄덕이며 베시 앞으로 한 걸음 다가왔다.

"에일 관장. 우리 가문이 관장에게는 큰 빚을 졌더군요."

빚? 순간적으로 어리둥절한 얼굴을 하였던 베시는 곧 그것이 무슨 뜻인지 알아차렸다.

"각하, 그건—"

"사람 한 명의 목숨 값은 결코 싼 게 아니지. 그것이 내 피붙이라면 더더욱. 반드시 그 배로 보답하겠소."

저를 보는 알렉스의 눈빛이 의미심장하였다. 베시가 대답을 망설이는 사이, 세라가 알렉스의 옆구리를 쿡 찔렀다.

"여보. 무슨 말을 그리 어렵게 해요. 그냥 고맙다는 말을 하면 되는 걸 가지고는."

"……고맙소."

아내가 시킨 대로 감사를 표하는 알렉스의 얼굴이 겸연쩍어 보였다. 베시는 새어 나오려는 웃음을 꾹 참으며 고개를 숙였다.

"아닙니다. 각하. 지난 일이고, 당연히 해야 할 일을 했던 것뿐이니 마음에 담아 두지 않으셨으면 합니다."

알렉스가 부드럽게 미소 지었다. 베시의 착각이 아니라면 그녀의 대답에 흡족해하는 것처럼 보이는 얼굴이었다.

"베시, 그럼 몸이 낫는 대로 제이 도련님과 함께—"

세라가 저스틴의 이름을 꺼내며 무언가를 말하려던 찰나. 문을 가볍게 두들기는 소리가 들려왔다. 익숙한 노크 소리였다. 베시는 문밖에 있는 사람이 누구인지 단번에 알아차렸다.

"베시. 들어가겠습니다."

대답이 들리기도 전에 문을 연 저스틴은 객실 안에 있는 세라와 알렉스를 보고 한쪽 눈썹을 찌푸렸다.

"큰 형님. 형수님. 여긴 어쩐 일이십니까?"

"그거야 당연히 베시를 만나러 왔죠. 그동안 도련님만 베시를 만나는 게 얼마나 얄미웠는지 아세요?"

세라가 입술을 삐죽 내밀고 한 말에, 저스틴이 한숨을 내쉬었다.

"베시는 지금 안정을 취해야 하는 상태입니다. 면회가 끝났다면 이제 그만 가 보시는 게 좋겠습니다."

저스틴은 제 가족에게도 가차가 없었다. 알렉스가 황당한 얼굴을 하거나, 세라가 불만스러운 표정을 지어도 눈 하나 깜빡하질 않았다.

"제이 도련님, 사실 베시와 단둘이 있고 싶어서 우릴 쫓아내려는 거 아닌가요?"

기분이 상한 세라가 심술궂게 농담을 던졌다. 그러자 저스틴은 당당하게 어깨를 펴고 답했다.

"네, 맞습니다. 그러니까 두 분 모두 빨리 돌아가 주시죠."

세라와 알렉스가 입을 작게 벌리며 저스틴을 바라보았다. 베시는 이불을 머리끝까지 덮어 버리고 싶었다. 이 매우 곤란하고도 난처한 상황을 타개하기 위해, 그녀가 해야 할 일은 단 하나였다.

"아, 아아! 제가, 어, 무척 피곤하네요! 죄송하지만, 다음에 뵈어요! 공작 부인, 공작 각하."

다소 무례할 수도 있는 베시의 외침에 하이네 공작 내외는 아무도 불만을 갖지 못했다. 그들은 곧바로 저스틴에 의해 방 밖으로 쫓겨났다.

베시는 조용해진 객실 안에서 저스틴을 노려보았다. 대체 어떻게 공작 내외 앞에서 그런 낯뜨거운 소리를 할 수 있냐는 질책을 담아.

정작 저스틴은 베시와 눈이 마주치자 기분이 좋다는 듯, 다정스레 웃었다. 이 남자와의 눈싸움에서 도저히 이길 수 없다는 걸 깨달은 베시가 고개를 툭 떨어트렸다. 방심하면 날 그렇게 다정하게 바라보면 안 된다는 말이 입 밖으로 흘러나올 것만 같았다.

"베시?"

"……왜 또 왔어요. 아까 아침에도 왔었잖아요."

괜한 미안함과 불편함에 퉁명스러운 말을 내뱉고 말았다. 하지만 저스틴은 화를 내거나 서운해 하는 기색도 없이 답을 했다.

"말했잖습니까. 당신이 보고 싶거나 걱정이 되면 곧바로 이곳을 찾을 거라고. 그것만큼은 당신의 허락을 받지 않고, 내 마음대로 할 거라고."

베시는 다시 할 말을 잃었다.

그에게 고백을 받은 후부터는 이런 일이 잦았다. 저스틴은 전에 없이 다정하고 부드러운 눈으로 자신을 보며 제 마음이 아플 정도로 달콤한 말을 속삭여 주었다. 베시는 그럴 때마다 어떻게 해야 할지 알 수가 없었다.

여전히 시선을 바닥으로 떨어트린 채, 베시가 딱딱하게 답했다.

"그럴 필요 없다니까요. 당분간은 그렇게 위험한 일은 없을 거예요. 크리스가 붙여 준 호위 기사들도 따로 있고."

"그들보다 제가 당신 곁에 있는 것이 더 안전합니다. 무엇보다 당신을 지키는 일을, 다른…… 사람에게 맡기고 싶지 않습니다."

사실은 다른 사람이 아니라 '다른 남자'라고 말하고 싶었지만, 저스틴은 자제하였다. 그녀가 아직 완전히 회복한 게 아니니 서두르지 않겠다는 결심은 허투루 한 게 아니었다. 베시를 위해서라면 그는 얼마든지 기다릴 수 있었다. 그녀의 고민이 끝맺음에 다다를 때까지.

저스틴은 저와 눈을 마주치려 들지 않는 베시의 얼굴을 이리저리 살핀 후, 객실 안을 한 번 둘러보았다. 방 안의 공기 농도까지 면밀히 살핀 그는 시트 자락도 한 번 정리해 주었다.

"아까 이네딧 부인에게 들으니, 오늘은 식사를 제법 했다고 들었습니다. 황실 주치의에게 물으니 해독약을 복용하는 횟수 역시 줄여도 된다고 하더군요. 예상보다 회복이 빨라서 다행입니다."

진심을 담아 저스틴이 기뻐하였다. 시트자락을 꾹 쥐고 있던 베시의 손가락이 움찔하였다. 망설이며 한참 제 손가락을 내려다보던 베시가 조심스레 저스틴을 불렀다.

"있죠, 저스틴 군."

그녀는 전에 없이 심각한 얼굴을 하고 있었다. 어째서인지 그 내용은 썩 좋은 것 같지 않았기에 저스틴은 서둘러 입을 열었다.

"제이."

"네?"

갑작스러운 저스틴의 말에 베시가 당황한 듯, 그를 보았다. 저스틴은 개의치 않고, 말을 이었다.

"기억합니까, 베시? 당신이— 납치당했던 날. 저는 당신에게 저를 제이라고 불러 달라 말했습니다."

"……기억하고 있어요."

그걸 어떻게 잊어버릴 수 있을까. 내가 당신을 잔혹하게 내치고, 등을 돌렸던 순간을.

베시는 입술 안쪽의 여린 살을 살짝 깨물었다. 돌이켜 보면 자신이 그에게 상처를 준 적이 적지 않았다. 그런데도 이렇게 자신을 택해 준 남자에게 미안하고, 또 미안하였다.

단 하나라도 좋으니, 저스틴을 위해서 무언가를 해 주고 싶다는 생각이 들 만큼.

"그때, 했던 부탁을 다시 한 번 하고 싶습니다."

저스틴이 시트 밖으로 나와 있는 베시의 마른 손가락에 제 손을 겹쳤다.

"베시. 당신이 절, 제이라고 불러 주었으면 좋겠습니다."

저스틴이 베시를 한 번 잃었던 날, 그날의 베시는 저스틴의 청을 거부하였다. 하지만 지금의 베시라면 다른 대답을 주지 않을까 싶었다.

아니, 부디 그러길 간절히 바라고, 또 바라는 마음이 가슴을 무겁게 짓누르고 있었다.

"……."

한참 동안, 베시는 침묵하였다. 요즘 늘 보이던 그 표정― 무언가를 망설이고, 참는 것 같은, 그러면서도 고통스러워하는 표정이 얼핏 얼굴을 스쳤다. 내가 너무 무리한 부탁을 했던 걸까. 저스틴의 어깨가 빳빳하게 굳어 버렸다. 그러나 저스틴은 이번에도 대답을 재촉하지 않았다.

당신이 내딛는 한 걸음이 아무리 느릿느릿해도 나는 괜찮다 알려 주고 싶었다. 그 걸음이 나에게로 향하는 것이라면, 얼마든지 참고 기다릴 수 있었다. 기다림에 지치지 않을 자신이 있었다.

저스틴은 그런 마음을 담아 베시의 손등을 다정하게 쓰다듬어 주었다. 눈을 내리깔고 생각에 잠겨 있던 베시가 천천히 시선을 마주하였다.

아주 오랜만에 마주한 시선에 심장이 덜컥, 내려앉았다. 그녀가 울 것 같은 눈으로 저스틴을 보고 있었다.

"……제이."

마침내, 베시가 세상에서 가장 어려운 걸 하는 사람처럼 이름을 불렀다. 속삭임에 가까운 목소리였으나 그것은 저스틴의 귀에 분명히 닿았다.

조금 전까지는 위태롭기만 하던 세상이 비로소 제자리를 잡아 단단히 뿌리를 내린 것 같은 안도감이 들었다. 가슴속이 뻐근해 오는 기쁨에 저스틴은 미소 지었다.

베시도 그를 따라 마주 웃었다. 어색하지만, 오랜만에 짓는 미소는 퍽 편한 것이었다. 저스틴은 일단 이걸로 되었다 생각하였다.

이 작은 변화 하나만으로도, 그는 다시 또 얼마든지 그녀를 기다릴 수 있었다.

*　　*　　*

"……아."

저스틴을 '제이'라고 부른 이튿날. 평소처럼 얕은 잠에서 눈을 뜬 베시는 제 뺨이 조금 젖어 있다는 걸 깨달았다. 무슨 꿈을 꿨는지 기억이 나질 않았지만, 좋은 꿈은 아니었겠지 싶었다.

어차피 요즘 꿨던 악몽은 둘 중 하나였다. 저스틴이 죽거나, 떠나거나. 이제 레퍼토리가 좀 지겨울 때도 되지 않았나?

투덜거리며 반사적으로 주변을 둘러보니 저스틴의 모습도, 이네딧 부인도 없었다. 걷힌 커튼 너머에서는 오랜만에 기분 좋은 햇살이 한가득 쏟아지고 있었다.

날씨가 이렇게 좋은데, 누군 중환자처럼 침대에서 꼼짝도 못 하다니. 베시는 고개를 절레절레 저었다.

"사람이 누워 있기만 하니까, 약해지는 거야."

이렇지 않기로 했잖아, 베시 에일. 자꾸 못난이처럼 굴지 말자. 홀로 중얼거린 베시는 심란한 마음을 달래고자 할 일을 찾아보기로 하였다.

어차피 이 방 안을 떠날 수는 없으니 할 수 있는 일은 많지 않았다.

책이나 좀 읽을까? 아니면 요새 봄에 나온 학술 논문— 아, 맞다! 나 논문 써야 할 게 하나 있지, 참! 할 일을 떠올린 베시의 얼굴에 생기가 돌았다. 신이 난 그녀는 얼른 펜과 종이를 찾기 위해 침대에서 일어섰다.

마침 저 멀리 놓인 테이블 위에 펜 비슷한 무언가가 보여 다가가 보니, 고급 만년필과 질 좋은 종이가 여러 장 놓여 있었다. 신이 난 그녀가 펜을 막 집어든 순간— 베시는 생채기 하나 없이 제 손을 보고 자신이 할 일을 하나 더 떠올렸다.

"……나 파나세아한테 고맙다는 편지를 보냈던가?"

기억을 더듬어 보니 친구에게 고맙다는 인사를 했던 기억이 없었다. 하긴 깨어나자마자 여러 가지 일 때문에 정신이 없었으니까.

고개를 절레절레 저은 베시는 논문을 작성하는 대신 편지부터 쓰자는 결론을 내렸다.

어찌 되었건 간에 그녀가 보낸 편지와 약 덕에 받은 도움이 컸다. 당연히 파나세아에게는 고맙다는 인사를 해야만 했다. 그리고 인사를 전하면서 독의 후유증— 악몽에 시달리는 것에 대한 몇 가지 조언을 구하는 것도 나쁘지 않을 것 같았다.

이번에는 정말 별거 아닌 것처럼 보이게 잘 물어봐야지. 베시가 의자에 앉아 '파나세아, 잘 지내?'라는 첫 줄을 적은 그때였다.

"관장님! 지금 뭘 하고 계시는 건가요?"

노크 소리도 없이 벌컥 문이 열린 뒤, 이네딧 부인의 엄한 목소리가 들려오자 베시는 저도 모르게 그 자리에 딱 멈추어 서고 말았다.

굳은 얼굴로 고개를 뒤로 돌리니 허리춤에 양팔을 착 올리고 있는 이네딧 부인의 모습과 어이없다는 얼굴을 한 애니드의 모습이 동시에 들어왔다. 베시는 싱긋 웃으며 한 손을 들어 올려 보였다.

"아, 이네딧 부인. 안녕하세요."

"안녕하세요, 가 아닙니다! 지금 대체 왜 침대 밖으로 나오신 건가요? 다시 빨리 침대 위로 돌아가세요!"

마치 한밤중에 침대 밖으로 빠져나온 장난꾸러기 아이를 꾸짖는 것처럼 이네딧 부인의 목소리가 엄하였다.

"아니, 그게…… 이제 거의 다 낫기도 했고, 그렇게 중환자도 아니니까 꼭 침대 위에만 있을 필요는 없을 것 같은데."

그러니까 이 정도는 봐주세요. 베시가 애교를 부리는 것처럼 다시 한 번 생긋 웃었다. 크게 한숨을 내쉰 이네딧 부인은 뒤에 있는 애니드를 힐끔 보았다.

"앤 양."

"네, 맡겨 주세요. 이네딧 부인."

이네딧 부인이 별말을 하지 않았음에도 불구하고 애니드는 단번에 그녀가 하고 싶은 말을 알아들은 것처럼 싱긋 웃더니 성큼성큼 방으로 들어왔다. 그는 어어, 하는 얼굴을 하고 있는 베시를 아무렇지 않게 번쩍 안아 올렸다.

아무리 겉보기에는 가녀린 여성이더라도 특수한 훈련을 받아온 남성인 애니드에게 있어서 베시 한 명을 들어 올리는 건 그다지 힘든 일도 아니었다.

그것을 알 리 없는 이네딧 부인은 "앤 양은 힘이 세서 참 든든해요."라는 말을 하며 고개를 끄덕거리고 있었다. 베시가 그런 이네딧 부인에게 애니드의 실체가 무엇인지 그냥 까발릴까 고민하는 사이, 그녀의 몸이 순식간에 침대 위로 대충 내동댕이쳐졌다.

"애니— 야! 이게 뭐하는 짓이야! 난 환자라고!"

"다 나았다며, 네 입으로."

코웃음을 흥, 치며 애니드가 작게 중얼거린 말에 베시는 벌렸던 입을 꾹 다물어야 했다.

그래, 맞아. 분명 내가 내 입으로 그런 말을 하긴 했는데 그렇다고 해서 나를 꼭 침대 위에 짐짝처럼 내동댕이쳐야 했냐, 라는 속마음은 가슴에 묻어 둔 채.

이네딧 부인은 입이 삐죽 나온 베시를 부드럽게 꾸짖었다.

"그러니까 제 말을 진작 좀 들으셨어야죠."

"아, 정말 나 괜찮다니까요! 그리고 지금은 저 말고 앤을 혼내세요. 지금 이네딧 부인도 보셨죠? 재가 막 나 여기다가 내동댕이를—"

"네, 네. 알겠습니다. 관장님."

아무렴 앤이 진심으로 그랬겠냐고 말하며 이네딧 부인은 침대 머리맡에 서서 베시에게 제법 도톰한 이불자락을 조심스레 덮어 주었다. 베시는 이네딧 부인 옆에 서 있는 애니드가 히죽 웃으며 혀를 쏙 내미는 것을 보고 이를 갈았다. 저 자식이, 진짜.

"자, 어디 보자. 혹시 모르니까 열이 있으신지 확인 좀 해 볼게요."

누가 보더라도 자신을 중환자 취급하는 그녀의 손길에 베시는 한숨을 내쉬었다. 이제 정말 괜찮다고 몇 번을 말해도 이네딧 부인은 좀처럼 자신의 말에 귀를 기울여 주질 않았다. 그렇다고 해서 자신을 걱정하는 그녀의 손길을 매몰차게 뿌리칠 수도 없었다.

베시는 어쩔 수 없이 이네딧 부인이 하는 대로 이불로 몸을 푹 감싸고, 배게 위로 머리를 눕혔다. 아무래도 주치의에게 활동해도 좋다는 허락을 받기 전까지는 이대로 병자 생활을 계속 해야 할 것 같았다. 대체 그 영감탱이는 언제쯤 날 여기서 내보내 주려는 걸까. 이러다가 몸에 곰팡이가 피면 어쩌지?

"관장님. 뭐 불편한 건 없으시죠?"

"네, 아주 편해요. 정말 심심해 죽을 것처럼 편해서 오히려 죽을 것 같네요."

아무리 머리로는 '조금만 참자'라고 생각해도 입 밖으로 나오는 투덜거림까지는 막을 수 없었다. 베시가 정말 따분해 죽겠다는 얼굴을 하고 있는 걸 안 이네딧 부인이 웃으며 옆에 있는 애니드를 보았다. 애니드 역시 못 말리겠다는 듯 어깨를 으쓱하였다.

"조금 긴 휴가를 받았다고 생각하세요, 관장님. 그동안 이 수도에 온 이후로 제대로 쉰 적이 없으시잖아요."

애니드의 말대로 베시는 평소에는 도서관 정비 작업을 하느라 바빴고, 조금이라도 시간이 나면 전 황제에 대한 일을 조사하고 다니느라 정신이 없었다. 이네딧 부인은 자세한 사정은 모르지만, 내심 베시가 지나치게 일중독이라고 생각하고 있었기에 그 말에 동의하였다.

"맞아요. 앤 양 말대로예요. 관장님은 지금 좀 쉬셔야 해요. 의식을 회복하고 나서 아직 보름도 지나지 않았잖아요. 적어도 한 달은 쉬셔야죠."

한 달씩이나? 베시는 하얗게 질려 버렸다. 그렇게 쉬었다간 논문 제출 기한을 진즉 넘겨 버리고 말 것이다. 이네딧 부인의 눈치를 보며 베시가 조심스레 입을 열었다.

"저기, 부인. 그럼 저 쉬는 김에 논문 좀 써도 되나요?"

"……관장님. 논문을 쓰는 건 쉰다고 하지 않아요."

이네딧 부인이 기가 막힌다는 얼굴로 한 말에 베시는 다시 시무룩해지고 말았다. 하지만 애니드는 정작 다른 게 더 신경 쓰인다는 듯 베시에게 물었다.

"논문? 무슨 논문이요, 관장님?"

"아, 실은 이번에 여름에 나올 학술지에 실을 논문 하나 달라고 부탁받았거든."

아무렇지 않게 베시가 한 대답에 애니드는 아주 의외라는 얼굴로 그녀를 바라보았다. 그 눈에는 마치 '갑자기 왜 학자인 척하냐, 너.'라는 업신여김이 고스란히 담겨 있었기에 베시는 쓴웃음을 지었다.

아카데미에 있을 무렵에는 마녀 베시 에일이 아니라 학자 베시 에일의로서의 삶이 당연했지만, 이곳에서는 그렇지 않았다.

학자보다도, 마녀보다도 황태자의 총애를 받는—

"아."

시트 자락을 만지작거리며 시무룩해 하던 베시는 문득 무언가를 떠올린 얼굴로 애니드를 힐끔 보았다. 베시와 눈이 마주친 애니드 역시 고개를 끄덕였기에 베시는 얼른 이네딧 부인을 불렀다.

"이네딧 부인. 미안한데, 지금 약간 배가 고프네요. 뭔가 먹을 거 없을까요?"

왜 하필 부인을 방 밖으로 내보내기 위한 핑계가 이런 것밖에 떠오르지 않았던 걸까. 베시는 혹시라도 이네딧 부인이 자신의 갑작스러운 요청을 수상하게 여길까 걱정하였지만, 그것은 기우에 불과하였다.

"어머. 관장님 배고프세요? 다행이네요! 몸이 점점 건강해져 가고 있다는 증거네요. 알겠어요. 제가 금세 가서 뭣 좀 챙겨 올게요."

신이 난 얼굴로 고개를 끄덕인 이네딧 부인은 애니드에게 베시를 부탁한다는 말을 남기고 서둘러 방 밖으로 빠져나갔다. 애니드는 그 뒷모습을 물끄러미 보며 입을 열었다.

"언제 봐도…… 소세지에 다리 달린 것 같지 않냐?"

"너 이네딧 부인 앞에서 그런 말 하면 가만 안 둔다?"

"내가 그런 실수를 할 것 같냐? 저 할망구 날 엄청 참한 아가씨라고 생각하고 있다니까?"

낄낄거린 애니드가 의자를 빙글 돌려 등받이에 가슴을 기대고 앉았다.

"그래서? 나한테 뭔 말하려고 할망구 내보냈냐?"

역시 눈치가 빠르다니까. 빙긋 웃으며 베시가 입을 열었다.

"당분간 반황태자파의 주요 세력 움직임을 좀 감시해 줄 수 있어? 특히 노튼 백작가를 중심으로."

"……어렵진 않은데, 정말 할 생각이야?"

애니드가 기가 찬다는 얼굴을 하였다. 그는 이미 베시가 어떤 각오로 수도에 남았는지 들었기에 그녀가 하는 부탁의 무게가 가볍지 않다는 것도 알고 있었다.

"와트러 자작과 노튼 백작이 많이 친밀한 사이였다면서? 하지만 노튼 백작이 이 일을 주도했을 리는 없을 거야. 어디까지나 그도 중간 보스겠지."

"……거기까지 생각했다면 중간 보스가 아니라 진짜 보스를 알아내서 잡는 게 낫지 않아?"

"물론 최종적으로 그렇게 해야지. 하지만…… 작아도 제법 실세가 있던 가문 하나를 손쉽게 지워 버리는 상대가 그렇게 순순히 꼬리를 드러낼 리는 없잖아."

"그렇게 말하는 걸 보면 짐작 가는 상대는 있나 보네."

슬그머니 웃은 베시가 막 입을 열어 무언가를 대답하려는 찰나, 애니드가 갑자기 표정을 굳히더니 자신의 입에 손가락을 가져다 대었다.

그것이 조용히 하라는 신호임을 알아들은 베시는 얼른 입을 다물었다. 그리고 얼마 지나지 않아 방문을 두들기는 소리가 들렸다.

"들어와요, 부인."

이네딧 부인이 돌아온 것이리라 생각하며 베시는 대답하였다. 하지만 방 안으로 들어온 것은 베시의 예상과 달리 이네딧 부인이 아니라 커다란 쟁반을 들고 있는 크리스였다.

"어?"

생각지도 못한 인물의 모습에 베시가 당황하는 것과 달리 애니드는 이미 상대를 짐작하고 있었던 듯 평온한 얼굴로 자리에서 일어섰다.

"크리스 반 듀벨 황태자 전하를 다시 뵙습니다. 기억하실지 모르겠지만—"

"물론 기억하네. 나도 다시 만나서 반갑군. 앤 로즈 양."

점잖게 제 기억력이 멀쩡함을 알린 크리스가 쟁반을 근처에 있는 테이블 위에 올려 두었다. 베시는 쟁반 위에 수프며 샌드위치 같은 간단한 음식이 가득 놓여 있는 것을 보고 코를 실룩거렸다.

그것을 깨달은 애니드는 못 말린다는 얼굴로 베드 테이블을 꺼내 테이블 위로 음식을 옮겨 주었다.

베시는 자신 앞에 놓인 음식을 보고 만족스러운 얼굴로 스푼을 집어 들었다. 애니드와 크리스는 말없이 그녀가 스프를 한 입 떠먹는 모습을 지켜보았다.

물론 애니드는 이 상황에서도 음식이 넘어가는 마녀의 뻔뻔함에 놀라워하는 중이었다.

"……야, 크리스. 먹으라는 거야, 말라는 거야?"

수프를 막 한 입 먹은 베시는 불만 가득한 얼굴로 고개를 들어 올렸다. 크리스는 평소에는 좀처럼 보기 드문, 무표정한 얼굴을 하고 서 있었다.

"베시."

"음식 배달 끝났으면 빨리 나가."

원래 이네딧 부인이 가지고 오기로 한 음식을 왜 크리스가 가져온 건지는 전혀 궁금하지 않다는 듯, 베시가 손을 내저었다. 애니드는 제국의 황태자를 동네 개 내쫓듯 내쫓으려는 베시의 태도에 잠시 할 말을 잃었다.

하지만 정작 푸대접을 받는 당사자는 화를 내지 않았다.

"베시."

그저 아까보다 조금 곤란한 목소리로 베시의 이름을 불렀을 뿐이었다.

수프를 한 입 더 먹으려던 베시는 크게 한숨을 내쉬었다. 그녀가 애니드를 힐끔 보자 애니드는 이번에도 베시가 하고 싶은 말을 단번에 이해하였다.

"……그럼 저는 이만 실례하겠습니다, 전하. 관장님. 필요하신 일이 있다면 불러 주세요."

"잠깐만, 앤."

방을 빠자나려던 애니드는 자신을 부르는 베시의 손짓에 멈칫하였다. 무슨 일인가 싶어 애니드가 고개를 숙이자 베시는 그의 귀에 입을 가져다 대고 무어라 속닥거렸다. 애니드는 아주 의외라는 얼굴을 하였지만 고개를 끄덕이고는 방을 빠져나갔다.

두 사람만 남은 방 안은 조용하였다. 베시는 아까 전 먹다 만 스프를 다시 먹으려는 것처럼 스푼을 놀렸다.

"베시."

벌써 세 번째였다. 이번에도 크리스는 베시의 이름을 불렀다. 마치 그 말밖에 모르는 사람처럼.

짜증이 난 베시는 스푼을 크리스에게 내던지고 싶은 충동을 느꼈다.

"야. 너 지금 나 고문해? 음식을 가져다 줬으면 사람이 좀 먹도록 조용히 나가—"

"화를 낼 가치조차 없어?"

퉁명스러운 말을 내뱉던 베시가 멈칫하였다. 그녀는 자신의 앞에 서 있는 크리스가 얼핏 보기에는 무표정해 보이지만, 그 눈은 마치 울 것 같다는 것을 깨달았다.

아, 진짜. 밥맛 떨어지게. 기분 좋은 식사는 글렀단 생각에 베시는 스푼을 테이블 위에 내려놓으며 입을 열었다.

"응."

"………."

"애초에 내가 너한테 왜 화를 내야 하는데?"

심드렁한 베시의 말에 크리스의 얼굴에 순간, 당혹스러운 기색이 스쳐 지나갔다.

"너 나한테 뭐 잘못한 거— 아, 많긴 하네. 여하튼 네가 나한테 잘못한 게 많은 건 늘 있는 일이잖아. 근데 내가 왜 그걸로 새삼스럽게 화를 내야 하는데?"

정말 이해가 안 간다는 얼굴로 베시가 한 말에 크리스는 잠시 아무 말을 할 수 없었다.

이 방으로 오기까지, 베시를 만나러 오기 전까지 그는 수많은 상황을 가정하였다. 그의 머릿속에는 자신에게 미친 듯이 화를 내는 베시의 모습도 있었고, 세상에서 가장 징그러운 벌레를 보듯 얼굴로 자신을 보는 베시의 모습도 있었다.

그녀를 만나러 오는 일에는 많은 용기가 필요했다. 그 때문에 지금에서야 간신히 이 방으로 걸음을 할 수 있었다.

하지만 그 어떤 상상 속에서도 지금처럼 평소와 같은 얼굴로 자신을 대하는 베시는 없었다. 그래서 그는 무슨 말을 해야 할지 알 수가 없었다.

한동안 말을 고르던 크리스는 믿을 수 없다는 목소리로 물었다.

"설마 나를 용서하는 거야? 이렇게 쉽게?"

"아니, 그러니까. 내가 왜 너한테 화를 내거나 용서하지 않으면 안 되는 건데? 그럴 이유가 없다니까."

"……내가 널 이용한 결과, 하마터면 네가 죽을 뻔했으니까."

다른 사람들 앞에서는 차마 자신의 입장 때문에 말할 수 없었던 속마음이 조용히 흘러나왔다. 크리스의 목소리는 지나치게 괴로운 나머지 모든 감정이 죽어 버린 것처럼 느껴질 정도로 깊게 가라앉아 있었다.

"베시. 나는 이 일에 너를 끌어들이면 네가 위험해질 걸 알고 있었어. 그런데도 널 수도로 불러들였지. 널 이용하기 위해서, 그리고 그 때문에 너는—"

앤 또 왜 이렇게 구질구질하게 군담. 며칠 전의 나를 보는 것 같네. 짜증이 난 베시는 크리스의 말꼬리를 잘라 냈다.

"그러니까 그게 왜? 난 처음부터 알고 있었어. 이 일이 정말 도서관 관장이나 시켜 먹으려고 하는 건 아니라는 걸."

그런데도 결국 이곳으로 오는 선택을 한 건 다른 그 누구도 아닌 베시였다.

"애초에 너 역시 그걸 알고 있으니 나한테 제이를 붙인 거잖아. 내 신변을 지키기 위해서."

크리스는 베시에게 선황이 남긴 단서를 찾아 달라는 부탁을 하기 전에, 미리 그녀에게 도서관 관장이라는 자리를 만들어 두었다. 그녀가 성에 있어도 전혀 이상하게 보이지 않도록 하기 위해서였다. 그리고 베시를 지키기 위해 저스틴을 보낼 때도 때마침 문제를 일으켰던 그에게 '봉사 활동' 처분이라는 명목을 붙여 자연스럽게 두 사람을 붙여놓았다.

하지만 그렇다고 해서 그가 모든 상황을 통제할 수 있는 건 아니었다. 그러니 이번 일 역시 크리스의 탓은 아니었다.

적어도 베시의 안에서는.

"너 설마 내가 납치를 당한 것도, 다친 것도 네 탓이라고 생각했어?"

베시의 질문에 크리스가 당연하지 않느냐는 얼굴을 하였다. 그러자 베시가 기가 막힌다는 얼굴로 코웃음을 쳤다.

"크리스 반 듀벨. 거만 떨지마. 넌 나에 대해 죄책감을 느껴야 할 정도로 그렇게 대단한 존재가 아니야."

베시의 말에 크리스의 눈동자가 커다랗게 변하였다.

"그게 무슨 말—"

"난 알고 있었어. 이곳에 오면 내가 여러 가지 위험에 노출될 수 있다는 걸. 그런데도 나는 왔어. 내 선택으로."

처음에는 단지 재미있을 것 같다는 이유 때문에 이곳으로 왔다. 하지만 지금 와서 생각해 보면 무언가 말로는 설명할 수 없는 것이 자신을 이곳으로 인도했던 것일지도 모른다.

이곳에는 그녀가 만나야 할 사람이 있었으니까—

아니, 지금 중요한 건 그게 아니지. 무심코 저스틴의 얼굴을 떠올린 베시는 얼른 고개를 저었다. 그녀는 아직 크리스에게 전해야 할 말이 있었다.

"그러니까 여기에서 나에게 벌어졌던 일 중에 네가 책임을 느낄 일은 무엇 하나 없어. 내가 납치당한 건 내가 방심한 탓이었고, 내가 상처를 입은 건 내가 아직 미숙했기 때문이야."

이 모든 게 크리스의 마음을 편하게 해 주자고 하는 말이 아니었다.

그저 그녀에게는 이것이 사실이었다.

저스틴에게 말했던 것과 마찬가지로 그녀는 자신에 대한 그 어떤 책임도 남에게 지우고 싶지 않았다.

그 어떤 일이 있다 하더라도 이것은 그녀의 삶이다.

죽음도, 삶도, 그 방법조차도 스스로 선택할 수밖에 없다.

누군가의 강요에 의해, 어쩔 수 없는 사정에 의해, 당신이 날 돕지 않았기에 이런 변명으로 자신의 선택을 속이고 싶지 않았다.

선택을 한 것은 나, 그렇다면 선택을 통한 결과의 책임까지도 전부 나의 것이었다.

그게 베시가 이제까지 살아왔던 방식이었다.

"……그런 거구나."

한참의 침묵 후, 크리스가 이슬비처럼 조용하고 쓸쓸한 목소리로 답했다.

그래, 그런 거였구나. 나는 정말 너에게 대단하지 않은 존재였어. 너는 정말 홀로 오롯하게 '베시 에일'로 존재하는 거였구나.

그는 깊은 보라색 눈동자로 베시를 물끄러미 바라보았다. 그것은 마치 세상에서 가장 찬란한 보물을 보는 것처럼 감탄하는 눈이기도 하였고, 자신이 절대 흉내 낼 수 없는 존재를 경외하는 것 같은 눈이기도 하였다.

"쓸데없는 말 끝났으면 나 이제 밥 먹는다. 방해하지 마."

테이블 위에 있는 스푼을 다시 집어든 베시는 접시에 제법 가득 담긴 수프를 열심히 퍼먹기 시작하였다. 수프가 벌써 식었다며 투덜거리는 베시의 모습은 평소와 조금도 다를 바 없었다.

심술 맞은 주제에 때때로 상냥하고, 자신을 좋아하지 않지만 기꺼이 도와주는 모순덩어리인 베시 에일.

변함없는 그녀의 모습에 크리스는 잔뜩 굳어 있던 어깨가 조금 풀어진 게 느껴졌다.

이렇게 쉽게 용서받고 말았다. 아니, 정확히는 질타조차 받지 못했다. 자신이 누구보다 존경하는, 그리고 좋아하는 그녀는—

너무나 간단하게 자신의 죄책감을 털어 내버렸다.

역시 너는 대단해, 베시. 정말 굉장해. 크리스는 입으로 비슷한 말 몇 마디를 중얼거리며 다시 한 번 베시를 바라보았다.

"미안해, 베시."

하지만 아무리 아무리 그녀가 허락하지 않더라도 말해야 했다. 이곳으로 온 게 베시의 선택이었다면, 베시를 이곳으로 불러

들일 선택을 한 건 다름 아닌 크리스 자신이었다.

베시가 베시의 선택에 책임을 지려는 것처럼 크리스 역시 자신의 선택에 책임을 져야 했다.

"너는 정말 잘해 주었어. 충분히. 부족한 건 오히려 나야. 네가 아무리 내 잘못이 아니라 말해 줘도 나는……."

사죄하지 않으면 안 된다. 이것조차도 사실은 자신의 죄책감을 가볍게 하려는 일방적인 행위에 불과할지 모르지만, 그렇다고 하더라도.

"정말 미안해. 베시."

크리스는 깊게 고개를 숙였다. 이 나라의 황태자인 그가 하는 사죄에는 분명 그만한 무게가 있었다. 베시는 크리스의 뒤통수를 물끄러미 바라보았다. 자신만큼이나 고집이 센 남자였다.

성에 찰 때까지 계속 이러고 있을지도 모른다. 속으로 한숨을 푹 내쉰 베시는 가벼운 어조로 입을 열었다.

"정 그러면 내 복수나 돕든가."

"……복수?"

생각지 못한 단어에 놀란 듯 크리스가 고개를 들어 올렸다. 베시는 햇빛을 받아 마치 자수정 같은 영롱한 빛을 내는 크리스의 눈을 마주하며 답했다.

"어, 복수. 나 내 배에 구멍을 낸 놈 찾아서 아주 밟아 버리려고."

다시 생각해도 정말 열이 받는다며 베시가 이를 아드득 갈았다. 크리스는 그런 베시에게 무어라 대답해야 좋을지 모르겠다는 얼굴로 한동안 침묵하였다.

하지만 곧 작게 웃음을 터트려 버리고 말았다.

"베시 에일답다."

작게 웃은 끝에 크리스는 정말 못 말린다는 것처럼 고개를 절레절레 저었다. 빅터를 통해 베시가 수도에 남기로 했다는 말을 전해 들었을 때는 설마 했지만, 정말 이런 이유 때문에 수도에 남기로 했다니.

보통 사람이라면 생각하지 못할 대범한 사고방식이었다.

"그럼 이제 우리 관장님께서는 복수를 위해서 뭘 준비하실 예정이신지?"

어느새 평소의 여유를 되찾은 크리스가 빙그레 웃으면 던진 질문에 베시는 베드 테이블 위에 놓여 있는 컵을 집어 들었다.

"그건 네 나름이지."

"내 나름?"

"누구야?"

주어가 없었지만 베시가 묻는 상대가 누구인지는 뻔하였다. 크리스는 곤란한 얼굴로 그녀를 보았다.

"왜 그렇게 봐? 설마 내가 납치당해서 죽다 살아나는 동안 손가락만 빨고 있지는 않았지? 그럼 당연히 뭔가 나온 정보 있을 거 아냐. 좀 내놔 봐."

칼만 안 들었지, 순 날 강도 같은 태도로 베시가 껄렁거렸다.

"……아직은 공유할 수 있는 정보가 많지 않아. 심증만 있는 상태고, 물증은 없는 상황이지. 그리고…… 지금 예상하고 있는 인물은 물증 없이는 손대기 어려운 상대야."

"괜찮아. 물증은 만들면 그만이야."

사법 체계의 근간을 뒤흔드는, 아니 양심이라고는 찾아보기 어려운 발언을 태연자약하게 내뱉은 베시가 다시 재촉하였다.

"뭐가 문제인 건데? 설마 뭔가 엄청난 알리바이라도 있어? 그게 아니면 황제의 엄청난 신임을 받는 인물이야?"

베시의 말이 떨어지기가 무섭게 크리스의 얼굴에서 핏기가 싸악 가시는 것이 보였다.

즉, 둘 다라는 뜻이었다. 베시는 팔짱을 낀 채, 기억을 더듬었다. 황제의 엄청난 신임을 받으면서 어지간한 귀족 가문 하나 정도는 가볍게 지울 수 있는 고위 귀족이라면—

그때, 똑똑 문을 두드리는 소리가 들려왔다. 베시는 문밖의 상대가 누구인지 이미 알고 있는 듯, 들어오라 답하였다.

아까 전 방을 나갔던 애니드가 양손에 책 몇 권을 들고 방 안으로 들어섰다.

크리스가 의아한 얼굴로 베시와 책을 번갈아 보는 사이, 애니드는 가져온 책을 침대 위에 올려놓았다. 베시는 접시 위에 있는 샌드위치 한 조각을 집어 들며 크리스에게 말했다.

"거기 있는 책 중 아무거나 집어 봐."

그녀의 지시가 이상하기는 했지만, 크리스는 순순히 그녀의 말을 따랐다. 그의 손에 집힌 책은 '사랑의 증표'. 그 책이 조부가 도서관에 기증했던 서적이라는 것을 깨달은 크리스의 눈빛이 미세하게 흔들렸다.

"펴 봐, 책."

입 안 가득 샌드위치를 물어 넣은 채, 불명확한 발음으로 베시가 말하였다. 크리스는 이번에도 베시가 시키는 대로 책을 펼쳐 보았다. 베시는 입을 우물거리며 또 무어라 말을 하였고, 크리스는 그것이 용케도 '읽어 봐'라는 말이라는 걸 알아차렸다.

"≪……만나지 못하는 시간이 길어질수록 그들의 사랑은 더욱 깊어졌다. 이상한 일이었다. 만날 수 없고, 만질 수 없고, 말할 수 없는데 사랑이 깊어진다는 것은. 하지만 실제로 두 사람의 사랑은 시간이 지날수록 그렇게 깊어져 갔다.≫ 더 읽어?"

한 문단을 통째로 읽은 후, 크리스가 베시에게 시선을 되돌렸다. 그러자 베시가 고개를 저으며 답했다.

"그 부분 다시 읽어봐."

이 부분을 다시? 여전히 뜻을 알 수 없는 이상한 말이었지만 크리스는 문단을 되풀이하여 읽어 내려갔다.

"오케이, 좋아. 그럼 3장 넘겨서 밑에서 다섯 번째 문단 읽어 보고, 그 다음에는 1장 더 넘겨서 첫 번째 문단."

접시에서 샌드위치를 완전히 비운 베시의 요구가 점점 입체적인 것으로 변해 가기 시작하였다. 크리스의 표정이 점차 딱딱하게 굳어 갔다. 베시가 무언가를 알리려고 하고 있었다.

≪……만나지 못하는 시간,이 길어질수록 그들의 사랑은 더욱 깊어졌다. 이상한 일이었다. 만날 수 없고, 만질 수 없고, 말할 수 없는데 사랑이 깊어진다는 것은. 하지만 실제로 두 사람의 사랑은 시간,이 지날수록 그렇게 깊어져 갔다.≫

≪시간,은 그렇게 속절없이 흘러갔다. 어느새 베르테타에게는 수많은 구혼자들이 몰려들어 있었다. 하지만 아무리 그가 돌아오지 않는 시간,이 계속 되어도—≫

≪'이제 시간,이 다 되었구나.' ≫

무얼까. 대체 베시는 무엇을 내게 알리려는 걸까. 그는 책을 통째로 집어삼킬 것처럼 집중하여 베시가 알려 준 구절을 되풀이하여 읽었다. 처음에는 방을 빠져나가려던 애니드조차 호기심 어린 눈으로 크리스가 들고 있는 책을 힐끔거릴 정도였다.

만나지 못하는 시간, 시간,이 지날수록—, 시간,은 그렇게—, 시간,이 계속 되어도—, 시간,이……

"아!"

몇 분이 지났을까. 한참 책과 씨름을 하던 크리스가 커다랗게 입을 벌리면 짧은 감탄을 내뱉었다.

그렇군, 시간이다.

이 책에는 시간이라는 단어마다 아주 약한, 마치 잉크 얼룩이 진 것 같은 점이 하나씩 찍혀 있었다. 그는 얼른 자신이 들고 있던 책을 침대 위에 아무렇게나 내려놓고, 다른 책을 집어 올렸다.

이번에 그의 손에 들린 책은 용을 찾는 아이들이었다. 크리스는 삽화가 제법 가득한 그 책에서 손가락으로 문장 한 줄, 한 줄을 짚어 가며 잉크 얼룩이 찍혀 있는 단어를 찾기 시작하였다.

침대 곁으로 다가온 애니드가 베시의 어깨를 조용히 쿡 찔렀다.

"야, 뭐야. 대체?"

베시에게만 들릴 정도로 작은 목소리에 베시는 대답 없이 히죽 웃었다. 그와 동시에 크리스가 또다시 다른 책을 집어 들었다. 총 네 권의 책을 모두 살펴본 크리스는 고개를 들어 경악이 가득한 눈으로 베시를 바라보았다.

"베시, 이건—"

자신의 힌트로 단어를 찾아낸 크리스가 기특하다는 것처럼 베시가 고개를 끄덕였다.

"그래, 맞아. 바로 그거야."

"하지만 이런…… 이런 방식이라니."

조부가 손수 남긴 책이 무언가 의미가 있을 것이라고 생각하기는 하였다. 하지만 설마 책 안에 특정 단어에 '점'을 찍는 방식으로 암호문을 만들다니. 기가 막힐 정도로 지나치게 복잡하고 성가신 암호였다.

이 암호의 비밀을 밝혀내기 위해서는 처음부터 끝까지 책을 몇 번이고 정독하는 정성과 아무리 봐도 파본으로밖에 안 보이는 점을 찾아내는 눈썰미가 필요했다. 심지어 그 점은 각 글자의 특정 위치에 아주 교묘하게 자리하고 있었다.

만일 베시의 힌트가 없었다면 크리스 혼자서는 절대 알아차리지 못했을 게 분명했다.

대체 이걸 어떻게 눈치챈 것이냐고 묻는 것처럼, 크리스가 베시를 감탄어린 눈으로 바라보았다.

"과거에 전쟁터에서 사용하던 암호야. 적의 중요한 기밀문서를 입수해 보면 전혀 중요해 보이지 않는 문서일 때가 있어. 하지만 사실 그 문서의 특정 단어에는 해독 전문가들만이 알아볼 수 있는 점이 찍혀 있는 거지. 참고로 말하자면 이건 레벨 1단계의 암호야. 전시 상황에서는 더더욱 교묘한 방식으로 조작해. 나 역시 암호 해독학은 따로 전공하지 않았으니까 그 정도로 어려운 문서라면 이 암호를 해독하지 못했을 거야."

"하— 그거에 비하면 이건 정말 고마울 정도로 알기 쉬운 단서긴 한 거군."

크리스가 기가 막힌다는 얼굴로 고개를 절레절레 저었다. 베시 역시 공감한다는 것처럼 히죽 웃었다.

"네 할아버지, 정말 재미있는 사람이야. 이런 식으로 암호를 직접 숨겨 놓다니. 아니지, 아주 엄청 신중한 성격인 건가? 설마 하니 각 책마다 한 개 이상의 단어에 표시를 넣어 그 단어를 모두 합하여 암호를 만드는—"

"베시!"

아직 방안에 있는 애니드를 보며 크리스가 당황한 것처럼 큰 소리를 내었다. 하지만 베시는 걱정하지 말라는 것처럼 어깨를 으쓱하였다.

"괜찮아. 나랑 직접 계약한 애니까 절대 배신할 일 없어."

"……그렇다면 다행이군."

입으로는 그렇게 말하면서도 애니드를 향한 크리스의 눈에는 여전히 경계심이 서려 있었다. 괜히 황태자의 눈 밖에 나 봐야 좋을 게 없다는 생각에 애니드는 베시 옆에 바짝 붙어 섰다.

"참고로 얘 전직은 암살자야. 길드에서 제일 실력 좋은 애로 데리고 왔어. 그러니까 누구 목 따고 싶으면 나한테 말해. 얘한테 시키면 되거든."

"야!"

이번에는 애니드가 경악하는 얼굴로 소리를 꽥 질렀다. 황태자 앞에서 신분을 밝히다니, 제정신인가.

애니드는 금방이라도 붉은 늑대 기사단이 방 안으로 들이닥칠지 모른다는 생각에 본능적으로 치맛자락 속으로 손을 집어넣었다.

그러나 애니드의 걱정과 달리 크리스는 오히려 아까 전보다는 마음이 놓인다는 얼굴로 대답하였다.

"암살자 출신이라고? 헤에, 이렇게 예쁜 아가씨가?"

"하나 더 말해 주자면 남자야. 천하의 크리스 반 듀벨을 속여

먹을 정도인 걸 보면 네 분장이 완벽하긴 한가 봐, 앤."

베시는 크리스가 감쪽같이 속아 넘어간 것이 유쾌한지 히죽거리고 있었다. 애니드는 머리가 어질한 것을 느꼈다. 이 마녀는 역시 제정신이 아닌 게 틀림없다. 아니, 지가 나한테 절대 들키지 말라고 해 놓고 나서는 왜 까발리는 건데, 대체?!

애니드는 황태자가 대체 어떤 얼굴로 자신을 보고 있을까 심히 두려워하며 아주 천천히 고개를 옆으로 돌려보았다. 크리스는 아주 심각한 얼굴로 애니드를 보며 물었다.

"앤 로즈 양, 아니, 군? 여장이 자네 취향인가?"

"그럴 리가 있냐! ……습니까. 이건 다 이 미친 마녀, 아니, 망할 관장, 아니, 돌은 여자가 시켜서 한 거지…… 입니다."

좀 전까지만 해도 여자 말투로 술술 존댓말을 하던 애니드는 마치 어딘가 고장 나기라도 한 것처럼 말이 되지 않는 말을 구사하기 시작하였다. 크리스는 이제 경계심을 완전히 거둔 얼굴로 애니드를 보고 있었다.

"흠, 전직 암살자 출신의 남자를 여장 시켜서 사서로 고용하다니. 제법인데, 베시?"

"훗훗, 제일 예쁜 애로 골라서 보내라고 했더니 진짜 예쁜 애로 골라 보냈더라. 예쁘지, 얘?"

"그러네. 하지만 역시 가장 아름다운 것은 베시 에일이라는 이름의 장미—"

베시는 재빠르게 옆에 있던 쿠션을 집어 크리스에게 던졌다.

그동안 잠잠하다 했더니 역시 저 병이 낫진 않았구나. 아슬아슬하게 베시가 던진 쿠션을 잡아낸 크리스는 그것을 끌어안고 빙그레 웃으며 말했다.

"베시. 분명 아까 너 책 한 권에는 한 개 이상의 단어가 숨겨져 있다고 했지? 그럼 총 몇 개의 단어가 있는 거야?"

"일단 『만일의 세계』에서는 '만일'과 '선택'. 『왕과 열두 종소리의 탑』에서는 '되돌리다'와 '나'. 『용을 찾는 아이들』에서는 '후회', '지킨다'. 그리고 『사랑의 증표』에서는 '시간'과 '스스로'. 이렇게 여덟 개네."

손가락을 하나하나 꼽아 가며 베시가 중얼거리자 크리스는 통째로 그것을 암기하려는 것처럼 단어들을 중얼거렸다.

"만일, 선택, 되돌리다, 나, 후회, 지킨다, 스스로— 이게 대체 무슨 말이야?"

크리스는 얼굴을 찌푸렸다. 제가 말해놓고도 대체 무슨 말인지 알 수가 없었다. 베시는 어깨를 으쓱하였다.

"뭐긴 뭐야. 이제 2단계에 들어가야 한다는 거지."

"2단계?"

"일단 암호는 이렇게 찾아 놨으니까 이제 문제는 이 암호를 써먹을 무언가가 필요하다는 거지."

"무언가, 라니? 그게 뭔데?"

"그거야 나도 모르지. 어쩌면 이 단어들이 특정 장소에 들어가기 위한 암호일 수도 있고, 아니면 어떤 금고를 열기 위한 암호일지도 모르고.”

“거기까지는 아직 알아내지 못했어?”

조금 아쉽다는 얼굴로 크리스가 묻자 베시는 얼굴을 팍 찌푸렸다.

“야. 솔직히 여기까지 알아내는 데만 하더라도 완전 귀찮고, 피곤했거든? 나머지는 네가 좀 스스로 알아서 해 보지?”

“하하, 미안. 베시 네가 해 주면 무엇이든 잘 풀릴 것 같은 생각이 들어서 말이지.”

듣기 좋은 말을 몇 마디 늘어놓은 후에 크리스는 팔짱을 꼈다.

“흠— 암호가 필요한 장소나 금고라. 역시 도서관에 무언가가 있지 않을까 싶은데. 전 황제 폐하께서 책을 구태여 도서관에 기부하셨던 걸 보면.”

크리스의 추측은 매우 타당하였다. 베시 역시 같은 생각을 하고 있었기에 고개를 끄덕이며 동의하였다.

“나도 그렇게 생각해. 안 그래도 도서관 재개장 전에, 마감 체크한다는 핑계로 이것저것 찾아보긴 했는데 딱히 숨겨진 방이나 금고 같은 건 없더라고.”

“흐음, 그렇다면 도서관이 아니라 다른…….”

크리스와 베시가 모두 심각한 얼굴로 이런저런 말을 주고받는 가운데 애니드는 무언가가 마음에 걸린다는 것처럼 고개를 갸우뚱하였다. 그는 자신의 치맛자락 속에 손을 다시 밀어 넣어 직사각형 모양의 퍼즐박스를 하나 꺼내 들었다.

"야, 마녀."

이미 황태자 앞에서 정체가 까발려진 애니드는 편하게 베시를 불렀고, 베시 역시 별 말없이 애니드를 바라보았다. 애니드는 앞으로 퍼즐박스를 내밀며 말했다.

"혹시 이게 그 암호를 넣어야 하는 금고 아니야?"

"어?"

"응?"

애니드의 말에 베시와 크리스가 동시에 반응하였다. 두 사람은 애니드가 앞으로 내민 퍼즐을 바라보았다.

얼핏 보기에는 마치 한 권의 책처럼 보이는 그것은 퍼즐 형태로 되어 있는 작은 상자였다. 그리고 상자의 옆면에는 다이얼이 붙어 있어 여러 개의 단어를 조합할 수 있도록 되어 있었다.

보기 드문 형태긴 했지만, 그것은 특정 암호를 입력하며 열리는 방식의 퍼즐박스였다. 심지어 상자의 겉면에는 총 여덟 개의 빈 공간이 놓여 있었다.

베시는 반가움과 놀라운 마음에 입을 커다랗게 벌려 외쳤다.

"앤! 이거 어디서 난 거야!?"

"휴게실에 있는 종이 상자에서 나온 건데."

"휴게실? 아!"

베시는 애니드가 처음 도서관에 왔던 날을 떠올렸다. 분명 도서관 사서가 해야 할 기본 업무를 인수인계해 주기 위하여 그녀는 애니드를 데리고 휴게실을 찾았다. 휴게실 찬장 위에 두었던 이용 수칙 책자를 찾기 위해 종이 상자를—

"그래, 그 날 있잖아. 재수 없는 기사님께서 널 공주님처럼 번쩍 안아 올려서 데리고 갔던 날, 그 날 말이야."

애니드가 시큰둥하게 한 말에 베시는 소리 없는 비명을 질렀다. 얘가 대체 지금 무슨 헛소리를 하는 거야! 베시가 당황하여 입을 뻐끔거리는 사이, 크리스가 묘한 얼굴로 입을 열었다.

"재수 없는 기사님? 혹시 그 기사는 저스틴 하이네 경을 말하는 건가?"

"뭐, 그렇죠."

"호오. 저스틴이 베시를 공주님처럼 번쩍 안아 들었다고?"

크리스가 베시를 향해 그게 사실이냐 묻는 것 같은 눈빛을 하였다. 베시는 얼른 크리스의 관심을 다른 곳으로 돌리려고 하였지만, 애니드는 매우 쓸데없는 정보까지 덧붙여 주었다.

"예, 분명 그랬습니다. 날 아주 갈아 마셔 버릴 것 같은 눈으로 얼마나 노려보던지. 난 그 기사가 수도에서 가장 무뚝뚝한 기사라던 저스틴 하이네가 아닌 줄 알았다니까요. 내가 이 마녀랑 조금 가까이 있었다고 얼마나 눈에서 살기를 내뿜던지."

"……저스틴 경이 그렇게 알기 쉽게 질투를 했단 말인가?"

"알기 쉬운 정도가 아니라 아주 그냥 날 눈으로 죽일 것 같더라고요."

일단 이 망할 놈 입부터 막아야겠다. 마법을 써서라도 당장 애니드의 입을 틀어막자며 베시는 근처에 있는 펜과 종이를 집어 들었다. 심상치 않은 공기를 감지한 애니드는 얼른 다른 말을 꺼냈다.

"아! 그러고 보면 그 기사는 첫날 바로 알아차리더라. 내가 남자인 거."

"뭐?! 저스틴 군이 너 남자인 거 알고 있었어?"

펜을 손에 쥐고, 머릿속에 떠오르는 모든 저주를 적으려던 베시는 깜짝 놀라 마법을 쓰려던 것도 잊고 말았다.

"응. 그래서 난 그 기사한테 너한테 접근하면 가만두지 않겠다는 그런 협박도 당했다고. 꽤 오래전부터."

애니드의 투덜거림에 베시는 입을 열었다 닫기를 반복하였다. 맙소사. 꽤 오래전? 그럼 대체 그 남자는 언제부터 나를 좋아했던 거야? 기억을 더듬는 베시의 뺨이 어느새 옅은 분홍빛으로 물들었다.

그것을 알아차린 크리스가 쓴웃음을 지었다. 베시의 수도 체류 건과 마찬가지로 저스틴의 갑작스러운 고백에 대해서는 이미 빅터를 통해 전해 들은 바가 있었다.

저스틴과는 어떻게 하기로 했냐 물어보고 싶기도 했지만, 지금의 베시를 보면 그녀의 마음이 어디로 향하고 있는지는 분명하였다.

막연히 그러리라 짐작하던 것이 막상 현실이 되니 기분이 이상했다. 제가 아끼는 사람들이 함께 행복해지길 바라면서도 무언가에 진 것 같은 패배감. 크리스는 어쩐지 심술을 부리고 싶어졌다.

"흐음? 싫지는 않은 모양이네, 베시? 제이가 아주 알기 쉽게 애정 표현을 하는—"

"뭔 헛소리야?! 지, 지금 그게 중요한 게 아니잖아! 그거 내놔 봐!"

괜히 소리를 버럭 지른 베시가 애니드의 손에 있는 퍼즐박스를 빼앗아 들었다. 얼굴은 여전히 붉었지만, 그녀는 진지하게 퍼즐박스를 살펴보기 시작하였다. 크리스 역시 씁쓸한 미소를 거두고, 베시를 지켜보았다.

"흐음. 이거, 꽤— 으음."

퍼즐박스를 만지작거리던 베시는 다른 말없이 연달아 작은 신음을 흘렸다. 불안함을 느낀 크리스가 몸을 앞으로 내밀었다.

"왜 그래? 혹시 뭔가 문제라도 있어?"

"아니, 그건 아니야. 꽤 오래전에 만들어진 상자인데도 보관 상태가 좋다 싶어서. 그리고 세공도 굉장히 섬세하고. 으음…… 그나저나 이게 대체 왜 휴게실에 있었던 거지."

베시는 고개를 갸웃거리며 생각에 잠겼다. 원래대로라면 이 퍼즐박스는 다른 곳에 있었던 게 아닐까. 도서 분류법에 맞지 않게 꽂혀 있던 네 권의 책과 함께.

"그냥 정리하다가 거기로 흘러 들어간 거 아냐? 너 이곳에 부임하자마자 바로 대청소부터 시작했었다면서."

애니드의 말에 크리스도 그럴 수 있다며 고개를 끄덕였다. 하지만 베시는 그렇지는 않을 거라 생각하였다.

애초에 그녀는 도서관 정비 작업을 시작했을 때, 현장에서 손수 도서관에 있는 물건 대부분을 확인하였다. 그러니 이런 퍼즐박스가 나왔다면 당연히 베시가 기억을 못 할 리가 없었다.

하지만 이 물건은 분명 베시의 기억 속에 없는 물건이었다.

휴게실, 그것도 천장 위 종이 상자 안. 마치 누군가가 감추어 두려고 했던 게 아닐까 하는 의심이 드는 위치였다. 그렇다면 대체 누가? 무슨 목적으로? 일단 제일 먼저 의심이 가는 건 도서관에 자주 드나들었던 인물들이었다.

그러고 보니 은빛 매 기사단은 강제로 도서관 대청소 작업에 동원되긴 했지. 그렇다면 녀석들 중 누군가가 일부러? 하지만 이게 대체 뭔 줄 알고 녀석들이 이걸 숨겨 놨던 걸까?

아무리 머리를 굴려도 이렇다 할 만한 인물이 떠오르질 않았다. 베시는 고개를 가볍게 내저었다.

"……뭐, 그건 나중에 생각해 보고. 일단 이거나 열어 보자. 내가 해? 아님 네가 할래?"

베시가 퍼즐박스를 들어 올리며 던진 질문에 크리스는 잠시 망설이더니 손을 내밀었다. 퍼즐박스를 넘겨받은 그는 옆에 붙어 있는 작은 다이얼을 천천히 돌리기 시작하였다.

크리스는 '시간', '후회', '선택', '나'같은 단어를 차례대로 입력해 보았다. 어느 것도 이렇다 할 반응이 없었다.

초조해진 그가 '만일'이라는 단어를 입력하던 순간.

달칵— 무언가가 들어맞는 것 같은 소리와 함께 첫 칸에 만일이라는 글자가 고정되었다. 퍼즐을 맞추는 요령을 완전히 터득한 크리스는 얼른 다음 칸을 채워 보기 시작하였다. 그러나 다음 칸부터는 오히려 고전을 면할 수가 없었다.

여덟 개의 단어를 알고 있었지만, 이것을 어떤 순서로 집어넣어야 하는지는 모르기 때문이었다.

결국 크리스는 아까 전과 마찬가지로 일단 닥치는 대로 단어를 넣기 시작하였다. 그가 기약 없는 단순 노동을 반복하는 걸 보면서 애니드는 조금 질렸다는 얼굴로 한숨을 내쉬었다.

"야, 마녀. 저 퍼즐이 저렇게 그냥 막무가내로 끼워 넣어 보는 방식이었냐?"

"아니, 저렇게 멍청하게 삽질 안 해도 될걸."

애니드가 애써 '막무가내'라는 말로 포장한 크리스의 행동을 베시는 매우 솔직하게 '멍청하다'며 욕하였다. 그것을 들은 크리스는 조금 토라진 얼굴로 베시를 바라보았다.

"잠깐 베시, 혹시 뭔가 더 있는 거야? 이걸 입력하는 요령 같은 거?"

"입력하는 요령, 이랄까. 순서는 있지."

"그 순서가 뭔데?"

그런 게 있으면 진작 좀 알려 주지 그랬냐는 크리스의 투덜거림에 베시는 "네가 해 보겠다며?"라고 답하였다. 아무래도 아까 전 자신이 저스틴과의 일을 놀린 것에 은근히 성이 나있던 모양이었다.

“그렇게 궁금하면 ‘베시 에일 님. 상식이 부족하며 지식이 짧은 저에게 부디 가르침을 주세요.’라고 말해 봐.”

악랄해도 어떻게 인간이 저렇게 악랄할 수 있담. 애니드는 질렸다는 얼굴로 베시를 보았다. 정작 그 요구를 받은 황태자는 아주 기쁜 얼굴로 입을 열었다.

“아름답고, 똑똑하며 사랑스럽기까지 한 베시 에일 님. 상식이 부족하며 지식이 짧은 저에게 부디 가르침을 주시겠습니까?”

“……나 너 싫어.”

베시는 제 심술이 크리스에게 통하지 않는다는 것 새삼 느끼고 얼굴을 찌푸렸다. 이럴 때는 좀 싫어하는 척이라도 보이면 어디가 덧난단 말인가.

“네가 해 달라는 것 중에 싫은 게 없거든. 싫지 않은데, 어떻게 그런 척을 하겠어.”

크리스의 눈빛이 제법 진지하였고, 또 다정하였다. 지켜보던 애니드가 괜히 가슴이 철렁할 정도였다. 그러나 베시는 코웃음을 쳤다.

“물론 그러시겠지. 네 말은 우유로 버터를 만든다 해도 못 믿겠지만.”

입을 삐죽인 베시가 첫 칸만 채워진 퍼즐박스를 받아 들었다. 그리고 이제는 텅 빈 접시만 놓인 베드 테이블을 가리켰다. 이것 좀 치우라는 말인 걸 알아들은 애니드가 그것을 치우려고 하자 베시는 고개를 저었다.

"아니, 너 말고. 크리스 네가 치워."

이 나라의 황태자에게 베드 테이블을 치우게 시키다니. 애니드가 경외의 눈으로 베시를 바라보는 사이, 크리스는 어쩔 수 없다는 얼굴로 베드 테이블을 침대 아래로 내려놓았다.

본격적으로 자리를 잡고 앉은 베시는 다이얼을 돌리며 천천히 설명을 시작하였다.

"크리스. 너처럼 도서관과 거리가 먼 생활을 하는 인간은 잘 모르겠지만 말이야. 보통 정식 발행 서적에는 서적 관리를 위해서 등록 번호가 발생한단다."

각 나라마다 조금씩 그 차이는 있지만, 대부분의 등록 번호 표기는 그 방식이 크게 다르지는 않았다. 해당 서적의 장르가 갖는 고유의 번호와 정식으로 발행 신고를 한 일자의 조합.

베시는 네 권의 책이 갖고 있는 각각의 등록번호를 머릿속으로 떠올리며 두 번째 칸에 '시간'이라는 단어를 입력하였다. 그러자 자동으로 뒤에 '을'이라는 조사가 붙었다.

크리스뿐만이 아니라 애니드 역시 놀란 듯 눈을 휘둥그레 떴다. 베시는 곧 이어 세 번째 칸에는 '되돌리다'를 입력하였다. 그러자 이번에도 철컥거리는 소리와 함께 '되돌리다'라는 단어가 '되돌릴 수 있다 해도'라는 말로 변하였다.

"마치 마법 같군……."

이런 퍼즐박스는 처음이라며 크리스가 감탄하자 베시가 웃었다.

"그러니까 내가 아까 말했잖아. 이거 정말 섬세하게 만들어진 물건이라고."

베시의 손이 빠르고 정확하게 움직일 때마다 찰칵거리는 소리가 연이어 들려왔다. 어느새 퍼즐의 빈칸이 대부분 채워져 있었다. 그리고 베시가 '지키다'를 입력하는 순간, 철컥— 조금 전까지와는 다른 묵직한 소리가 들려왔다.

"≪만일 시간을 되돌릴 수 있다 해도 후회하지 않는다. 나는 스스로 선택하여 지킨다.≫"

크리스는 퍼즐에 새겨져 있는 그 문장을 입으로 소리 내어 읽어 보았다. 단순히 암호 문구라고 생각하기에는 묘하게 여운이 남는 문장이었다. 베시 역시 그 문구를 눈으로 몇 번이나 따라 읽더니 잠금이 해제된 금고를 크리스에게 돌려주었다.

"내가 열어봐도 돼?"

"원래 주인은 너잖아. 네가 여는 게 맞겠지."

베시의 말을 듣고도 크리스는 선뜻 뚜껑을 열지 못했다. 그는 한동안 제 손안에 있는 작은 상자를 조금 복잡한 얼굴로 내려다보았다.

무리도 아니었다. 조부가 죽은 이후로 계속 찾아왔던 그가 남긴 단서, 그것이 지금 손에 들어왔으니까.

다른 사람 같으면 크리스가 조금 더 그 여운을 느끼도록 눈치껏 내버려 두었을지 모르지만, 베시는 그런 아량을 베풀 마음이 없었다.

"야. 질질 끌지 말고 좀 빨리 열어 줄래? 안에 뭐가 들었나 나도 좀 알아야 할 거 아냐. 설마 이렇게 날 고생시켜 놓고, 안에 든 게 뭔지 안 보여 줄 생각은 아니겠지?"

베시의 투덜거림에 크리스는 쓴웃음을 지었다. 옆에서 애니드가 팔짱을 낀 채, 혀를 끌끌 차는 모습도 보였다.

"좋아, 그럼 열어 볼게."

마치 부서지기 쉬운 유리 상자를 다루듯, 조심스러운 손놀림으로 크리스가 퍼즐박스를 열었다.

오랜 시간동안 사람 손에 닿는 법 없이 보관되었을 박스에서는 끼릭, 거리는 작은 마찰음이 들려왔다. 크리스는 박스 안으로 손을 집어넣어 제법 두툼한 편지 봉투 두 개와 작은 주머니 한 개를 꺼내 들었다.

"그건 뭐야?"

베시의 질문에 크리스는 작은 주머니를 내밀었다. 주머니 겉면에는 ≪모든 준비가 끝났을 때, 열도록.≫이라는 말이 적혀 있었다. 준비라니? 무슨 준비를 말하는 거지? 무언가 짐작 가는 게 있냐는 얼굴로 베시가 크리스를 보자, 그가 고개를 저었다.

"그럼 이건 지금은 열어 보지 않는 게 낫겠네. 편지나 보자."

고개를 끄덕인 크리스가 신중하게 편지 봉투의 겉면을 살펴보기 시작하였다.

"할아버님의 필체야."

그의 말대로 겉면에는 분명 슐레이 반 듀벨의 사인이 적혀 있었다. 크리스는 황가의 문장으로 봉해진 편지 봉투 하나를 뜯어 보려고 하였다.

멍하니 그 모습을 지켜 보던 애니드가 퍼뜩 정신을 차렸다.

"잠깐! 전하! 멈춰 주십시오!"

애니드의 외침에 크리스가 멈칫하였다.

"마녀, 난 일단 나간다. 뒷일은 알아서 해."

선황이 남긴 유언장을 개봉하는 자리라니. 일개 암살자, 지금은 비록 사서긴 하지만— 어쨌든 자신이 더는 관여할 문제가 아니었다. 애니드의 판단이 옳다 여긴 베시가 고개를 끄덕였다. 아무리 자신과 계약한 이라 해도 이런 일은 아는 사람이 적을수록 좋았다.

"그래, 그럼 저기 가서 한두어 바퀴 산책이나— 아!"

아무 의미가 없는 지시를 내리려던 베시가 무언가 생각났다는 얼굴로 말을 고쳤다.

"앤. 너 다시 가서 관장실 책상 서랍 두 번째 칸에 있는 봉투 하나만 가져와 줄래?"

"이 미친— 죽을래? 내가 무슨 심부름꾼이야? 왜 자꾸 심부름을 시켜 대고 지—"

"아까 말한다는 걸 깜빡했단 말이야. 어차피 지금 방 나갈 거면 그 심부름 하나 해 주는 건 어렵지도 않잖아. 다녀와."

애니드의 말은 귓등으로도 듣지 않겠다는 듯, 베시가 손을 팔랑거렸다. 약이 바짝 오른 애니드는 진지하게 베시의 목을 조를까 고민하였다. 하지만 그랬다간 황태자가 가만있을 리 없다는 걸 생각할 정도의 이성은 남아 있었다.

그는 크리스의 눈치를 힐끔 한 번 본 후, 엉거주춤 자리를 물러섰다. 애니드가 분을 삭이며 방 밖으로 나가는 뒷모습을 본 크리스가 고개를 절레절레 저었다.

"베시. 그러다가 저 전직 암살자가 너 죽이겠다고 덤벼들면 어쩌려고 그래."

"아, 그거라면 괜찮아. 이미 한 번 그런 적 있거든. 그때 해결봤어."

"……베시, 나 그런 일은 전혀 들은 적이 없는 것 같은데?"

"당연하지. 안 말했거든. 내가 너한테 그걸 왜 말해."

"……."

크리스는 새삼 자신이 모르는 사이, 베시가 이 수도에서 몇 번이나 생사를 오고 갔을지도 모른다는 생각을 하였다. 아무래도 저스틴만 붙여 놓았던 건 실수였을지도 모른다.

다른 호위를 더 붙이거나, 아니면 적어도 자신이 좀 더 함께 있었다면…… 혹시라도 지금 그녀의 마음에 있는 상대는 저스틴이 아니라—

"뭐, 내 일은 신경 끄고 그거나 뜯어 봐. 암살당한 전 사자 왕이 대체 무슨 내용의 편지를 남겼을까 완전 궁금하네."

상념에 잠겨 있던 크리스는 베시의 재촉에 씁쓸한 감정을 삼켰다. 제 기분이 가라앉은 걸 들키고 싶지 않았던 그가 재빨리 봉투를 뜯어냈다. 안에서는 예상대로 편지가 하나 나왔다.

크리스는 우선 눈으로 그것을 훑어보았고, 베시는 얌전히 그의 정독이 끝나길 기다렸다.

"……크리스?"

편지를 다 읽은 크리스의 눈동자가 미세하게 떨리고 있었다. 이제까지 한 번도 본 적 없는 그의 모습에 베시는 조금 당황하였다.

생각한 것과는 전혀 다른 혹은 생각한 것보다 더 엄청난 비밀을 접한 사람처럼 크리스는 혼란스러운 얼굴로 눈가를 문질렀다. 베시는 그의 입에서 제대로 된 설명을 듣는 것보다 편지를 직접 읽는 게 낫겠다는 생각에 그의 손에서 편지를 빼앗아 들었다.

≪이 편자의 서두를 어떻게 열어야 할지 나는 며칠을 고민하였다. 그리고 그 결과, 모든 것의 시작에 대해 이야기를 하는 게 제일 현명하리라는 생각을 하였다.≫

조금 신경질적인 필체로 적힌 내용은 베이론 제국의 역사와도 관련이 깊은 이야기였다.

≪너도 알다시피 베이론 제국에는 두 공작 가문이 존재한다. 하나는 건국 황제의 친우이자 전우였던 브라드리크 하이네의 혈통, 그리고 또 하나는 건국 황제의 이복 아우였던 던칸 밀러의 혈통. 이

두 가문은 건국대부터 나의 대에 이르기까지 이 제국의 주춧돌로 존재해 왔다. 하이네가는 대대로 재상과 많은 관리를 배출하여 충성을 보였고, 밀러가는 대대로 장군과 강인한 기사를 배출하여 용맹을 떨쳤다. 역대 황제들은 두 공작가의 크고 작은 도움으로 이제까지 제국을 유지해 왔다. 하지만 어쩌면…… 밀러가는 진심으로 황가를 섬긴 적이 단 한 번도 없을지도 모른다.≫

거기까지 읽어 내려간 베시는 멈칫하였다. 그녀는 재빨리 머릿속 한 구석에 잠들어 있던 베이론 제국사를 되새겨 보았다. 베이론을 건국한 황제의 이름이 분명 프라드한, 이었지? 그리고 프라드한과 던칸은—

"……프라드한 반 듀벨과 던칸 밀러는 이복형제인 동시에 주종 관계라는 미묘한 거리가 있었어."

베시가 한참 베이론 초대 황제에 대한 가족사를 떠올리고 있던 찰나, 크리스가 입을 열었다.

"그 때문인지, 소문 좋아하는 이들 중에는 던칸이 제 이복형을 질투하여 죽이려고 했다는 말을 하던 자도 있었지."

"맞아. 그것 말고도 이야깃거리는 많지. 사실 그런 종류의 기록은 야사에 제법 많을걸? 던칸 밀러가 제 형수에게 마음을 빼앗겨서 형을 죽이려고 했느니, 어쩌느니 그런 이야기도 본 기억이 있는데."

하지만 그래 봐야 결국은 역사서에 기록되지 않은 말일 뿐이다. 베시는 고개를 갸웃하였다.

"대체 선대 황제는 뭘 근거로 밀러의 충성심을 의심했던 거야? 사병이라도 긁어모았나? 아니면 그 전에도 독살 시도를 빈번하게 했나?"

크리스가 고개를 저었다.

"……아니, 그런 일은 한 번도 없었어. 선대 황제가 계실 당시, 밀러가는 당대 어떤 귀족보다도 지극한 충성심을 보여 주었어. 제국에 크고 작은 전쟁이 벌어질 때마다 주저 없이 앞에 나섰지."

"호오? 그래서 황태자 전하께서는 밀러 가문의 절대적인 충정을 믿으신다?"

베시가 한쪽 입꼬리를 밀어 올리며 질문을 던졌다. 그의 입에서 어떤 대답이 나올지 뻔히 알면서도.

"그럴 리가."

크리스가 베시의 웃음을 흉내 내었다. 그는 모두를 의심해야 하는 위치에 있는 황태자였다.

잠시 생각에 잠겨 있던 크리스가 천천히 입을 열었다.

"지금 밀러 공작을 포함하여 선대 공작을…… 누구보다 믿었다고는 말하지 않겠어."

크리스는 제 조부의 암살 사건에 관한 조사를 할 때, 고위 귀족을 제일 먼저 의심하였다. 그가 가장 우호적으로 생각하는 하이네 공작조차 예외는 아니었다.

크리스 반 듀벨은 '황제'라는 지위가 얽히면 인간이 어떤 식으로 변할 수 있는지를 보았던 남자였다. 친형제 사이라도 목에 칼날을 들이 밀 수 있는 것이다. 피붙이 사이조차 그런데 주종 관계로 얽힌 경우라면 더더욱 방심할 수 없었다.

그렇기에 자신이 할 수 있는 한, 최선을 다하여 밀러 공작을 조사하고, 지켜보았다.

"……하지만 선대도 그렇고, 지금의 그는 그 어떤 불온한 기색을 보인 적이 없었어. 정말 깨끗했다고."

내가 방심하게 될 만큼 말이지. 크리스가 한숨과 함께 미간 사이를 문질렀다.

"그쪽도 그만큼 조심했겠지. 뭘 이제 와서 사람을 잘 믿는 순진한 사람인 척 구니? 내가 만일 밀러 공작의 입장이라도 꼬리 잡힐 일은 절대 안 할 텐데."

반박의 여지가 없는 말이었다. 게다가 크리스는 이미 저스틴과의 대화를 통해 밀러 공작을 진범으로 의심하고 있던 상태였다. 조부가 남긴 편지는 거기에 힘을 실어 주는 격이었다.

"그나저나 의심을 안 하던 무능한 너야 그렇다 치고."

"아니, 베시. 내가 의심을 아예 안 했다는 건 아니고―"

"대체 슐레이 반 듀벨은 어떤 점 때문에 밀러 공작을 탐탁지 않게 여겼던 거지? 그리고 왜 그를 불신하면서도 공작을 그냥 두었던 걸까?"

"……선황께서 살아 계실 당시, 특별히 밀러 공작을 안 좋게 여기시는 기색은 없었어. 내 눈에는 오히려 선대 하이네 공작만큼 그를 믿는다 보였고."

그렇기에 조부가 남긴 편지는 적잖이 충격이었다. 대체 무슨 일이 있었기에 그는 이런 편지를 남긴 걸까? 크리스가 답 없는 생각에 잠기자 베시가 가볍게 손뼉을 쳤다.

"야, 크리스. 한 번 정리해 보자."

베시는 자세를 고쳐 책상 다리를 하고 앉았다. 크리스는 그녀의 몸 상태가 걱정되었지만, 베시가 제 말에 귀를 기울여 줄 리 없다는 걸 알기에 조용히 입을 다물었다.

"아카데미에서 하던 토의 놀이 기억나?"

"물론이지."

난데없이 옛 이야기를 꺼내는 게 의아하긴 했지만, 크리스는 고개를 끄덕였다.

이디아니움 아카데미에서는 학생들이 자체적으로 행하던 독특한 학습이 몇 가지 있었는데, 토의 놀이 역시 마찬가지였다.

규칙은 간단하였다.

토의에 참가하는 학생은 돌아가면서 질문을 하나씩 던지고, 그 자리에 있는 사람은 질문에 답을 한다. 물론 그 대답이 다른 해석이나 의견의 여지가 있을 경우에는 논쟁이 벌어지기도 하였다.

그래도 이 게임은 누군가를 이기는 것이 목적이 아니었기에 서로 얼굴을 붉히는 일이 벌어지지는 않았다. 모두들 순수하게 입싸움을 벌이며 노는 걸 즐기는 것이었으니까.

"간만에 놀아 보자. 계속 머리 아픈 이야기만 하는 것도 짜증

나니까. 토의 놀이로 상황을 정리해 보자고. 어때?"

남들이 들으면 그게 대체 어떻게 놀이가 될 수 있냐 어이없어 할 게 분명하였다. 하지만 베시와 마찬가지로 그 지독하다는 명문 아카데미생이었던 크리스는 기뻐하며 고개를 끄덕였다. 이러니 저러니 해도 그 역시 남다른 학구열을 가슴에 품고 있었으니까.

"좋아. 뭔가 새로운 돌파구가 생길지도 모르니까 한 번 해 보자."

"누가 먼저 시작할래?"

"숙녀분 먼저."

크리스가 장난스레 웃으며 윙크를 날렸다. 맙소사, 오늘 밤 꿈에 볼까 무섭네. 눈썹을 꿈틀거린 베시는 팔짱을 끼고, 입을 열었다.

"선대 황제는 편지에 제국이 생겨난 이후로, 밀러는 단 한 번도 진심으로 듀벨을 섬기지 않았을 거라 적었었지? 첫 번째 질문. 그렇다면 밀러가 제 이복형을 그토록 싫어하면서 제국을 건국하는 일에 기꺼이 나선 이유는 뭘까?"

첫 번째 질문부터 난이도가 너무 높은데. 잘생긴 눈썹을 찌푸리던 크리스가 조심스레 입을 열었다.

"몇 가지 추측이 가능하지. 처음에는 형제 사이가 그렇게 나쁘지 않았을 거라는 건 어때?"

"그럴싸하네. 실제로도 던칸 밀러가 프라드한 반 듀벨과 사이 좋은 형제처럼 묘사된 책은 꽤 많으니까. 그럼 결국 형제 사이가 나중에 무언가를 계기로 틀어졌다는 건데—"

인상을 잔뜩 찌푸린 베시가 머리를 긁적거렸다. 입가를 손으로 매만지고 있던 크리스가 입을 열었다.

"그럼 내가 두 번째 질문을 할까? 친우이자 형제인 이들의 신뢰관계가 깨질 만한 계기는 뭐가 있을까?"

"권력 혹은 여자?"

실제로도 던칸이 제 형수를 사모하였다는 야사가 남아 있을 정도였으니 베시의 추측은 그렇게 엉뚱한 것이 아니었다. 크리스 역시 고개를 끄덕였다.

"어쩌면 둘 다 였을지도 모르지."

"그렇다면 던칸은 두 가지를 다 손에 넣기 위해 제 형을 죽이고 싶었겠네."

"하지만 제국이 어느 정도 자리를 잡았을 무렵에는 던칸이 먼저 병사하였지."

"만일 던칸 밀러가 조금 더 오래 살았다면 건국 초기에 큰 반란이 한 번 일어났을지도 모르겠네."

도저히 웃을 수 없는 말을 쉽게 내던진 베시가 어깨를 으쓱한다.

"근데 말이지. 그렇게까지 황제 자리를 탐내던 던칸이 과연 아무 준비 없이 세상을 떠났을까?"

이게 바로 세 번째 질문이로군. 크리스는 단번에 베시가 하고 싶은 말을 알아차렸다.

"초대 밀러 공작이 관여한 행정 제도는 어떤 게 있지?"

크리스가 입가를 매만지던 손가락을 스르륵 아래로 내렸다. 그의 입꼬리가 단단히 굳어져 있었다.

"그는 전쟁터에서 수없는 공훈을 세웠기 때문에 주로 경비부와 기사단을 조직, 개편하였어."

크리스가 말을 멈추고 잠시 침묵하였다. 베시는 눈을 깜빡거렸다. 방 안의 공기가 무거웠다. 나무토막인 줄 알고 쥔 것은 사실은 코끼리의 다리일지도 몰랐다. 크리스가 한숨을 한 번 쉰 뒤, 말했다.

"그럼 내가 네 번째 질문을 할까? 베시, 제국에서 기사단이 왜 4개로 나뉜 건지 알아?"

"베이론을 건국한 초대 황제를 도운 네 마리의 신비한 동물 때문이잖아. 그들의 공을 기리기 위해 기사단의 상징으로 삼은 거 아니었어?"

"맞아. 그리고 속설에 의하면 그 주장을 제일 처음 한 건 초대 밀러 공작이었다는 말도 있지."

"……그럼 그 기사단의 입단 기준을 먼저 제시한 것도 밀러 공작이겠네?"

베시가 눈을 예리하게 빛냈다.

"마지막 질문. 밀러 공작가는 대대로 어떤 기사단에 적을 두었어?"

그 물음에 크리스의 보라색 눈동자가 깊은 그림자를 드리웠다. 대답을 듣지 않아도 그 표정이 답을 절로 알려 주고 있었다. 베시가 픽 웃었다.

"제국에서 강력하게 무장하고 훈련받은 사병을 두는 귀족은 필연적으로 반역 의심을 피할 수 없지. 하지만 말이지. 황가의 눈을 피해서 동원할 수 있는 병력이 아예 없는 건 아니야. 그렇지?"

"……귀족으로 이루어진, 기사단. 하지만 만일 그게 밀러의 속셈이었다면 굳이 기사단을 네 개로 나눌 필요는 없었을 텐데."

크리스의 반박에 베시는 고개를 저었다.

"쯧쯧. 잘 생각해 봐, 황태자 전하. 만일 네 부하 중 누군가가 친인척으로만 구성된 특별 조직을 하나 만들겠다고 건의하면, 넌 뭐라고 생각할래?"

베시는 이제 이 게임이 끝났다는 얼굴로 말을 이었다.

"초대 밀러 공작도 마찬가지였겠지. 귀족으로'만' 기사단을 만든다면 의도를 눈치 챌 사람이 있을 테니 그럴 수는 없었을 거야. 나무를 감추려면 숲에 감추라는 말이 있잖아? 그러니까 신중하게 기사단을 네 개로 나누었을 거고. 그의 주력은 은빛 매 기사단이었지. 하지만 다른 기사단에도 분명 그가 심어 둔 자들이 존재했을 거고."

베시는 뒤에 있던 푹신한 베개를 집어 올려 그것을 끌어안았다. 아무리 회복 단계라 해도 장시간 신경을 곤두세우며 대화를 나누니 몸에 피로감이 느껴졌다.

"대체적으로 역사서를 살필 때, 반역을 계획하는 자의 유형은 두 가지야. 막강한 무력을 이용하여 단기간에 승패를 보려는 자. 혹은 신중한 계획과 준비로 장기간에 걸쳐 승패를 보려는 자. 제 목숨이 길지 않다는 걸 미리 알았던 던칸 밀러는 후자를 택한 거지. 그리고 던칸 밀러의 그 유지를 역대 밀러 공작이 계승해 왔다면—"

"밀러 공작가는 제국에 있어서 양날의 검이로군."

크리스가 무표정한 얼굴로 베시의 말을 받았다. 얼핏 보면 이제 완전히 냉정을 되찾은 것처럼도 보였으나, 베시는 크리스가 깊은 충격에 빠졌다는 걸 알아차렸다. 적잖이 의외였다.

"크리스. 정말 이제까지 한 번도 지금 밀러 공작을 의심해 본 적 없어? 너 사람 잘 안 믿잖아?"

베시는 조금 의아하였다. 크리스는 기본적으로 사람을 잘 믿지 않는 부류였다. 그런 그가 눈에 보이게 동요하고 있었다. 그 모습을 보고 있자니 혹시나 그가 지금의 밀러 공작과 특별히 친분이 있었던 건 아닐까 싶어 살짝 걱정이 되었다.

그러나 크리스는 베시의 말에 고개를 가볍게 저었다.

"베시. 아니야. 내가 지금 충격을 받은 건 말이야. 내가 빌헬름 밀러를 다른 귀족들과 똑같이 생각해 왔다는 점이야."

크리스가 사뭇 심각한 얼굴로 한 말에 베시는 생각에 잠겼다. 그게 뭐? 당연한 거 아닌—

"아!"

베시가 짧게 소리를 내며 눈을 커다랗게 뜨자 크리스는 고개를 끄덕였다.

"그는 나를 지지한다 한 적도 없고, 나 외의 다른 이들을 지지한다 한 적도 없어. 마치 중립적 입장인 것처럼 굴었지. 그렇다고 내가 그를 의심하지 않은 건 아니야. 다만 그에게 품었던 정도의 의심은 다른 귀족들에게도 품었어. 그런데도 말이지. 빌헬름 밀러는 나에게 단 한 번도 깊은 의심을 품게 만든 적이 없어."

그 말이 무엇을 의미하는지 베시는 바로 이해할 수 있었다.

대놓고 반역의 뜻을 품는다면 당연히 의심을 받을 테고, 그렇다고 해서 지나치게 충직하게 구는 것 역시 의심을 피하는 방법은 아니었다. 특히 크리스처럼 눈치 빠른 남자 앞에서는 연기도 가식도 통하지 않을 게 분명했다.

모든 것을 적당하게. 검은 것도 아니고, 하얀 것도 아니도록.

밀러 공작은 크리스가 의심을 품지 않을 정도로 적당한 수준에서 속내를 들어 낸 동시에 그것을 감춘 것이다. 그렇기에 크리스는 빌헬름 밀러를 단순히 반황태자파의 귀족 중 하나로 생각했으리라. 그가 건국 이래부터 시작된 제국의 그림자 아래서 독을 품은 칼날을 쥐고 있다는 것은 짐작도 하지 못한 채.

"……안델에게 독을 먹이려고 했던 건 밀러 공작이었을까?"

한동안 침묵하던 크리스의 입에서 흘러나온 말에 베시는 잠시 어깨를 흠칫하였다. 자신을 납치했던 남자와 대화를 나누었던 순간이 뇌리를 스쳤기 때문이었다.

"내 조부를 독살하려고 했던 건 선대 밀러 공작이었을까?"

"크리—"

베시가 무언가를 말하려고 했지만, 크리스는 말을 멈추지 않았다.

"널 납치했던 건 밀러 공작이고."

조금 전과는 다른 단정형의 말투에 베시는 입을 다물었다. 물증이 없다고 말하며 주저하던 황태자는 이제 없었다. 베시는 크리스의 눈 안에서 차갑게 타오르는 보랏빛 불꽃을 마주할 수 있었다.

"……지금의 밀러 공작은 어떤 자야?"

베시의 질문에 크리스는 비릿한 미소를 지으며 입을 열었다.

"빌헬름 밀러. 귀족들에게 인망이 두터운 자야. 랜돌프 노튼이 은빛 매 기사단 부단장이기 때문에 랜돌프 경과 빌헬름은 교류가 잦을 테고."

"그 랜돌프의 가문— 즉, 노튼 백작가는 와트러 자작가와 사이가 좋았지?"

베시가 히죽 웃었다. 이제야 모든 퍼즐이 착착 들어맞는 것 같았다. 문제는 퍼즐의 형태가 보여도 부족한 조각이 몇 개 있다는 사실이었다.

크리스는 한숨을 내쉬었다.

"밀러 공작가는 베이론 제국의 2대 명문가 중 하나야. 어지간한 일로는 그를 끌어내리는 게 쉽지 않을 거야."

"황제에게 고하는 건?"

"……폐하는 밀러 공작을 꽤나 신임하셔. 폐하께서 황위를 계승할 때, 밀러 공작이 적잖이 도움을 주었거든."

슐레이 반 듀벨이 죽은 후, 형제들이 권력 다툼을 벌이느라 수도가 흉흉했던 건 꽤나 유명한 이야기였다. 지금의 황제는 귀족들의 지지를 기반으로 황위에 올랐으며 그 중에서도 가장 강력하게 황제를 보필한 것이 바로 밀러 가문이었다.

"그럼 결정적 증거나 증인이 없으면 힘들겠네."

턱을 긁적이며 베시는 생각에 잠겼다. 어느 정도 예상을 하긴 했지만, 생각한 것보다도 훨씬 더 거물이 튀어나오는 바람에 일이 쉽지는 않을 것 같았다.

"상대가 스스로 걸어 들어올 함정을 파 두면 좋을 텐데, 무언가 좋은 방법이 없을까?"

크리스의 중얼거림에 베시는 앓는 소리를 흘렸다. 상대가 스스로 걸려들 함정?

그때, 문을 쾅쾅 두들기는 소리가 들려왔다.

제법 요란한 소리에 베시는 물론 크리스도 살짝 놀란 얼굴을 하였다. 무슨 급한 일이라도 생긴 건가 싶어서 두 사람이 얼굴을 마주하는 사이, 신경질 가득한 목소리가 베시를 불렀다.

"마녀! 나."

문밖에서 들려온 목소리는 애니드의 것이었기에 베시는 한숨을 푹 내쉬었다. 한숨과 함께 들어오라 답한 베시는 고개를 절레

절레 저었다.

"하여간 누가 암살자 출신 아니랄까 봐 여전히 인기척 없이 다니네. 마음만 먹으면 기척 잘만 내면서."

놀랐던 것을 감추고 싶어 괜히 몇 마디를 투덜거리자, 크리스가 눈치껏 그녀의 말을 받아 주었다.

"하하, 암살자는 모두 기척을 감추고 드러내는 훈련을 혹독하게 받는 법이니까. 보아하니 정말 제법 솜씨가 있는 자 같아. 대체 저 예쁜 암살자는 어디서 구해 온 거야, 베시?"

"아, 그거? 사실 저 녀석이 처음부터 날 죽이러—"

거기까지 말한 베시가 잠시 멈칫하였다. 그녀는 무언가 깊은 생각에 빠진 것처럼 인상을 잔뜩 찌푸리고 있었다.

"베시?"

크리스가 이름을 불러도, 베시는 대답 없이 여전히 끙끙 앓고 있었다.

그사이 문이 열리고 애니드가 손에 커다란 봉투 하나를 든 채, 안으로 들어섰다. 애니드는 공손함과는 거리가 먼 거친 동작으로 갈색 봉투를 베시에게 던졌다.

크리스는 운동 신경 없는 베시가 봉투에 얻어맞기 전에 그것을 재빨리 허공에서 낚아챈 뒤, 침대 위에 올려 주었다.

"로즈 군. 숙녀에게 물건을 거칠게 던지는 행위는 좀 삼가는 게 어떻겠나?"

크리스가 불쾌한 기색을 드러내자 애니드는 그제야 자신이 황태자 앞에서 지나치게 경망하게 굴었다는 걸 깨달았다.

"……죄송합니다, 황태자 전하. 앞으로 각별히 주의하겠습니다."

애니드가 크리스에게 혼나는 사이, 생각을 정리한 베시가 중얼거렸다.

"흠…… 잘만 하면 술술 풀릴 것도 같은데."

"응? 베시?"

크리스가 무슨 말이냐고 되묻자 베시는 고개를 저었다. 아직은 구상 단계라 황태자에게 술술 말을 털어 둘 필요는 없을 것 같았다.

"아무것도 아냐. 이거나 가져가."

베시는 애니드가 가져다 준 봉투 속에서 한 권의 스크랩북을 꺼내 들었다. 크리스는 의아한 얼굴을 하였지만, 순순히 그녀가 넘긴 스크랩북을 받아 내용을 확인하였다.

몇 페이지를 넘기기도 전에, 그의 눈이 놀라움으로 굳어졌다.

"베시, 이건—"

"네가 갖고 있는 게 좋을 것 같아서."

베시는 어깨를 가볍게 으쓱하였다. 그녀가 준 것은 슐레이 반 듀벨의 서거 당시 기록이나 다른 여러 가지 기사가 적혀 있는 스크랩북이었다.

"……어디서 이런 걸 찾았던 거야?"

"구하기 힘든 물건 잘 구하는 책방 영감이 한 명 있거든."

"서점?"

갑자기 나온 생뚱맞은 단어에 크리스가 의아하다는 얼굴을 하였다. 베시는 표지가 빨간 책을 주로 취급하는 숨겨진 고서점에 대한 이야기를 들려주었다.

"아, 그곳! 거기라면 나도 잘 알지."

자신 역시 구하기 힘든 책 때문에 몇 번 가 본 적이 있다며 크리스는 반가운 얼굴을 하였다.

"주인이 상당히 물건 구하는 솜씨가 좋긴 하더군. 대륙에서 단 몇 십 권밖에 남았다는 전설의—"

크리스의 입에서 흘러나온 것은 베시도 이름을 들어 본 적이 있는 빨간 책이었다. 그 내용이 얼마나 외설스럽고 음란한지, 작가가 사실은 악마가 아니냐는 의혹마저 돌았던 책이었다.

어느 나라에서는 금서 취급을 받고, 어느 나라에서는 유통 금지가 되었건만 그 책은 세계적인 베스트셀러가 되었다. 덕분에 책의 저자는 작은 공국 하나 정도를 살 수 있는 재력을 손에 넣었다.

하지만 저자가 죽은 후, 유족들은 이딴 창피한 책을 역사에 남길 수 없다면 책을 무작정 사들여 파기하기 시작하였다.

그 때문에 그 책은 크리스 같은 신분의 인물도 구하기 어려운 책이 되고 말았다.

"……그 서점 아저씨가 그 책을 구해다 줬다고?"

베시가 경악 어린 얼굴로 묻자 크리스가 고개를 연신 끄덕였다. 그는 그 책이 정말 소문대로 엄청난 물건이었다는 짧은 평을 늘어놓은 뒤, 다시 서점 주인에 대한 이야기를 꺼냈다.

"하지만 설마 거기 주인이 이런 것도 구해 주는지는 몰랐어. 굉장한데?"

"……난 네가 더 굉장하다고 생각해. 설마 하면서 한 말이었는데, 정말로 간 적 있는 거였냐."

그래도 명색이 황태자라는 놈이 이래도 괜찮은 건가. 베시가 혀를 끌끌 차자, 크리스가 억울하다는 얼굴로 답했다.

"베시, 나처럼 신체 건강한 성인 남성이라면 당연히—"

"닥치고 그거나 확인해 봐. 필요 없으면 내가 다시 가져간다?"

"……그건 곤란하지."

장난스레 말을 하면서도, 빼앗길 수 없다는 것처럼 크리스가 스크랩북을 꾹 쥐었다. 싸구려 재질의 스크랩북 표지를 꼭 쥔 크리스의 손등에서 힘줄이 불거져 있었다.

문득 아카데미 시절, 크리스가 했던 말이 떠올랐다.

'다른 이들이 존경과 애정을 담아서 아버지의 이름을 부르듯, 나는 할아버지의 이름을 불렀지. 나에게 내 조부는 그런 의미였어.'

겉만 번지르르한 이 황태자를, 베시는 결코 좋아하지 않았다. 그럼에도 불구하고 어느 정도의 교류를 가졌던 건, 때때로 그가 보여 주는 인간적인 모습 때문이었다.

그 누구도 믿지 않는 주제에 가족에게만은 약한 남자. 널 좋아한다 말하면서도 마음의 전부를 내주지 않는 남자.

베시는 크리스의 그런 점만은 좋았다.

이 남자라면 절대 마녀를 사랑하지 않겠지.

그 확신이 베시에게 크리스를 '친구 비슷한 것'으로 정의할 수 있는 여유를 주었다. 그녀는 절대 자신을 사랑하지 않을 사람에게만 제 곁을 허락했으니까.

그렇기에 저스틴과의 일은 그녀에게 너무나 예상 밖의 변수였다.

설마 그 남자에게 내가 이런 의미가 될 줄은 몰랐지. 그리고 나에게도 그 남자가—

"……고마워, 베시. 올해 내가 받은 선물 중 최고의 선물이야."

어느새, 스크랩북을 덮은 크리스가 환하게 웃고 있었다. 생각에 잠겨 있던 베시가 한쪽 입꼬리를 히죽 들어 올렸다.

두 사람이 잠시 말없이 시선으로 대화를 나누는 걸 지켜보고 있던 애니드가 어색하게 헛기침을 하였다.

"흠, 흠!"

"어? 아직 있었어, 앤?"

진작 안 나가 보고 뭐했냐는 얼굴로 베시가 고개를 갸웃하자 애니드가 열불이 터진다는 얼굴로 그녀를 노려보며 입을 열었다.

"마녀, 네가 또 뭘 시킬지 몰라서 대기 중이었지!"

“아, 이제 됐어. 여기선 너 할 거 없으니까 도서관 가서 이네딧 부인이나 도와.”

비록 관장인 베시가 부재중이나 도서관은 정상적으로 운영 중이었다. 이네딧 부인은 매일 도서관 현황을 보고했고, 덕분에 베시는 이용객이 차츰 늘어나고 있다는 기쁜 소식을 접할 수 있었다.

“가 봐. 나 없다고 농땡이 피우지 말고 열심히 일 해.”

애니드는 다시 한 번 진지하게 베시의 목을 조르는 장면을 상상해 보았다. 그는 자신의 손가락을 서너 번 꼼지락 거렸다. 그러나 바로 옆에서 눈을 빛내는 황태자의 존재를 깨닫고, 공손히 절을 하였다.

죽일 때 죽이더라도 이럴 때 죽일 필요는 없었다. 미친 마녀의 목을 따자고 제국의 황태자까지 죽일 수는 없었기에 애니드는 일단 물러서기로 했다.

그가 속으로 베시를 향한 욕설을 한 보따리 정도는 풀어놓으며 방을 빠져나가자 크리스는 베시를 걱정스럽게 바라보았다.

“베시, 괜찮겠어? 저 친구가 살기가 장난 아닌데?”

“내버려 둬. 걘 저게 평소 상태니까. 그것보다도 우리 앤 덕분에 좋은 생각이 하나 떠올랐는데 말이지.”

손안에 있는 봉투를 내려다보며 베시가 히죽 웃었다. 빅터가 보았으면 당장 500m 밖으로 도망쳤을 만큼 무시무시한 얼굴이었다.

"이번에는 이쪽에서 선수를 쳐 보는 건 어때?"

*　*　*

경비부 관저를 빠져나오는 저스틴의 얼굴은 딱딱하게 굳어 있었다. 그 얼굴은 평소의 그와 크게 다를 바가 없었다. 그러나 저스틴과 친한 이라면 지금 그가 내심 노여워하고 있다는 것을 눈치 챌 수 있을 게 분명했다. 그의 짙은 눈썹이 평소보다 높게 치켜 올라간 것이 그것을 증명해 주었다.

그는 조금 전 경비부에서 담당자에게 전해 들었던 내용을 다시 곱씹어 보았다.

'에일 관장 납치 사건은 이미 와트러 자작가의 단독 소행으로 결론이 났습니다. 추가 조사를 요청하셔도 응할 수 없습니다.'

와트러 자작가 홀로 이런 범행을 벌일 수 없을 거라는 건, 어느 정도 머리가 돌아가는 사람이라면 뻔히 알 수 있다. 하지만 경비부에서는 이 문제를 그저 단순한 납치 사건으로 끝낼 생각이었다. 저스틴은 그 이유가 무엇인지 분명히 알고 있었기에 더더욱 분노할 수밖에 없었다.

분명 경비부에도 그의 손이 닿아 있는 것이다.

"……빌헬름 밀러."

저스틴은 머릿속에 떠오른 자의 이름을 중얼거렸다. 크리스는 자신이 알아서 조사를 진행할 테니 저스틴에게는 베시의 곁을 지키라고 당부했지만, 그럴 수는 없었다.

물론 베시를 지키는 것이 그에게는 무엇보다 중요한 일이었지만, 그녀를 안전하게 지키기 위해서는 우선 그녀의 목숨을 위협하는 모든 요인을 제거해야만 했다.

그리고 지금 제일 먼저 제거해야 할 위험 요소는 바로—

"오랜만이군, 저스틴 경."

낯익은 목소리에 저스틴이 고개를 천천히 들어 올렸다. 반갑지 않은 사내가 눈앞에 서 있었다.

"밀러 공작."

방금까지 자신이 생각하던 인물이 눈앞에 나타났음에도 저스틴은 그다지 놀라지 않았다. 그는 빌헬름이 걸어온 방향을 힐끔 본 뒤, 입을 열었다.

"드문 곳에서 오신 것 같군요. 법무부에 무언가 볼일이라도 있으셨습니까?"

"아아, 개인적인 볼일이 좀. 그러는 경은 경비부에 무슨 볼일이 있었소?"

저스틴을 바라보는 빌헬름의 눈은 정중하지만 무언가를 탐색하는 것 같은 시선이었다. 저스틴 역시 그에 지지 않는 눈빛을 보내며 답하였다.

"저 역시 개인적인 볼일이 좀 있었습니다."

"……그렇군. 일은 잘 보셨소?"

"덕분에."

저스틴이 빌헬름이 했던 말과 같은 말을 되돌려 주자, 빌헬름은 무심하게 고개를 한 번 끄덕였다.

"그러고 보니 내가 자리를 비운 사이에 여러 가지 일이 있었던 모양이오. 노튼 경이 여러 가지로 마음고생을 한 듯하더군."

여러 가지 일에는 분명 베시가 납치되었던 사건이 포함되어 있으리라 짐작한 저스틴은 불쾌함을 감추지 않고 대답하였다.

"공작께서는 귀성하신 지 얼마 되지 않으신 거로 알고 있는데, 벌써 아시는 게 많은 모양입니다. 언제나 그러셨지만 정보에 참 밝으시군요."

저스틴이 도발하듯 꺼낸 말에 아주 짧은 순간, 빌헬름의 회색 눈동자에 서늘한 냉기가 어렸다. 그러나 그것은 정말 찰나에 불과할 뿐이었다.

"……그저 이것저것 친절하게 알려 주는 이들이 많을 뿐이오."

"랜돌프 경이라던가 아쉘 후작, 혹은 시드라너스 백작 같은 분들 말입니까?"

저스틴의 입에서 나온 이름에 빌헬름이 눈을 가늘게 좁히고 그를 보았다.

평소의 빌헬름의 교우 관계를 본다면, 은빛 매 기사단의 부단장인 랜돌프는 분명 빌헬름과 나름대로 친밀한 관계라고 할 수 있었다.

하지만 아쉘 후작이나 시드라너스 백작은 밀러 공작가와 그렇게 친밀한 관계가 아니었다. 그럼에도 불구하고 저스틴이 그 두 가문의 이름을 꺼낸 이유는 단 하나였다.

이번 일의 배후인 게 분명한 빌헬름의 반응을 살피기 위해서.

"……글쎄, 랜돌프 경에게는 들은 이야기가 있지만 어째서 아쉘 후작과 시드라너스 백작의 이름이 나오는지는 모르겠소."

빌헬름이 한 발 물러섰지만, 저스틴은 개의치 않았다.

"그거 참 이상하군요. 전 최근에 두 분과 공작께서 매우 가깝게 지내신다는 소문을 들어서 말입니다."

"호오. 이 수도 내에서 도는 소문이라면 자신의 대한 것조차도 전혀 모를 것 같은 경이 그런 소문을 들었다, 라. 흥미롭소."

부정도, 긍정도 하지 않은 채 빌헬름이 조용히 웃었다. 평소에 좀처럼 표정 변화가 없는 만큼 그의 웃는 얼굴에는 묘한 박력이 있었다.

"소문이라고 하니 나도 최근 들었던 재미있는 소문이 하나 생각나는군. 듣자 하니 경은 최근까지 도서관에서 봉사 활동을 했다고 하던데."

"……맞습니다."

"그렇군. 그럼 도서관에 새로 부임한 마녀, 아니 관장이 황태자 전하와 친밀한 사이라는 건 사실이오? 듣자 하니 두 사람의 사이가 예사 것이 아니라는 말까지 있던데."

조금 전과는 반대로, 이번에는 빌헬름이 저스틴의 반응을 살피고 있었다. 그 뻔히 보이는 수작에 저스틴의 속이 영 편치 않았다. 그는 자신이 평소와 똑같은 얼굴을 하고 있길 바라며 답하였다.

"네. 두 분의 관계는 보통 친밀한 것이 아닙니다."

"호오."

저스틴의 대답에 빌헬름이 의외라는 얼굴로 그를 보았다.

"경 눈에 그렇게 보일 정도라면—"

"관장님과 전하께서는 진정한 우정을 나누는 사이입니다."

베시가 들었다면 기겁하며 절대 아니라고 부정했을 말이었지만, 유감스럽게도 그녀는 이 자리에 없었다. 저스틴은 빌헬름의 눈을 똑바로 바라보며 말을 이었다.

"이디아니움 아카데미에서 두 분이 처음 만났을 때, 전하는 관장님께 큰 도움을 받은 적이 있다고 들었습니다. 그 후로 두 분은 둘도 없는 친우가 되셨다 합니다."

이번에는 크리스가 들었다면 쓴웃음을 지으며 그건 아니라고 부정했을 말이었지만, 다행스럽게도 크리스 역시 이 자리에 없었다.

"황태자 전하께서 이명을 가진 마녀와 우정을 나누셨다, 라. 흥미로운 이야기로군. 나는 영락없이 '최초의 왕'이 가진 피가 마녀에게 끌렸기 때문에 전하께서 그 마녀를 수도로 불러온 게 아닐까 생각했소."

빌헬름의 입에서 나온 말은 분명 '최초의 여신'에 관한 전설과 관련이 있는 이야기였기에 저스틴은 얼굴을 찌푸렸다.

먼 옛날 다른 세계에서 이 세계로 온 '최초의 왕'의 피를 이어받은 자들은 필연적으로 마녀에게 끌리게 된다는 말.

"소문이 무성한 그 마녀를 한 번 보고 싶다는 생각을 하던 참이오. 나 역시 약하나마 '최초의 왕'의 피가 섞여 있는 몸일 터니."

반쪽이긴 하나 빌헬름의 몸에도 이 제국을 세운 황제와 같은 피가 흐르고 있었다. 그것을 알고 있는 저스틴은 딱딱하게 얼굴을 굳혔다. 그가 어둠이 진 숲속 같은 눈동자로 자신을 보고 있다는 걸 눈치챈 빌헬름은 그 눈을 똑바로 마주하며 다시 입을 열었다.

"언젠가 기회가 되면 만나고 싶군, 그 마녀를."

순간, 저스틴의 등줄기로 서늘한 것이 스쳤다. 굳이 베시를 만나고 싶다 말하는 남자의 저의가 뭔지는 분명하였다.

그는 지금 저스틴을 도발하고 있었다.

"이곳에서 그녀의 정식 직함은 마녀가 아니라 관장입니다."

"……그렇군. 그럼 관장을 한 번 만나러 가야겠군."

"현재 베시 관장의 면회는 평소 그녀와 친분이 있던 이들에게만 허가되어 있습니다. 아무리 공작이라 하셔도 그녀를 만날 수 없을 겁니다."

저스틴은 제 심기가 불편함을 감추지 않고, 목소리에 날을 새웠다.

"그러고 보니 그렇군. 분명 부상이 꽤 심하다고 했는데, 현재 상태는 어떻소? 순조롭게 회복 중이오?"

빌헬름의 질문에 저스틴은 꾹 입을 다물었다. 베시에 대한 정보를 지나치게 이 남자에게 흘리는 것은 현명하지 못했다. 물론 저스틴의 입을 통하지 않더라도 그가 정보를 얻는 방법은 얼마든지 있을 터지만.

"만일 그녀를 만날 기회가 된다면 몸조리에 각별히 유념하라고 전해 주시오. 원래 회복 단계에 들어섰다고 생각하여 방심하면…… 오히려 몸이 더 상할 때가 있는 법이니."

무표정한 얼굴로 빌헬름이 내뱉은 말은 의미심장하였다.

저스틴은 당장에라도 그에게 달려들고 싶은 것을 꾹 참으며 고개를 끄덕였다.

"그렇군요. 꼭, 전하도록 하겠습니다."

표정을 감추려는 것처럼 저스틴이 가볍게 고개를 숙였다. 문득 그의 눈에 두꺼운 장갑을 낀 빌헬름의 손이 보였다. 계절적으로 도저히 어울리는 차림은 아니었다.

"공작께서 추위를 상당히 많이 타시는 모양입니다. 이 날씨에 장갑을 끼고 계신 걸 보면."

빌헬름은 저스틴의 시선에서 피하려는 것처럼 손을 망토 뒤로 감추었다.

"별 건 아니오. 손끝에 부상을 좀 입어서, 장갑을 착용했을 뿐이오."

"손끝, 이라."

문득 떠오르는 장면이 하나 있었다. 지하수로에서 베시가 마법을 쓴 순간, 그녀를 납치했던 사내의 손가락 가죽이 다 벗겨졌던 일이 있지 않았던가. 저스틴이 차게 웃었다.

"저런. 장갑으로 감추실 정도인 걸 보니 부상이 심하신 모양입니다. 어쩌다가 그런 부상을 입으셨습니까? 제국에서 각하만큼 강한 이를 찾는 건 쉽지 않을 터인데."

"……국경에서 바마로 족을 상대하다 얻은 부상이오."

핑계 한 번 좋군. 저스틴은 한쪽 눈썹을 꿈틀거렸다.

"그거 참 안타깝습니다, 각하. 빠른 쾌유를 빌죠. 아, 그리고 각별히 조심하셔야겠습니다. 원래 회복 단계에 들어섰다고 생각하여 방심하면 오히려 몸이 더 상할 때가 있는 법이잖습니까."

저스틴에게 향하는 빌헬름의 눈빛이 곱지 않았다. 허나 그는 아무 감정 없는 인사를 형식적으로 내뱉으며 고개를 끄덕였다.

두 사람은 곧 서로의 존재를 길가의 돌멩이처럼 지나쳐서 제 갈 길을 향하였다. 한참을 걷던 저스틴은 주변에 아무런 인기척이 없음을 느끼고 그 자리에 멈추어 섰다.

쿵— 바로 옆에 있는 벽을 주먹으로 내려친 그의 손끝이 파르르 떨렸다.

한동안 저스틴은 그곳에서 눈을 감고 숨을 깊게 들이 내쉬었다. 그리고 다음 순간, 다시 눈을 뜬 그는 평소의 저스틴 하이네 그대로였다.

그 어떤 감정도 보이지 않는 무표정한 얼굴로 그는 다시 걸음을 서둘렀다.

그가 향하는 곳은 베시가 머물고 있는 객실이었다.

*　*　*

"어머, 저스틴 경."

복도를 걷던 저스틴은 뒤에서 들리는 이네딧 부인의 목소리에 그 자리에 멈추어 섰다. 뒤를 돌아보니 그녀의 손에는 커다란 놋쇠 물그릇과 젖은 수건이 들어 있었다.

"부인. 베— 관장님 방에 가시는 길입니까?"

"네, 그렇답니다. 그렇게 무리하지 말라고 제가 잔소리를 했는데, 오늘 무리를 좀 하셔서 결국 열이 있으시더라고요."

걱정스러운 얼굴로 이네딧 부인이 한 말에 저스틴은 덩달아 걱정스러운 얼굴을 할 수밖에 없었다.

"열이 심합니까?"

"아까 주치의 선생님을 불러서 진찰을 받아 보니 좀 있으시더라고요. 지금은 약을 드시고 잠드셨어요. 당분간은 안정을 취하게 하는 게 좋다고 하네요."

아— 그녀가 걱정되는 한편, 그녀를 볼 수 없다는 아쉬움에 저스틴의 마음이 복잡해졌다.

조금 전 빌헬름을 만나면서 벌인 신경전 때문일까. 그는 베시의 얼굴을 보고, 그녀가 무사하다는 것을 다시 한 번 확인하고 싶었다.

하지만 자신의 욕심 때문에 억지로 쉬고 있는 베시를 불편하게 하고 싶지는 않았다.

어쩔 수 없지. 체념한 저스틴은 이네딧 부인에게 인사를 한 후, 몸을 돌리려던 찰나였다.

"저스틴 경."

그는 자신을 부르는 이네딧 부인의 목소리에 바로 멈추었다. 그러자 이네딧 부인이 그를 향해 들고 있는 놋쇠 물그릇을 내밀었다. 저스틴이 얼떨결에 그것을 받아 들자 이네딧 부인이 부드럽게 웃었다.

"저 대신 가서 관장님의 열을 좀 식혀 주실 수 있을까요? 저는 슬슬 도서관에 돌아가 봐야 해서요."

걷어올린 소매로 짐작컨대 방금 전까지만 하더라도 이네딧 부인은 직접 베시의 병시중을 들 생각이었던 게 분명했다. 저스틴은 자신을 신경 써 준 이네딧 부인에게 고마움을 느꼈다.

"감사합니다, 부인."

"아이고, 감사할 게 뭐가 있나요. 저 대신 일을 해 주신다는데 제가 오히려 감사하죠. 그럼 부탁드릴게요."

이네딧 부인은 활기찬 걸음걸이로 왔던 길을 다시 걸어 돌아갔다. 그 뒷모습을 물끄러미 보고 있던 저스틴은 제법 묵직한 놋쇠 그릇을 고쳐 든 뒤, 베시가 묵고 있는 객실로 향하였다.

문 앞에서 습관처럼 노크를 하려던 그는, 그녀가 지금 잠들어 있다는 부인의 말을 떠올리고는 조용히 문을 열었다.

안을 살짝 보니 침대 위에서 곤히 잠든 베시의 모습이 보였다. 그는 최대한 소리를 죽여 방 안으로 들어선 뒤, 문을 닫았다.

저스틴이 침대 바로 근처까지 다가가도 베시는 여전히 깨질 않았다. 그녀가 잠든 모습을 잠시 물끄러미 본 저스틴은 그릇을 사이드 테이블 위에 올려둔 후, 수건을 적셔 베시의 이마에 올려 주었다.

차가운 수건의 감촉이 기분 좋은지 베시의 붉은 입술이 작게 실룩실룩 움직였다. 그 모습이 천진난만한 어린아이의 자는 모습처럼 보였기에 저스틴은 저도 모르게 슬그머니 미소를 짓고 말았다. 그는 근처에 있는 의자를 끌고 와 자리를 잡았다.

사실 그가 이렇게 베시의 잠든 모습을 보는 건 이번이 처음이 아니었다. 그녀가 사경을 헤매는 동안, 계속 그 곁을 지켰으니까.

그때는 그녀가 언제 눈을 뜰지 모른다는 불안감과 고통 속에서 베시의 모습을 제대로 살펴볼 여유 같은 건 없었다.

하지만 지금은 그때와는 달랐다.

저스틴은 베시의 속눈썹 한 올, 한 올까지 기억할 기세로 그녀의 얼굴을 살펴보았다.

어째서일까? 분명 그녀는 눈을 떴고, 이곳으로 돌아와 주었다. 그런데도 빌헬름과 나눈 대화 때문에, 조용히 잠든 그녀의 모습을 보는 것이 다시 괴로웠다.

그의 왼쪽 가슴에서 뛰고 있는 심장은 예리한 유리 조각이 박혀 있는 것만 같았다. 가슴이 뛸 때마다, 유리 조각이 심장을 찔러 그 심장 속에 가득한 감정이 뚝뚝 흘러넘치는 것처럼.

사람을 너무 많이 생각하면 심장에 그 사람만이 가득하게 된다는 것을, 저스틴은 처음으로 알았다.

이 감정이 너무나 소중하고, 이 감정을 만들어 준 당신이 너무나 소중하다. 그러니까 앞으로는 그 어떤 일이 있어도 당신을 꼭 지키리라.

설령 당신이 날 선택하지 않는다고 하더라도.

"베시, 나는—"

버릇처럼 혼잣말을 중얼거리려던 그는 베시가 뒤척거리는 기색에 퍼뜩 정신을 차렸다. 파르르 가볍게 속눈썹을 떤 베시가 눈을 뜬 모습이 보였다. 자신이 괜히 그녀의 잠을 깨웠다는 생각에 저스틴은 미안해지고 말았다.

"……저스틴 군?"

잠에서 막 깬 사람 특유의 잠긴 목소리로 베시가 그를 불렀다. 저스틴은 대답 대신 가볍게 베시의 뺨을 쓰다듬어 주었다. 베시는 마치 쓰다듬받는 것을 즐기는 아기 고양이처럼 가늘게 눈을 좁혔다.

"제이라고 부르라고 했잖습니까."

"……제이."

말 잘 듣는 아이처럼 순순히 말을 고친 베시가 눈을 깜빡였다.

"무슨 일이에요?"

평소와 다른 저스틴에게서 묘한 공기를 감지한 것인지 베시가 조금 걱정스러운 목소리로 물었다.

"아무것도 아닙니다."

베시는 저스틴의 그 대답이 거짓말이라는 걸 알았지만, 더 이상 캐묻지는 않았다. 몇 번 눈을 깜빡거린 그녀는 자신의 이마에 시원한 무언가가 닿아 있다는 것을 깨달았다. 손을 더듬거린 베시는 이마 위에 물수건이 있다는 것을 깨닫고 저스틴을 힐끔 보았다.

"그렇게 열이 심하지는 않았었는데, 뭐하러 이런 걸 했어요."

고맙다는 말이나 하다못해 번거롭게 해서 미안하다는 말을 하고 싶었지만, 막상 입 밖으로 나온 건 조금 퉁명스러운 말이었다.

지금의 베시에게 평소 같은 그의 다정함은 오히려 불편함에 가까웠다. 제대로 된 대답조차 하지 못한 채, 유유부단하게 구는 자신이 이런 보살핌을 받을 자격이 없다는 생각 때문이었다.

그것을 눈치챈 저스틴은 수건을 다시 적시며 담담하게 말했다.

"적신 수건이 벌써 미지근해졌습니다. 충분히 심한 열입니다."

저스틴의 말에 할 말이 없었던 베시는 입을 꾹 다물었다. 어색한 침묵이 두 사람 주위를 맴돌았다.

베시는 눈을 내리 깐 채, 저스틴의 시선을 피하기만 하였다. 그것이 안타까웠기에 저스틴이 먼저 입을 열었다.

"베시. 전 재촉할 마음이 없습니다."

무엇을, 이라는 목적어가 빠져 있지만 베시는 저스틴이 무슨 말을 하고 있는지 바로 알아차렸다.

"하지만……."

"일단 당신이 완전히 회복하는 게 우선입니다. 지금 내 가장 큰 바람은 오로지 그것입니다. 평소처럼 건강한 당신의 모습을 마주하는 것. 내 고백에 대한 대답은 그 후에 들어도 충분합니다."

"……내가 당신의 그 마음을 받아 줄 수 없다고 해도요?"

저스틴이 옆에 있는 순간에도, 혹은 없는 때에도 그녀는 그를 생각하였다.

그와의 미래를 그려 보며 가슴이 떨리는 것은 아주 잠시였다. 끝은 언제나 비극이었다.

자신이 이렇게까지 비관적인 사람이었나 하는 실망마저 느낄 정도였다.

하지만 어쩔 수 없었다. 상상한 미래에서 느낀 행복만큼 그 허망한 끝에서 느끼는 절망도 컸다. 부모님을 잃었던 것만큼 어쩌면 그것보다도 더 큰 고통을 죽을 때까지 견뎌야 하는 건 너무나 어려운 일이었다.

저스틴을 정말 위한다면 역시 그의 고백을 거절하는 게 도리에 맞을 것이다. 하지만 그가 제 곁을 떠나는 모습을 상상하는 것 역시 마음 아프기는 마찬가지였다.

'정말 이기적이고 못된 인간이구나, 베시 에일.'

이야기 속에 나오는 못된 마녀보다도 자신이 더 나쁘다 생각하며 베시는 고개를 들어 올렸다. 평소답지 않게 구는 자신 때문에 저스틴이 이번에야말로 화를 내거나 짜증을 부리지 않을까 생각하며.

하지만 베시의 생각과 달리 저스틴은 빙그레 웃고 있었다.

"저— 제이?"

베시가 살짝 더듬거리며 저스틴을 부르자 그가 입을 열었다.

"괜찮습니다."

괜찮다니, 뭐가? 지나치게 짧은 저스틴의 말에 베시는 그의 의도를 알 수 없었다. 그러자 저스틴이 적신 물수건을 반듯하게 놓아 주며 말을 이었다.

"당신의 대답이 어떤 것이라고 하더라도, 나는 절대 당신 곁에서 떠나지 않습니다. 그리고 전에 이미 말하지 않았습니까."

당신이 나를 원하게 만들겠다고. 저스틴이 베시의 뺨을 부드럽게 쓸어내려주었다. 열이 오른 피부에 닿는 서늘한 손이 좋았다.

"만일 내 진심이 불안하다면 시험해도 좋습니다, 나를. 그런 걸로 화를 내거나 당신에 대한 마음을 접지 않습니다."

"당신의 진심을…… 의심하는 게 아니에요. 다만, 나는……."

베시는 어떻게 말을 이어야 좋을지 알 수 없어 침묵하였다. 저스틴에게는 아무 문제가 없다.

문제는 오로지 베시의 마음이었다.

"……마녀는 불행을 불러요."

"미신입니다."

저스틴의 대답에 베시는 울컥하였다. 자신이 무엇을 고민하고 있는지, 이 남자는 알고 있는 걸까?

베시는 잠에 취한 아이가 그러하듯, 제 걱정을 쏟아 내기 시작했다.

"내 부모님은 두 분 다 마차 사고로 돌아가셨어요. 시체를 수습조차 할 수 없는 끔찍한 사고였죠."

"매우 유감스러운 일이긴 하나, 때때로 다른 어딘가의 누구에게도 벌어지는 일입니다."

"대부분의 마녀에게는 친한 이의 비극이 따라요."

"살면서 비극을 겪지 않는 사람은 없습니다. 저 역시 전쟁터에서 친구를 혹은 부하의 시체를 두고 와야만 했습니다."

베시의 말에 저스틴은 단 한순간도 대답을 망설이지 않았다.

물론 그 역시 알고 있었다. 자신의 몇 마디 말이 그녀가 평생 짊어지고 온 죄책감과 고통을 모두 없애 줄 수는 없다.

깊은 상처를 단번에 치료하는 방법 같은 건 없다. 저스틴은 그런 방법을 알지 못했고, 행할 수도 없었다. 그래도 당신을 단단히 붙잡아 주는 손 정도는 내밀 수 있다. 그것만큼은 누구보다도 자신이 있었다.

"베시. 난 절대 당신이 불행을 부른다 생각하지 않습니다. 애초에 당신이 아니었다면 난 지금 이렇게 세상에 있을 수 없었을 겁니다. 그러니 당신이 날 불행에 빠트릴 일은 없습니다."

"……세상에 절대, 라는 건 없어요."

"아니요, 절대입니다. 이건 내가 당신을 사랑하는 것만큼이나 분명한 일입니다."

저스틴이 힘주어 한 대답에 베시는 말문이 막힌 얼굴을 하였다. 이렇게나 사랑을 한순간도 망설이지 않는 남자 앞에서는 자신의 모든 고민이 어리석게 느껴졌다.

"또한, 설령 당신 말대로 마녀가 불행을 부른다 하더라도 괜찮습니다."

당당히 어깨를 핀 저스틴이 선언하였다.

"내가 당신의 불행보다 강합니다."

그런 말이 어디 있냐는 반박을 할 수 없었다. 자신을 바라보는 그의 눈이 너무나도 올곧았다. 이렇게 자신을 바라보며 사랑한다고, 스스로를 믿으라고 속삭여 줄 사람이 과연 그녀의 삶에 또 있을까?

"그러니 당신은 안심하고 나를 사랑하면 됩니다."

베시의 얼굴이 뜨끈하게 달아올랐다. 원래부터도 열이 있던 몸에는 지나치게 독이 되는 소리였다. 그녀는 얼굴을 감추려는 것처럼 손바닥으로 눈을 가렸다.

"제이."

"네."

"……조금만, 기다려 줘요."

지금은 말할 수 없어요. 해야 할 일이 있어요. 그것까지만, 그 일까지만 제대로 해결하고 나면— 그때는 용기를 되찾고, 말할 수 있을 것 같아요. 베시는 차마 다 내뱉지 못한 말들을 마음속으로나마 중얼거렸다.

"기꺼이 그러겠습니다."

저스틴은 흐트러진 시트 자락을 다시 잘 덮어 주었다. 그리고 베시의 머리를 다정하게 어루만지며 속삭였다.

"깨워서 미안합니다. 이제 쉬십시오. 당신이 잠들 때까지, 곁에 있겠습니다."

어째서일까. 오늘은 잠들어도 악몽을 꾸지 않을 것 같다는 생각이 들었다. 마녀의 불행보다 강한 남자가 옆을 지켜 줄 테니까.

안도감 덕인지 베시의 눈꺼풀이 조금씩 무거워졌다.

잠시 후, 그녀의 호흡이 규칙적인 것으로 바뀌고 난 후.

저스틴은 베시가 얼굴을 가리고 있던 손을 아래로 내려 주었다. 그녀를 바라보는 그의 표정이 조금 어두웠다. 그녀가 무언가를 감추고 있다는 것을 눈치챘기 때문이었다.

베시는 기본적으로 제 불안함이나 동요를 잘 드러내는 타입이 아니었다. 아무리 약해져 있다고 하더라도. 그런 그녀가 제 감정을 얼핏이라도 드러내는 순간은 무언가 '감추는 것'이 있을 때였다.

'그녀를 만날 기회가 된다면 몸조리에 각별히 유념하라고 전해 주시오.'

문득 아까 전, 빌헬름이 의미심장하게 속삭였던 말이 머릿속에서 맴돌았다.

이상합니다, 베시. 당신이 지금 내 옆에 있는데도, 나는 참을 수 없는 불안함을 느끼고 있습니다. 저스틴은 고개를 숙여 새하얀 이마에 조심히 입을 맞추었다.

이 불안함이 그저 기우이길 바라며.

15.
마녀에게는 기사가 필요하다

하늘에 구름이 자욱하게 깔린 밤이었다.

바로 전 날, 제법 거센 비가 내렸던지라 공기가 찼다.

날씨 탓인지, 혹은 요 며칠 무리를 한 탓인지 베시는 상태가 썩 좋지 않았다. 평소라면 빠르게 그녀를 진찰하러 왔을 주치의는 황제가 두통으로 역정이 난 탓에 베시의 상태를 확인하러 올 수 없었다. 주치의를 대신하여 보조의 한 명이 와서 베시를 진찰하였다.

그는 베시가 가벼운 감기 증상이 있으며 독으로 인한 후유증으로 열이 있는 것 같다고 판단하였다. 그가 준 약을 먹은 베시는 몸이 약간 으슬으슬하다고 중얼거리며 빠르게 잠자리에 들었다.

황제를 위한 약 조제를 끝낸 뒤, 황실 주치의는 베시의 상태를 한 번 확인하러 왔다. 그리고 그녀의 안색이 전보다도 더 나빠졌음을 깨닫고, 걱정스럽게 그것을 크리스에게 보고하였다.

"……베시 관장이 상태가 더 나빠졌다고?"

"네, 아무래도 무언가 신경이 예민해질 만한 일이 있었던 모양입니다. 체력이 완전히 회복되지 않은 상태에서는 생각하는 것도 충분히 큰 노동입니다. 무엇보다 독의 후유증이 완전히 가시지 않아 당분간은 고열과 체력 저하가 빈번하게 일어날 수도 있고요. 그러니 제가 그렇게 절대 안정을 취하라 말씀을 드린 것이건만―"

정말 그렇게 고집이 센 사람은 처음이라며 주치의가 고개를 절레절레 저었다. 심각한 얼굴로 주치의의 말을 듣던 크리스는 자리에서 벌떡 일어섰다.

"전하?"

주치의가 당황한 얼굴로 크리스를 부르자, 그가 말했다.

"아무래도 이상하게 느낌이 좋지 않군. 아무래도 한 번 그녀를 찾아가서 내가 직접 봐야 안심이 될 것 같네."

"하지만 그녀는 지금 막 잠이 든 상태라―"

"그럼 잠든 얼굴이라도 한 번 보고 오는 게 좋겠어. 다녀오지."

크리스가 집무실을 빠져나오자 밖에서 대기하고 있던 붉은 늑대 기사 몇 명이 바로 그의 뒤를 따르려고 하였다.

하지만 크리스는 손을 저어 그들을 물렸다.

"금방 돌아올 터이니 경들이 굳이 따라올 것 없네. 잠시 베시 관장이 있는 방에 다녀오지."

만일 빅터가 이 자리에 있었다면 기를 쓰고 쫓아갔을 게 분명했지만, 다른 붉은 늑대 기사 중에서 크리스의 명령을 어길 수 있는 간 큰 기사는 몇 명 없었다.

크리스는 정말 빨리 다녀오겠다고 한 번 더 기사들에게 다짐한 후, 서둘러 베시가 있는 객실로 향하였다.

* * *

베시가 있는 객실 방문이 소리 없이 열렸다.

불빛 하나 없는 데다가 두꺼운 커튼이 처진 방 안은 어두웠고, 그 때문에 방 안에 들어온 이는 사람 모양의 검은 형체처럼 보일 뿐이었다.

소리 없이 검은 형체가 침대를 향해 다가왔다. 그는 침대에서 잠든, 창백한 얼굴의 베시를 잠시 내려다보았다. 곧 부스럭거리는 소리와 함께 그가 무언가를 꺼내 들었다.

정적만이 가득한 공간에서 옷자락 스치는 소리와 함께 무언가 둔탁한 소리가 탁, 탁 걸리듯 두어 번 들려왔다. 침대 옆에 선 그는 무언가를 손에 쥔 채 손을 드높게 치켜 올렸다.

푹— 무언가가 깊게 박히는 소리에 그는 얼른 사이드 테이블 위에 있던 등불에 불을 붙였다. 빛이 일렁이며 순간 붉게 물든 침대 위가 보였다.

등불의 빛이 서서히 방 안을 밝히자, 침대 위에서 잠든 듯 눈을 감고 있는 베시와 그녀의 목에 꽂혀 있는 작은 칼날이 선명하게 드러났다. 목에서 흘러나온 피는 마치 빗물처럼 시트를 적시고 있었다.

베시의 목에 칼날을 박은 자는 그녀의 코 아래에 손가락을 대었다. 호흡이 없다는 걸 확인한 그가 뒤로 물러선 순간—

그는 문밖에서 발걸음 소리가 점점 가까워진다는 것을 눈치채고 재빠르게 방을 벗어나려고 하였다. 하지만 그가 창문에 발을 막 디디는 것과 동시에 철컥, 문이 열렸다.

베시를 죽인 자는 놀라 뒤를 보았고, 제 등 뒤에 크리스 황태자가 서 있다는 사실에 더더욱 놀랐다. 물론 크리스 역시 붉게 물든 침대 앞에 선 자를 보고 눈을 커다랗게 떴다.

"누—"

크리스가 입을 열어 제대로 소리를 내기 전, 창틀에서 발을 내린 그자는 재빨리 크리스를 잡아당겨 그의 입을 틀어막았다. 그리고 복도에 아무도 없다는 것을 확인한 뒤, 그대로 문을 소리 없이 닫았다.

"읍!"

입을 틀어 막힌 크리스가 몸부림을 치며 반항하였지만, 남자는 결코 손아귀의 힘을 풀지 않았다.

순식간에 크리스를 베시가 있던 침대까지 끌고 온 남자가 강하게 크리스의 목덜미를 움켜쥐었다. 크리스는 고통스러운 신음을 흘리며 얼굴을 찌푸렸다.

"너는, 대체, 컥—"

입이 자유로워진 크리스가 그자의 정체를 물으려고 하자, 남자는 바로 다시 손아귀에 힘을 주었다. 오싹할 정도로 강한 힘에 목이 졸린 크리스가 다시 입을 다물었다.

입이 자유로워진 크리스가 그자의 정체를 확인하려 하자, 남자는 바로 다시 손아귀에 힘을 주었다. 오싹할 정도로 강한 힘에 목이 졸린 크리스가 다시 입을 다물었다.

그는 다시 손에 힘을 조금 풀어 주었다. 크리스는 탐색하는 것 같은 시선을 눈앞의 상대에게 보냈다. 검은 복면으로 얼굴을 가린 자의 눈 안쪽이 살쾡이처럼 빛을 내고 있었다.

"……베시를, 죽인 건가."

감정의 동요를 억누르려는 것처럼 크리스가 잇새로 물음을 뱉었다. 그 목소리가 미세하게 떨리고 있었다. 복면의 사내는 아무 대답을 하지 않았다.

하지만 이번에는 크리스의 입을 틀어막지도 않았다. 황태자가 더는 자신에게 저항할 의사가 없다는 것을 느꼈기 때문이었다.

"……어째서? 그녀의 존재가 너희에게 그렇게 큰 위협이었나?"

조금 감정 섞인 목소리로 크리스가 물었다. 슬퍼하는 것처럼 들리기도 했고, 화가 난 것처럼 느껴지기도 하는 음성이었다. 암살자는 여전히 입을 열지 않았다. 그를 노려보던 크리스는 붉게 물든 시트 사이에 축 늘어져 있는 베시를 보고 눈을 질끈 감았다.

"내가 목적이라면 처음부터 나를 노리면 되었을 문제였어. 그런데도 너희는, 자네들은— 내가 아닌, 내 친구를, 내 가족을 다치게 하는군."

특별한 친구를 잃은 비극. 고통스러운 크리스의 목소리에는 절망만이 느껴졌다. 한동안 아무 말이 없던 암살자가 그의 목을 움켜쥐고 있던 손을 스르륵 풀었다.

"그래, 모든 것은 네 잘못이다. 황태자."

검은 복면 사이로 흘러나온 낮은 목소리에 크리스는 놀란 얼굴을 하였다. 대답이 절대 돌아오지 않을 거라고 생각했던 상대의 입이 열렸기 때문인지, 혹은 그 목소리에 짐작 가는 인물이 있기 때문인지는 알 수 없었다.

"네가 주제넘은 짓을 하지 않았다면 이렇게 네 정부가 죽을 일도 없었을 것이고, 네 동생이 목숨을 잃을 뻔한 일도 없었겠지."

느릿하게 말을 이어가는 이자는 그저 살인을 청부받은 자가 아니었다. 그것을 직감한 크리스는 그의 말에 신경을 곤두세웠다.

"'너'는 허수아비여야 했다. 근본 없는 피가 반이나 섞인 놈이 황태자라는 분에 넘치는 자리에 올랐다면, 적어도 제 주제는 알았어야지."

그것은 크리스가 정식으로 황태자의 자리에 오르기 전, 그리고 태어났을 때부터 무수하게 들어왔던 말들이었다. 크리스는 입을 꾹 다물었다. 그의 눈동자가 미세하게 흔들린다는 것을 눈치챈 것인지 암살자는 조금 흥분한 어조로 말을 이었다.

"이것은 시작이다. 이 제국이 본래 모습을 되찾기 위한."

의미심장한 말을 속삭인 암살자가 침대 위에 손을 다시 뻗었다. 그의 손에는 조금 전, 베시의 목을 베었던 그 단검이 다시 들려 있었다.

"이곳에서 너를 만나게 된 건 정말 계획 밖의 일이지만, 이렇게 되었다면 어쩔 수 없군."

"나를 죽일 건가?"

죽음이 목전에 닥쳤는데도 크리스는 담담한 얼굴을 하였다. 암살자가 복면 너머로 웃는 기척이 느껴졌다.

"내일쯤에는 '사랑하는 여자의 시체를 발견한 황태자가 비탄에 잠겨 스스로 목숨을 끊었다'는 소문이 파다하게 퍼지겠군."

"……그 말에는 거짓이 하나 있군."

"거짓?"

"내가 베시를 사랑하는 건 맞지만, 그렇다고 해서 스스로 목숨을 끊을 리는 없지. 물론 네 손에 의해 죽을 리도 없고. 안 그래, 베시?"

크리스가 한쪽 입꼬리를 슬그머니 들어 올리며 꺼낸 말에 암살자가 어깨를 굳혔다. 무언가 심상치 않다는 것을 느낀 그가 재빨리 고개를 들어 올렸을 때—

그때는 이미 그의 검은 복면 아래로 예리한 칼날이 닿아 있었다.

"헛소리 작작해. 처음부터 끝까지 다 거짓말이구만, 무슨 하나만 거짓이래. 오빠, 그 인간 절대 놓치지 마세요."

베시의 말에 암살자의 목에 칼을 겨눈 빅터는 전에 없는 차가운 얼굴로 고개를 끄덕였다.

그사이 침대 위에서 그야말로 시체처럼 축 늘어져 있던 베시는 목덜미에서 줄줄 흐르는 핏덩어리를 귀찮다는 듯 손등으로 쓱쓱 닦았다. 그것을 본 크리스는 쓴웃음을 지으며 고개를 절레절레 저었다.

분명 자신이 죽인 여자가 침대에서 멀쩡히 살아 일어나자 암살자는 경악 어린 신음을 흘렸다.

"대체 어떻게—"

"아, 이거?"

상처 하나 없이 하얀 제 목을 가리키며 베시가 웃었다.

"내 친구 중에 엄청나게 쓸모 있는 약을 많이 만드는 마녀가 하나 있거든. 그 친구가 최근에 개발한 약 중 하나야. 우연의 산물로 얻은 것 같긴 했지만."

베시는 친구 파나세아가 보낸 작은 약병 하나를 집어 올렸다. 그 약병에는 여전히 알아보기 어려운 글씨로 '그 어떤 치명상이라도 딱 한 번은 완전 회복시켜 주는 약'이라고 적혀 있었다. 그것을 암살자 눈앞에서 흔들어 보이며 베시는 친절하게 설명해 주었다.

"이 약은 말이지. 먹으면 그 어떤 상처가 생겨도 상처를 미친 속도로 회복시켜 줘. 설령 머리가 반쯤 잘려도 회복될걸?"

사기꾼 약장수같이 줄줄 약의 효능을 늘어놓던 베시는 문득 크리스의 눈이 탐욕스레 빛나고 있다는 것을 깨달았다.

"아, 하지만 그렇다고 약효가 영원한 건 아니야. 한 번 상처가 회복되고 난 후에는 다시는 이 약 못 써. 그러니까 평생에 딱 한 번 쓸 수 있는 약이라 이거지."

그 말에도 크리스는 여전히 탐이 난다는 얼굴로 베시를 바라보고 있었다. 무슨 생일선물을 달라 조르는 어린애도 아니고, 참. 베시는 한숨을 쉬었다.

"야, 크리스. 그런 얼굴은 하지 마. 이거 상용화 할 수는 없는 약이야. 무조건 치명상 입기 전에 복용해야 효과가 있대. 다치고 나서 먹어 봐야 낫지 않는다고. 즉, 자신이 언제 생사가 오락가락할지 알고 미리 먹을 때만 의미가 있다니까. 그것도 딱 한 번."

"그렇다면 전쟁에 참전하기 전이라거나 결투를 벌이기 전에 미리 먹어 두면—"

"아까도 말했지만, 상용화는 무리라니까? 이거 진짜 우연의 산물로 나온 거라 딱 네 알 나왔대. 한 알은 시험 삼아 먹어 보고, 나한테 두 알 보내 주었으니 이제 걔한테는 달랑 한 알 남아 있겠네."

"그럼 그 한 알을 가지고 연구라도 해 보는 건 불가능하대? 세계의 미래와 번영을 위해서라도. 위급 시에 정말 유용하게 쓰일 약이잖아."

크리스가 미련을 버리지 못했기에 베시는 얼굴을 와그작, 구겼다.

"야, 이런 엄청난 약을 몇 번이나 만들 수 있으면, 내 친군 마녀가 아니라 그냥 신이거든?"

그것도 그렇군. 크리스는 반박할 말이 없었기에 머쓱한 얼굴을 하였다.

그는 화제를 돌리려는 것처럼 빅터의 검에 얌전해진 암살자를 힐끔 보았다. 크리스가 손가락을 튕기는 것 같은 시늉을 하자, 그 뜻을 단번에 이해한 빅터가 암살자의 복면을 강제로 벗겨 냈다.

"윽……."

마스크가 얼굴에 걸리기라도 했는지 암살자가 고통스러운 숨을 내뱉었다. 베시는 복면 아래 드러난 그 얼굴을 물끄러미 바라보았다. 이상하게 낯이 익은 얼굴이었는데 정확하게 어디서 본 누구인지는 기억이 나지 않았다. 그의 정체를 캐물으려던 베시는 복면을 손에 쥔 빅터의 손이 파르르 떨리고 있다는 것을 깨달았다.

"……오빠?"

무언가 공기가 심상치 않다는 것을 알아차린 베시가 빅터를 부르며 자리에서 일어서려고 하자, 크리스가 그것을 만류하였다.

빅터뿐만이 아니라 그 역시도 암살자를 알고 있는 게 분명하였다. 그렇다는 건—

"어째서입니까. 롤랜드 경."

베시가 머릿속으로 한 가지 결론을 내리는 것과 동시에 빅터가 입을 열었다.

"누구보다 황태자에게 깊은 충성을 맹세한 붉은 늑대의 기사가 어째서 이런 짓을 벌인 것입니까?"

아아, 역시.

베시는 그제야 자신과 크리스를 죽이려던 사내의 정체를 알아차렸다. 그는 분명 도서관 재개장식 날, 크리스의 호위를 맡았던 붉은 늑대 기사 중 한 명이었다. 얼굴이 낯익다고 생각한 것은 롤랜드라고 불린 그를, 종종 크리스의 옆에서 보았기 때문이리라.

"어리석은 질문을 하는군. 빅터 에일. 나는 황태자 개인에게 충성을 맹세한 게 아니라 황가에 충성을 맹세한 것이다."

"그게 그거 아냐?"

가만히 대화를 듣고 있던 베시가 도저히 이해가 안 간다는 얼굴로 묻자, 롤랜드가 벌컥 화가 난 얼굴로 외쳤다.

"닥쳐라, 마녀! 이런 반쪽짜리 핏줄을 고귀한 혈통으로 인정할 수 있을 것 같으냐!"

어이구, 저놈의 혈통주의. 저런 모자란 놈을 그간 잘도 옆에 두고 살았구나, 이 덜 떨어진 황태자야. 베시는 속으로 혀를 끌끌 차며 옆에 있던 크리스의 옆구리를 쿡 찔러 주었다.

"야, 이 멍청아. 넌 그동안 저런 거 안 걸러 내고 뭐했냐?"

"……걸러 낸다고 노력은 했었는데, 하하. 면목이 없군."

크리스가 정말 머쓱하다는 얼굴로 웃고 있었기에 베시는 한숨을 푹 내쉬었다. 하긴 얘라고 노력을 안 했겠어?

그녀가 아는 크리스는 교활하고 의심 많은 남자였지만, 크리스가 상대하는 자는 그의 배로 만만치 않은 남자였다. 베시는 롤랜드의 뒤에 있는 빌헬름의 그림자를 훑어보는 것처럼 가늘게 눈초리를 좁혔다.

비록 그녀를 습격한 자는 붉은 늑대 기사였으나 그 배후가 누구인지는 물어볼 필요도 없이 뻔했다.

사실 처음 이 계획을 세울 때의 가장 큰 바람은 빌헬름 본인이 방을 찾아오는 것이었으나 그것은 지나친 바람이라는 걸 베시 역시 알고 있었다. 그러니 하다못해 은빛 매 기사 중 한 명이길 바랐는데, 붉은 늑대 기사라니.

이렇게 되면 당장은 이 일에 빌헬름을 엮을 방법이 없었다.

"이 나라의 진정한 주군이 될 자는 다른 누구도 아닌 그 어떤 잡종의 피도 섞이지 않은 순혈의—"

"아, 너 좀 닥쳐!"

베시는 홀로 헛소리를 떠들기 시작한 롤랜드를 향해 버럭 소리를 내질렀다. 가만두고 보자니 도저히 끝이 없을 것만 같았다.

"수운혈? 자웁종? 어이구, 여기 아주 대단한 생물 유전 학자 나셨네. 이봐, 멍청아. 애초에 너희같이 핏줄에 목숨 거는 인간들의 피는 뭐 다른 줄 아나 봐?"

웃기지도 않아라. 베시는 코웃음을 흥, 쳤다.

"매우 유감스럽게도 다 똑같아. 너희가 버러지 취급하는 그 잡것이나 무슨 혈통이라 부르짖는 순혈이나 피는 다 같은 빨강이야. 피에는 고귀함도 천박함도 없어."

그녀는 자신의 피로 흥건한 시트 자락을 가리켰다.

"자신이 어떤 인간이 될지는 스스로 선택하는 거야. 집안도, 환

경도, 다른 사람의 판단도 상관없어. 크리스 반 듀벨은 베이론 제국의 황태자야. 그리고 언젠간 이 나라의 황제가 되겠지. 설령 댁이 혹은 그 다른 누가 이 멍청이를 인정하지 못한다고 하더라도."

베시의 말에 크리스뿐만이 아니라 빅터조차 놀란 얼굴을 하였다. 크리스는 조금 감동 어린 눈으로 베시를 향해 "베시, 나를 그 정도로 사랑—"라고 중얼거렸다. 베시는 화산도 얼려 버릴 것 같은 서늘한 시선으로 화답하였다.

"닥쳐."

크리스는 싱글벙글 웃었지만, 빅터는 벌레 씹은 얼굴로 베시를 보았다. 그 시선을 눈치챈 베시는 다시 한 번 코웃음을 흥 쳤다. 그녀는 크리스의 느끼함이 나날이 심해져 가는 건, 순전히 빅터의 잘못이라 생각하였다.

"오빠. 황태자 전속 호위 기사면 호위 기사답게 주군이 멍청하게 굴 때는 좀 혼내기도 해야죠. 자꾸 오냐오냐하니까, 얘가 버릇만 나빠지잖아요."

빅터는 그건 절대 호위 기사의 임무가 아니라 대답하는 대신 앓는 소리를 흘렸다. 아무래도 이따가 크리스 앞에서 무릎을 꿇고 싹싹 빌어야 할 것만 같았다. 오빠의 고통에 관심이 없는 베시는 시선을 롤랜드에게로 다시 돌렸다.

"어쨌든 당신의 그 고루해 빠진 순혈주의 논리는 집어치우고, 당장 불어. 누가 시켰어?"

돌려 말한다는 표현이 사전에 없는 여자답게, 베시는 단도직

입적으로 물었다. 롤랜드는 곧 죽어도 말할 생각이 없다는 것처럼 입을 꾹 다물었다. 그것을 본 크리스가 피식 웃었다.

"베시. 이자가 말하라고 한다고 해서 말할 정도면 애초에 이런 번거로운 '연극'을 준비하지도 않았을 거야. 안 그런가, 빅터 경?"

크리스는 빅터를 향해 동의를 구하였고, 빅터는 고개를 끄덕였다.

본의는 아니었지만, 이 일은 정말 크리스의 말대로 '번거로운' 연극이었다. 베시가 처음 이 계획을 꺼냈을 때, 빅터는 그냥 간편하게 '마법'으로 상대를 잡으면 되지 않겠냐고 제안했다.

하지만 베시는 고개를 그럴 수 없다 하였다. 재판에 상대를 회부하고 정식으로 조사를 받게 만들려면 '직접' 마법을 써서 상대를 잡을 수는 없었다. 만일 상대가 '마녀가 마법으로 나를 조종한 거다!'라고 주장하면 손을 쓸 방법이 없었다.

무엇보다 아직 독의 후유증 때문에 간간히 앓고 있는 베시가 마법을 썼을 경우, 몸에 지나치게 무리가 갈 우려가 있었다. 그렇기에 베시는 목숨을, 크리스는 안전을 걸고 이와 같은 번거로운 함정을 팠다. 그나마도 파나세아의 도움이 없었다면 이런 위험한 계획을 마음 놓고 세우는 것은 어려웠을 터였다.

베시는 마음속으로 능력 좋은 제 친구에게 깊이 감사하였다.

"전하께도, 베시에게도 별일이 없어서 다행입니다."

처음에는 그 역시 베시의 목숨과 크리스의 안전을 담보로 한 이 계획에 절대 찬성할 수 없다고 반대했지만, 그럼 둘이서만 계획을 실행하겠다는 말에 어쩔 수 없이 이 일에 끼고 말았다.

이 계획을 저스틴이 미리 알았다면 상황이 정말 복잡했으리라 생각하며 빅터는 한숨을 쉬었다.

"아니, 지금부터 시작이지 않나. 지금부터 철저하게 조사를 진행해야지. 롤랜드 경을 '지하'로 데리고 가게."

베시를 향해 어수룩한 웃음을 흘렸던 것과는 달리 크리스는 마치 뱃속에 수천 개의 칼날을 품은 뱀처럼 찬웃음을 지었다. 베시는 '지하'라는 어감에서 피 냄새가 난다는 느낌을 받았다.

"물론입니다. 하지만 전하, 조사는 제가—"

"동행하지. 나도 이 눈으로 직접 보고 싶어서 말일세. '완전한' 피를 가진 자의 피도 정말 나랑 같은 색일지."

크리스의 고집을 꺾을 수 없다는 것을 깨닫고, 빅터는 고개를 슬그머니 숙였다. 동생이나 주군이나 제 말을 안 듣기는 매한가지였다.

빅터는 롤랜드의 목에 여전히 검을 겨눈 채, 무릎 꿇은 그를 일으켜 세웠다. 생각보다 시간을 많이 소요했기에 되도록 빨리 지하로 그를 데리고 가야 했다. 최대한 사람들의 시선을 끌지 않는 통로— 서쪽 계단으로 이동해야겠군. 그렇게 생각한 빅터가 롤랜드를 끌어당겨 앞장서게 하려던 찰나였다.

몸을 일으키던 롤랜드가 빅터를 향해 무언가를 튕겼다. 허공에서 번쩍이는 것을 향해 빅터는 반사적으로 검을 휘둘렀다.

찰캉, 소리와 함께 바닥으로 잘려나간 열쇠 조각이 떨어졌다.

그가 벤 것은 무기가 아니었다. 빅터가 당황하여 멈칫하는 사이, 롤랜드가 품에 감추었던 단검을 꺼내들었다.

"죽어라, 크리스 반 듀벨!"

요란스레 소리를 지른 롤랜드가 몸을 앞으로 던졌다. 그가 향하는 곳이 크리스가 있는 쪽이라는 걸 깨달은 빅터의 머릿속이 새하얗게 변하였다. 무슨 일이 있어도 반드시 황태자를 보호해야 한다는 생각에 빅터는 재빨리 크리스를 감쌌다.

하지만, 롤랜드가 향하는 방향은 크리스가 있는 곳이 아니었다. 그의 목표물은—

"베시!"

빅터가 동생의 이름을 부르는 것과 동시에 무언가가 요란하게 부딪치는 소리가 들려왔다. 롤랜드가 자신에게 달려드는 것을 본 베시는 저도 모르게 눈을 질끈 감았다.

푹— 아까 전 베시의 목덜미가 검에 찔렸던 것과 비슷한 소리가 다시 한 번 귓가에서 생생하게 되살아났다. 온몸에 소름이 돋는 것을 느끼며 베시가 숨을 터트리듯 내뱉었다.

아, 또 몸에 구멍나게 생겼네. 그녀는 찾아올 통증에 대비하듯 마음의 준비를 하려 하였다. 그러나 아무리 기다려도 그녀가 각오한 통증은 찾아오질 않았다. 대신 무언가가 분주하게 움직이는 소리만이 귓가에 여전히 남을 뿐이었다.

이상하다는 생각에 감고 있던 눈을 슬그머니 떠보니 앞이 새카맣게 보였다.

'내가 눈이 멀었나. 갑자기 왜 이렇게 어둡지.'

순간적으로 상황을 파악하지 못한 베시는 눈을 멀뚱거리며 손을 움직여 보았다. 그러자 천 자락 같은 것이 자신의 몸 위를 덮고 있는 것이 느껴졌다. 최대한 손을 들어 올려 그것을 아래로 잡아당긴 베시는 비릿하게 풍겨오는 피 냄새에 얼굴을 팍 찌푸렸다.

그리고 자신의 앞에 있는 남자의 얼굴은 본 순간, 더더욱 얼굴을 굳힐 수밖에 없었다.

"……제이?"

어찌 된 일인지 베시의 눈앞에 있는 것은 오늘 계획에 대해서는 전혀 알 리 없는 저스틴 하이네였다. 그의 넓은 어깨 너머로 빅터가 롤랜드의 양팔을 포박하고 있는 모습이 보였다.

그리고 롤랜드의 오른쪽 어깨가 붉게 물들어 있다는 것도.

혹시나 하는 생각에 베시는 고개를 내려 자신의 몸을 덮고 있는 천 자락을 내려다보았다. 저스틴이 입고 있던 게 분명한 짙은 청색 코트가, 롤랜드의 어깨와 같은 붉은 색으로 물들어 있었다.

"제이, 이거."

"당신에게 피를 묻히고 싶지 않았습니다."

베시가 무엇을 묻기도 전에 먼저 대답한 저스틴이 피가 묻은 코트를 끌어내려 손에 쥐었다.

그 한마디로 베시는 상황을 이해할 수 있었다.

자신에게 달려든 롤랜드를, 어째서인지 갑자기 나타난 저스틴이 검으로 찌른 것이리라. 그리고 그 피가 베시에게 튀지 않도록 제 코트로 베시를 감싼 것이고.

머리로는 완벽히 상황을 이해했건만, 그녀는 여전히 멍한 상태였다. 저스틴은 딱딱하게 굳은 얼굴로 베시에게 물었다.

"괜찮습니까, 베시? 혹시 어디가 안 좋은 겁니까?"

"네? 아, 나는 괜찮아요. 그것보다도 저 기사는……."

"죽이지 않았습니다."

저스틴이 짧게 답한 말에는 평소와는 다른 울림이 있었다. 어리둥절하여 고개를 든 베시는 저스틴의 눈동자가 전에 없는 분노에 차있다는 것을 깨달았다.

"죽이는 편이 나았습니까?"

"네? 아, 아뇨. 죽이지 않는 게 조, 좋죠! 아주 잘했어요!"

평소에는 보기 힘든 그의 모습을 마주 한 베시는 고개를 마구 저었다.

"그래서 저를 부르지 않은 겁니까? 제가 혹시라도 당신을 공격하는 자를 죽일까 봐?"

"아, 아뇨. 그런 건 결코 아닌데……."

"그럼 대체 왜 이런 일을 계획하고 있다고 저에게 말하지 않은 겁니까?"

저스틴은 베시를 향해 따지듯, 그녀의 말꼬리를 물고 늘어졌다.

곤경에 처한 베시는 얼른 자신을 도와줄 사람을 찾아 분주히 고개를 움직였다. 하지만 빅터는 롤랜드를 데리고 방 밖으로 서

둘러 빠져 나간 지 오래였으며, 크리스 역시 남일 같은 얼굴로 저스틴의 분노를 부추길 뿐이었다.

"제이. 너무 화내지 마. 나도 너에게 알리고는 싶었어. 하지만 베시가 너에게만큼은 절대 알리지 말자고 해서 어쩔 수가 없었지."

저게 진짜! 아주 그냥 절벽에서 등을 떠미네? 베시는 속에서 열불이 터졌다.

"야! 크리스! 누가 언제 그런 말을 했어! 제이에게 말하지 말자고 먼저 말한 건 너였잖아! 제이 같은 황소고집에 융통성 없는 돌머리는 이런 일에는 절대 찬성하지 않을 거라면서!"

"하지만 너도 찬성했잖아, 베시."

"그, 그건 제이가 반대할 거라고는 생각해서……."

"결국 베시도 내가 황소고집에 융통성 없는 돌머리라고 생각했다는 거군요."

크리스와 베시의 책임 떠넘기기 공방을 듣던 저스틴이 가만히 한 말에 베시는 더더욱 얼굴이 새하얗게 질렸다. 그녀는 조금 전, 목숨을 위협받던 때보다도 지금이 더 무서웠다.

"아, 아니에요! 내가 저스틴 군— 이 아니라, 제이를 그렇게 생각할 리 없잖아요! 그건 그냥 크리스가 한 말이라고요!"

"맞아, 내가 말하고 베시가 동조했을 뿐이지."

"야!"

저게 진짜 나 죽는 꼴 보려고 환장했나. 베시가 버럭 소리를 지르며 크리스를 노려보자, 크리스는 픽 웃으며 얼른 방을 빠져나갔다. 불난 집에 기름을 신나게 들이붓고 도망가는 친구의 뒷모습에 베시는 이를 갈았다. 저 인간이 저지른 민폐의 뒷수습을 어째서 내가 해야 하는 거지.

"……정말입니까?"

방문을 노려보며 속으로 크리스에 대한 욕을 늘어놓던 베시는 저스틴의 말에 퍼뜩 정신을 차렸다. 눈앞에 있는 남자의 눈이 여전히 흉흉한 빛을 품고 있었다.

"아니, 그러니까 진짜 아니라니까요! 당신에 대해서 그렇게 생각해서 말을 안 했던 게 아니라—"

"그럼 다시 한 번 묻죠. 어째서 나에게는 말하지 않은 겁니까?"

베시는 소리를 지르며 화를 내는 것보다도 감정을 죽인 분노가 더 두려운 법이라는 걸, 처음으로 알았다. 그녀는 눈으로 자신을 찌르는 것 같은 저스틴의 시선에 고개를 슬그머니 숙였다.

왜냐니. 그거야 당연히—

"당신이 반대할 거라고 생각했어요."

물론 빅터도 이 계획을 반대했다. 하지만 저스틴을 설득하는 건 빅터를 설득하는 것보다 더 어려울 게 분명했다. 크리스도 베시도 그것을 알고 있었다. 그렇기에 오늘 일은 저스틴에게 비밀로 진행하기로 했던 것이었다.

설마 저스틴이 이렇게 갑자기 나타나서 그의 도움을 받게 될 줄은 몰랐지만.

"걱정을 끼치기도 좀 그렇고……."

"당신은 정말 아무것도 모르는군."

갑작스럽게 들려온 낮은 말에 베시는 깜짝 놀랐다. 저스틴의 입에서 나온 말은 요 며칠 자주 듣던 살갑고 다정하던 목소리도, 평소처럼 예의 바르기만 하던 말투도 아니었다.

당황한 베시가 저스틴의 얼굴을 살피는 것처럼 눈을 깜빡이던 순간—

그녀의 입술에 따뜻한 무언가가 닿았다.

조금 메마른, 하지만 부드러운 그것이 저스틴의 입술이라는 것을 알아차렸을 때는 이미 저스틴의 손이 베시를 단단히 붙잡고 있었다. 고개를 돌릴 수도, 몸을 움직일 수도 없었기에 베시는 눈을 감았다.

하지만 눈을 감으니 오히려 감각이 더욱 선명해졌다. 저스틴의 키스는 그저 친애를 표하듯 가볍게 문지르는 그런 종류의 것이 아니었다. 그가 자신을 강하게 끌어안고, 제 입술을 탐하는 동안, 베시는 정신없는 와중에도 새삼 깨달을 수밖에 없었다.

이 남자는, 감히 마녀의 불행보다도 제가 더 강하다고 선언할 정도로 자신을 좋아하고 있는 남자라는 것을.

"……베시."

어느새 떨어진 저스틴의 입술이 조금 전과는 달리 촉촉하게 젖어 있는 것이 보였다. 베시는 자신의 입술 역시 저스틴과 같으리라 생각하고 얼굴을 붉혔다. 그렇기에 이어진 저스틴의 말에 한 박자 느리게 반응하고 말았다.

“당신은 저를 정말 모릅니다. 내가 반대할 거라는 걸 알았다면, 그 이유가 뭔지도 알았어야 했습니다.”

“……나를 걱정해서잖아요.”

듣지 않아도 반대의 이유를 잘 알고 있다고, 베시는 반박하였다. 하지만 그 말에 저스틴은 더더욱 화가 난 얼굴을 하였다.

“그래요, 맞습니다. 당신을 걱정해서. 당신이 걱정되니까 나는 반대했을 겁니다. 하지만 그게 전부는 아닙니다.”

베시의 뒷덜미를 감쌌던 저스틴의 손이 천천히 앞으로 움직였다. 자신의 뺨을 꼭 맞게 감싸는 커다란 손이 뜨거웠다. 그 열기에 저도 모르게 스르르 눈을 감아 버릴 것만 같았다.

“당신은 무리를 할 테니까. 무모한 행동을 할 테니까. 그러니까 나는 걱정하는 겁니다, 당신을. 그리고 그런 당신이 내가 없는 곳에서 무언가를 하는 게 참을 수 없이 싫습니다.”

피부에 와 닿는 날카로운 시선이 무서운 동시에 기분 좋다고 느끼는 건 자신이 이상하기 때문일까. 아니면 그 분노 어린 시선 안에는 분명 걱정과 애정이 동시에 담겨 있기 때문일까.

“앞으로 이런 일이 한 번이라도 더 있다면— 물론 내가 그렇게 두지 않을 거지만…… 베시, 당신은 언제나 내 생각 밖의 행동을 보이니, 미리 예고하겠습니다.”

“……예고?”

“혹시라도 이런 일을 또 벌일 생각이라면 절대 날 곁에 두십시오. 말했잖습니까. 당신의 불행보다 내가 강하다고. 내가 곁에 있어야만 당신은 안전합니다. 당신의 삶에 저스틴 하이네는 필수 불가결한 요소란 말입니다."

이제 그만 포기하고, 사실을 인정하라는 것처럼 저스틴이 단호하게 말했다.

"그러니 당신은 날 사랑해야만 합니다, 베시."

베시는 멍하니 저스틴의 눈을 바라보았다. 처음 본 순간부터 아름답다고 생각했던 그 눈에는, 오로지 그녀만이 담겨 있었다.

어쩌면 그의 눈에 비친 자신은 조금 멍청한 얼굴을 하고 있을 것도 같았다. 저도 모르게 베시가 웃었다.

"……베시."

지금 웃음이 나오느냐고 묻는 것처럼 저스틴의 얼굴이 굳혔다. 그런데도 베시는 웃음을 멈출 수 없었다. 그간 며칠 동안 같은 고민을 반복했던 게 바보같이 느껴졌다.

정말 이 남자를 온 힘을 다해 사랑해도 될 것 같다는 생각도 들었다. 자신만큼이나 고집이 세고, 자신과는 다르게 강한 남자였다. 제 힘으로는 이 남자를 도저히 불행하게 만들 수 없을 것 같았다.

그깟 악몽 좀 꾼 걸로 이런 남자를 잃을까 봐 두려워했다니.

당신이라면 정말 어떤 것이든 다 괜찮을 것만 같았다. 갑자기 엄청난 희망 예찬론자가 된 기분이었다.

이런 남자를 포기하는 일은 누구에게나 어려울 거야. 베시는 마음 한구석에 남아 있던 죄책감에 슬그머니 자물쇠를 채웠다. 어차피 나는 이기적이고 못된 마녀니, 아주 나쁜 마녀가 되는 것도 나쁘지 않겠지.

"미안해요, 제이."

"그런 말뿐인 사과는—"

"당신이 내 무모함을 걱정하는 만큼, 나 역시 당신의 그런 점이 걱정되네요. 나 같은 마녀에게 홀린 불쌍한 기사님. 내가 정말 당신에게 저주라도 건 게 아닌가 싶다니까요."

얼핏 듣기에는 자학적인 말이었지만, 저스틴은 화를 내지 않았다. 그녀가 아주 오랜만에 베시 에일다운 웃음을 짓고 있었으니까.

"걱정해 줘서 고마워요. 이제는 혼자 멋대로 행동하지 않을게요. 당신에게 걱정 끼칠 일은 하지도 않고."

"……."

저스틴이 불신에 찬 시선을 보내고 있다는 걸 깨달은 베시가 말했다.

"믿어 주면 좋지만, 안 믿어도 괜찮아요."

"……나는 그 누구보다 당신을 믿고 싶습니다. 하지만 동시에 그래서 당신을 누구보다 믿을 수 없다는 생각이 들기도 합니다. 바로 지금 같은 상황 때문에."

"알았어요. 앞으로는 제이에게도 미리 상담할게요."

"안 하겠다는 말은 하지 않는군요."

"그렇게 맹세하면 거짓말이 될 테니까. 앞으로 되도록 거짓말은 안 하려고요. 당신, 화내면 무섭더라고요."

분위기를 가볍게 하려는 것처럼 베시가 혀를 쏙 내밀었다. 그 모습이 사랑스러웠기에 저스틴은 결국, 굳은 얼굴을 조금 풀고 말았다. 조금 전까지는 정말 아무것도 보이지 않을 정도로 화가 났건만, 이런 모습 한 번에 화가 풀리다니. 정말 그녀의 말대로 자신이 마녀의 저주에 걸린 게 아닐까 하는 생각이 들었다.

심지어 자신을 보며 싱글벙글 웃는 얼굴에는—

저스틴은 속으로 한숨을 쉬었다. 한창때의 사춘기 소년도 아니고 이 사람이 웃는 얼굴만 봐도 심장이 이렇게 떨리다니. 세상을 다 뒤져도 이렇게 깊은 병은 없을 것만 같았다.

괜히 목이 마르다 생각하며 저스틴은 고개를 숙였다. 그의 시선 끝에 붉은 입술이 스쳤다. 평소보다도 더 붉어 보이는 입술에서 시선을 떼는 것이 어려웠다.

문득, 자신이 아까 저지른 일이 떠올랐다. 아무리 감정이 격해졌다고 해도 상대의 동의 없이 그런 일을 하다니. 저스틴은 작게 헛기침을 하였다.

"……베시. 아까는 당신의 동의 없이 무례를 범해 죄송했습니다."

"무례요? 무슨— 아!"

저스틴이 말한 '무례'가 키스라는 걸 깨달은 베시가 당황한 듯 얼굴을 붉혔다. 잊어버리고 있었는데, 왜 하필 그걸 또 말하는 거야! 벌겋게 달아오른 얼굴을 감추기 위해 베시는 고개를 푹 숙였다.

"그, 어, 저, 저스틴 군이 그런 행동을 하는 사람인 줄은 꿈에도 몰랐어요! 저질!"

"……처음에는 짧은 입맞춤으로 끝낼 생각이었지만, 당신이 싫어하는 것처럼 보이지 않았습니다."

"잠깐, 지금 그 갑작스러운 키스가 제 탓이었다고 말하려는 거예요?"

키스를 여자 탓으로 돌리는 남자는 최악이다. 눈초리를 뾰족하게 치켜 올린 베시는 저스틴을 노려보았다.

하지만 다음 순간, 저스틴의 입에서 나온 말 때문에 금방 눈을 휘둥그레 뜰 수밖에 없었다.

"아니요. 저는 그저 당신도 저를 무척 좋아하고 있다는 걸 알아차렸다는 걸 말하고 싶었을 뿐입니다."

"뭐— 그, 그게 무슨……!"

사람이 너무 당황하면 입에서는 단어도 문장도 아닌 불의미한 소리만 튀어나온다는 걸 처음 알게 된 순간이었다. 베시는 금붕어처럼 입을 열었다 닫기를 반복하며 저스틴을 올려다보았다.

조금 전에는 밤이 찾아온 숲속처럼 어둡던 눈동자가 지금은 늘 그랬던 것처럼, 아름다운 청록빛이었다. 베시가 좋아하는 햇살이 가득한 숲속의 빛이었다.

"당신은 자신에게 다가오는 상대를 섣불리 허락하는 상대가 아닙니다, 베시. 그런 당신이 저에게 두 번이나 키스를 허락했습니다. 그렇다는 건 당신은 즉, 저를 좋아한다는 뜻. 아닙니까?"

베시는 입가에 묘한 미소를 짓고 있는 저스틴을 노려보았다. 꼭 이렇게 심술을 부리시겠다 이거지? 그녀는 저스틴의 입을 얼른 틀어막아버리고 싶었다.

하지만 베시의 손은 그의 입에 닿기도 전에 오히려 저스틴에게 붙잡히고 말았다. 제 손목을 잡은 힘이 제법 다부졌다. 당황한 베시는 생각나는 말을 아무렇게나 내뱉었다.

"그, 그야! 당신이 이런 행동을 불쑥불쑥 하는 사람인 줄은 몰랐어요! 꼭 크리스 같잖아요!"

"……크리스 전하가 갑자기 키스를 해도 지금처럼 순순히 허락할 겁니까?"

"미쳤어요!? 그 인간이 그런 짓을 하면 당장 마법으로 입을 아주 얼굴에서 분리시켜 버리고, 몸은 머리만 남기고 땅에 묻어 버려야죠!"

정말 소름이 돋는다는 얼굴로 베시는 몸서리를 치고 말았다.

크리스와 키스? 손만 닿아도 소름이 돋건만, 그건 대체 무슨 끔찍한 사고란 말이야. 절대 있을 수 없는 일이라는 생각에 베시는 고개를 절레절레 저었다.

"그럼 나도 마법으로 입을 얼굴에서 분리시켜 버리고, 몸은 머리만 남기고 땅에 묻어버릴 겁니까?"

베시는 멈칫하였다.

"제이, 당신은……."

그럴 수 있을 리가. 왜냐면 난 당신을— 베시가 머뭇거리자 저스틴이 그녀의 손등에 입을 맞추며 말했다.

"베시. 한 마디면 충분합니다. 아니, 한 마디가 어렵다면 단 하나의 고갯짓이라도 좋습니다. 답을 주십시오. 내가 당신에게 하는 모든 말에 대한, 이 감정에 대한 답을."

애절하고 달달한 목소리에 왼쪽 가슴이 따끔거렸다. 그의 눈을 마주하는 것만으로도 온몸이 불붙은 것처럼 뜨거워졌다.

"……만일 크리스, 아니 크리스가 아니더라도 누군가 다른 사람이었다면, 나는…… 아무것도 허락하지 않아요. 키스도, 이런 접촉도, 나에 대한 걱정조차도."

"그럼 저는 당신에게 허락받은 겁니까? 키스도, 이런 접촉도, 당신을 향한 걱정조차도?"

평소와 같은 어조였건만 저스틴의 목소리에 담긴 감정은 흥분을 억누르지 못하는 어린아이의 그것 같았다. 베시가 주춤거리는 사이 저스틴은 다시 물었다.

"베시. 나는 당신에게 특별합니까?"

그렇다, 라고 대답을 하면 된다.

고독하게 살다 홀로 죽는 게 당연하다고 생각했던 나에게 '외롭다'는 생각이 들게 하는 당신은, 누군가와 마주 닿은 온기가 이렇게 안도감을 준다는 걸 알게 만든 당신은, 함께 있는 것만으로도 즐겁고 또 슬픈 기분이 들게 하는 당신은.

특별하다. 세상 그 누구보다도.

그런데도 아직 남은 두려움이, 습관 같은 고집이 그 한 마디를 막고 있었다.

"베시?"

대답을 기다리다 지친 것처럼 저스틴이 베시를 재촉하였다. 그의 눈 속에 깃든 불안이 꼭 얼마 전의 제 것과 비슷해 보였다. 베시가 파르르 떨리는 입술에 힘을 주었다.

"제이, 당신만이……나를 불안하게 만들기도 하고, 안심시키기도 해요."

천천히 하지만, 온힘을 다해 베시가 제 속에 담아두었던 말을 꺼내 들었다.

"다른 누구에게도 한 번도 느껴 본 적 없는 생각을 하게 만들어요. 내가 당신을 행복하게 만들어 주었으면 좋겠다는, 그런…… 나답지 않은 생각이요."

누군가를 불행하게 만들고 싶지 않다는 생각은 자주 하였다. 그래서 다른 사람과는 일정한 거리를 두었다. 그런데 이 남자 앞에서는 단지 '불행하게 만들고 싶지 않다'가 아닌 '행복하게 해 주고 싶다'는 마음이 생겨났다.

"나에게 당신이 특별한가 봐요. 아주, 많이……."

그냥 사랑한다 말하는 게 아직 어려워 멋없는 대답을 하고 말았다. 이런 대답에 이 남자가 정말 만족할 수 있을까. 시선을 아래로 내리깐 그녀의 턱에 커다란 손이 닿았다.

그 손이 베시의 고개를 천천히 들어 올리자,

"아."

웃고 있는 남자의 얼굴이 보였다.

그녀에게 이렇게 부끄러운 말을 하게 만든, 세상에서 제일 사랑스러운 남자의 얼굴이.

그의 얼굴이 차츰 가까워졌다. 키스의 순간이라는 걸 깨달은 베시가 눈을 감았다. 거부하거나 피할 생각은 없었다. 조금 전보다는 짧은 입맞춤을 끝낸 저스틴이 이번에는 베시의 눈가에 입술을 지긋하게 내리눌렀다.

"베시."

저스틴의 커다란 손이 베시의 허리를 끌어안았다. 그녀를 부르는 목소리에 묘한 열기가 느껴졌다. 손끝이 저릿할 정도로 달콤한 동시에 숨이 턱 막힐 정도로 강렬했다. 당혹스러움에 베시는 뒤로 슬슬 물러나고 말았다.

"제, 제이."

"네, 베시."

꼬박꼬박 대답을 하면서도 저스틴의 손이 베시에게서 떨어지질 않았다. 머리카락을, 뺨을, 눈가를, 목덜미를, 어깨를 쓰다듬는 손길이 느릿하고 다정하고, 또 뜨거웠다. 머릿속이 어찔할 지경이었다.

베시는 지금이 매우 위험한 순간이라 직감했다. 문득 크리스가 신체 건강한 남자라면 어쩌고저쩌고 떠들던 게 생각이 났다.

저스틴 역시 신체 건강한 남자였고, 그렇다면 그 역시—

일단 여기서 나가야 해! 베시는 머릿속에서 떠오르는 말을 아무렇게나 뱉었다.

"피, 피 냄새가 너무 심하네요, 이 방!"

"……."

조금 전까지 저들을 둘러쌌던 낭만적 분위기를 단숨에 날려 보내는 말에 저스틴은 길게 침묵하였다.

"그, 그러니까 우리 이만 여기서 나가요! 현장 보존해야 해서 여기는 치우면 안 되니까!"

"현장 보존?"

저스틴이 어리둥절한 얼굴로 뱉은 말에 베시는 옳다구나 하고 얼른 입을 열었다.

"아, 실은 말이죠. 오늘 이렇게 귀찮은 계획을 짠 이유가 절 습격하러 오는 인간을 현행범으로 바로 넘기기 위해서였거든요. 그래서 일부러 마법도 안 쓰고, 제가 직접 칼에 찔리는 열연까지 펼쳐가면서—"

"……직접, 칼?"

번개가 쾅 바닥을 내려치는 것 같은 소리에 베시는 저도 모르게 움찔하고 말았다.

맙소사. 입이 방정이지. 이 말은 대체 왜 한 거지? 자신이 어리석은 실수를 했다는 걸 깨달았지만, 도저히 돌이킬 수 없는 상태였다. 저스틴이 피 묻은 시트를 가리키며 물었다.

"저 시트에 묻은 피는 베시의 것입니까?"

"아, 아니, 그게 말이죠. 제이."

"당신이 직접 칼에 찔려서 흘린 피인 겁니까?"

"그, 그렇긴 한데! 목에 살짝! 살짝, 이라서 친구가 준 약 덕분에 금방 나았거든요!"

베시가 고개를 획 들어 올려 제 몸이 멀쩡한 걸 확인해 보라 야단이었다. 하지만 이미 치켜 올라간 저스틴의 눈썹은 쉽게 제 아래로 내려오질 않았다.

"목, 이라. 다른 곳은?"

아무래도 이 남자, 화가 나면 말이 좀 짧아지는 버릇이 있나 봐! 베시는 고개를 옆으로 세차게 저으며 제 무사를 증명하려 하였다.

"없— 꺅!"

얼굴을 감싸고 있던 커다란 손이 갑작스럽게 쇄골을 훑어 내렸기에 베시는 작게 비명을 질렀다. 자신에게 무슨 일이 벌어진 것인지 그녀가 짐작할 틈도 없이 저스틴의 손이 다시 베시의 몸에 닿았다.

"제이!"

"역시 당신은 무리를 하는군요, 베시. 제가 없는 곳에서 멋대로 다치면 곤란하다고 분명 내가 말하지 않았습니까?"

"아, 으, 정말, 없다니까요! 목 말고 다른 다친 곳은—"

"글쎄요. 아무래도 그게 사실인지 확인해 봐야 할 것 같군요. 정말 목 말고 '다른 곳'도 다친 곳이 없는지."

평소와 똑같은 색을 품었던 청록색 눈동자에 또다시 짙은 어둠이 내렸다. 그런데도 그 눈이 여전히 아름다웠다. 베시는 잠시 넋을 잃고 말았다.

어둠이 드리운 숲에는 사람을 유혹하는 마성이 깃든다는 말이 떠올랐다.

그 말이 어울리는 눈동자였다. 아름답고, 치명적인, 그래서 거부할 수 없는.

베시가 아래로 살며시 눈을 내리깔았다. 자신에게 닿는 그의 손도, 자신을 질책하는 그의 눈빛도, 자신을 걱정하는 그의 입술도 싫지 않았다. 그를 거부하거나 밀어낼 이유가 없었다. 나도 당신이 좋으니까.

"나가죠. 당신의 피비린내가 저를 더 자극하기 전에."

반항해 봐야 아무 의미가 없다는 걸 깨달은 베시는 그의 품에 얌전히 안겼다. 베시가 순순히 안기자 한껏 치켜 올라간 저스틴의 눈썹이 조금 아래로 처졌다. 그것을 보니 또 귀엽다는 생각이 들고 말았다.

미쳤지, 정말. 별게 다 귀엽게 보이고. 누구에게 제대로 하소연도 못 할 생각을 하며 베시는 속으로 투덜거렸다.

저주에 걸린 건 저스틴 하이네가 아니라 바로 자신인 게 틀림없다고.

*　　*　　*

창밖에서 새가 지저귀는 소리가 들려왔다.

아침이구나, 생각한 베시는 몸을 일으키려고 하였다. 하지만 어쩐 일인지 몸이 그녀의 뜻대로 움직이질 않았다. 이게 무슨 일인가 싶어서 눈을 번쩍 뜬 그녀는 자신의 등 뒤에서 느껴지는 따듯한 살갗의 감촉에 한 번 더 당황하고 말았다.

버둥거리며 뒤로 시선을 보내니, 미간을 찌푸린 채 잠에 빠져 있는 저스틴의 얼굴이 눈에 들어왔다.

아― 그의 얼굴을 보니답지 않게 부끄러움이 밀려왔기에 베시는 잠시 앓는 소리를 내며 꼼지락거렸다.

내 나이가 몇인데! 한두 살 먹은, 아니 이제 막 첫사랑에 설레어 하는 10대 소녀도 아니건만 이 상황이 이렇게 부끄러울 줄이야.

베시는 일단 저스틴의 품에서 벗어나자는 생각에 다시 한 번 몸부림을 쳤다. 하지만 베시가 아무리 몸부림을 쳐도 그녀를 끌어안고 있는 저스틴의 손아귀 힘은 약해지지 않았다.

오히려 그녀를 절대 놓치지 않겠다는 것처럼 힘이 점점 더 강해질 뿐이었다.

무언가 이상하다는 것을 감지한 베시는 자신의 허리를 단단히 끌어안고 있는 저스틴의 손등을 살짝 꼬집어 보았다. 그러자 뒤에서 미세한 움직임이 느껴졌다. 역시나.

"……제이. 당신, 지금 깨 있죠?"

"……."

"순순히 대답 안 하죠?"

베시가 제법 살벌한 목소리를 내 보았지만, 저스틴은 아무런 반응이 없었다. 어떻게 해야 이 남자 입을 열 수 있을까.

답답할 정도로 자신을 꼭 끌어안고 있는 남자의 품에서 한동안 머리를 굴린 베시는 아까보다 더욱 심각한 목소리로 입을 열었다.

"그렇게 자꾸 잠든 척하면, 나……."

"……."

"당신이 사온 책, 큰 소리로 읽어 버릴 거예요."

"책?"

생각한 것과는 전혀 다른 베시의 말에 당황한 것인지 저스틴이 결국 잠자고 있는 척을 그만두었다. 그가 뒤에서 부시럭거리면서 움직이자 베시는 의기양양하게 외쳤다.

"그래요, 책! 당신이 몰래 산 『능욕당하는 마녀의 끝나지 않는 밤』!"

대체 내가 언제 그런 책을 샀더라. 저스틴은 기억을 더듬어 보고는 자신이 그런 책을 산 적이 없다는 결론에 도달하였다.

"베시, 그건 아마 내 책이 아닐 겁니다."

"무슨 말이에요. 당신이 산 거 맞잖아요. 저번에 나랑 같이 뒷골목에 있는 서점에서."

"서점? 아—"

그는 그제야 베시가 말하는 책이 어떤 것인지 깨달았다.

애니드가 베시를 죽이기 위해 이 집을 찾았던 날, 그 날 저스틴은 책 꾸러미를 두고 간 적이 있었다. 하지만 그가 두고 간 책은 분명 그런 음란한 타이틀의 책이 아니었기에 저스틴은 고개를 갸웃하였다.

"마녀에 대한 책을 사긴 했지만, 내가 산 건 그런 책이 아니었습니다."

"하지만 꾸러미 안에 그 책도 들어 있던데요? 능욕당하는—"

베시가 그 낯부끄러운 타이틀을 또다시 입에 담으려고 하자, 저스틴은 손가락으로 베시의 입술을 가볍게 꾹 눌러 주었다. 돌이켜 보니 그 꾸러미는 책 한 권이 담긴 것치고는 부피가 좀 컸다는 생각이 들었다. 책을 포장해 주던 주인이 음흉한 얼굴로 웃던 것도 떠올랐다.

"후후, 그렇게 부끄러워 할 필요 없어요. 좀 특이한 취향이긴 하지만, 당신도 신체 건강한 성인 남성이니까, 나는 충분히 이해해요."

베시는 저스틴이 제 입을 막은 의도를 오해하고, 서둘러 저스틴을 다독이는 말을 내뱉었다. 그녀는 뒤에 있는 저스틴의 눈이 심술궂게 번쩍였다는 것을 전혀 눈치채지 못하였다.

"응? 제이?"

절대 풀리지 않을 것처럼 베시의 몸을 옭아 매고 있던 저스틴의 양팔이 스르르 풀리는가 싶더니 침대가 삐걱거리는 소리가 들려왔다. 놀라 뒤를 돌아보니 그새 일어난 저스틴이 침대에서 내려오고 있었다.

얇은 커튼을 통해 들어오는 아침 햇빛 사이로 드러난 그의 몸은 마치 조각상처럼 완벽했다. 불필요한 근육이 일절 없는 다부진 몸은 깊은 숲속에서 왕처럼 군림하는 어느 맹수를 연상케 하였다.

어둠을 몰아내는 용맹한 하얀 사자. 베시는 무심코 그를 넋 놓고 바라보며, 중얼거렸다. 그 속삭임을 들은 것처럼 저스틴이 픽 웃더니 입을 열었다.

"어디에 있습니까?"

"어? 네? 뭐가요?"

멍하니 저스틴을 바라보고 있던 베시가 고개를 갸웃하였다.

"베시가 아까 말한 그 책."

"책, 이요? 그거라면 저기 있는 서랍장 두 번째 서랍 안에 있어요."

베시의 설명이 끝나기가 무섭게 저스틴이 그녀가 말한 곳을 향해 척척 걸어 나갔다. 옷이라도 좀 입고 움직일 것이지. 어쨌거나 이제 침대 위에서 일어설 수 있겠구나 생각한 베시는 시트 자락을 둘둘 감은 채, 몸을 일으키려고 하였다.

하지만 그녀가 침대에서 다리를 내리기도 전에 침대로 돌아온 저스틴이 얼른 그녀의 몸을 낚아챘다.

"제이?"

이게 대체 무슨 상황이지? 제대로 생각을 정리할 틈도 없이 베시는 자신이 저스틴의 무릎 위에 앉힌 자세로 끌어안겼다는 것을 깨달았다. 게다가 그녀의 무릎 위에는 저스틴이 방금 서랍에서 꺼낸 『능욕당하는 마녀의 끝나지 않는 밤』이 놓여 있었다.

"베시가 읽어 준다고 하지 않았습니까."

"하? 내가 언제요?!"

"방금 전에."

"아니, 그건 당신이 잠든 척하니까, 그러지 말라는 차원에서 내가—"

"그러고 보니 베시는 주인 허락 없이 포장을 뜯어 내용물을 살펴본 거군요."

윽, 갑자기 그런 핵심을 찌르는 말을 하다니.

베시는 저스틴의 말에 무어라 대꾸를 할 수 없었다. 그의 말대로 베시가 저스틴 허락 없이 멋대로 내용물을 살펴본 건 사실이었다. 한방 제대로 먹은 베시가 입을 꾹 다물자 그사이, 저스틴은 친절하게 책 표지를 펼쳐 주었다.

"소리 내어 읽어 보십시오."

"……대체 왜요?"

베시가 잘못했다는 저스틴의 말은 납득이 갔다. 하지만 별로 이 관능 소설을 소리 내어 읽어 보라는 그의 말은 이해가 가지 않았다.

애초에 내가 이걸 낭독하면 부끄러운 건 당신일 텐데? 베시가 그런 의미가 담긴 눈으로 저스틴을 보자, 저스틴이 피식 웃었다.

베시가 그 웃음의 의미를 알게 된 건, 책을 읽기 시작한 지 얼마 지나지 않고서부터였다.

* * *

식탁 의자에 앉아 있는 베시는 뾰루퉁하게 입술을 내밀고 있었다. 누가 봐도 그녀의 기분이 좋아 보이지는 않았지만, 그와 반대로 맞은편에 앉아 있는 저스틴의 기분은 최고조였다.

그는 베시의 앞으로 다진 고기가 듬뿍 들어 있는 스프 접시를 밀어주었다. 식탁 위에는 그 외에도 한입 크기로 작게 잘린 샐러드와 노릇하게 잘 구운 프렌치토스트, 향에서부터 군침이 도는 베이컨이 담긴 접시가 놓여 있었다. 모두 저스틴이 베시를 위해 이른 아침부터 나가 가게에서 사 온 음식이었다.

저스틴은 제 음식은 먹는 둥 마는 둥 하며 베시의 아침을 챙기느라 정신이 없었다.

그의 지극정성에 처음에는 토라져 있던 베시도 결국 스르르 굳은 얼굴을 풀고 말았다. 애초에 이 남자에게 오래 화를 내는 건 불가능한 일이었다. 더군다나 후식으로 베시가 가장 좋아하는 줄리아의 애플파이가 나왔을 때는, 활짝 웃어 버리고 말았다.

저스틴은 베시가 먹기 좋게 애플파이를 잘 잘라 준 뒤, 그녀가 먹는 모습을 흐뭇하게 바라보았다. 괜히 머쓱해진 베시는 평소에는 입에 담지 않을 종류의 말을 해 보았다.

"내 얼굴 닳겠어요. 그렇게 내가 좋아요?"

"네."

한 치의 망설임도 없이 고개를 끄덕인 저스틴은 당당하였다. 부끄러움은 베시의 몫이었다. 베시는 붉어진 얼굴을 가리려는 것처럼 주스가 담긴 컵을 집어 올렸다.

"……처음 만났던 날만 하더라도, 당신이 이런 남자인 줄은 몰랐어요."

"처음 만났던 날, 이라. 내가 자루 속에 있던 때를 말하는 건 아닌 것 같군요."

저스틴의 입에서 나온 것은 꽤 오래전 이야기였다. 베시는 고개를 저었다.

"그때 말고요. 수도에서 만났을 때 말이에요."

아직도 그 일이 생생하게 기억난다며 베시가 양손으로 턱을 괴었다.

"당신이 갑자기 불쑥 나타나서 도와주는가 싶더니, 잔소리를 엄청 늘어놓기도 하고, 엄청 틱틱거렸잖아요. 그래서 당신이 착한 사람인 건지, 아닌지 엄청 헷갈렸어요."

지금 보니 은근 느끼한 구석이 있는 이상한 남자였나 봐요. 베시가 심술궂게 한 말에 저스틴이 눈썹을 까닥하였다.

"그렇군요. 그날 저는 당신이 안경을 쓰고 있는 게 매우 유감스럽다 생각했습니다."

"왜요?"

"베시의 예쁜 눈이 안경에 가려져 있으니까."

"……당신, 자꾸 그럴래요?"

내가 뭣 때문에 다른 화제를 꺼낸 건데! 베시가 눈가를 붉게 물들이고, 저스틴을 노려보았다. 그녀의 속내를 훤히 짐작하고 있던 저스틴은 기분 좋게 웃었다.

"이렇게 부끄러워하는 당신을 볼 수 있는 건 세상에서 나 하나뿐이라 생각하니 좋군요."

"……내가 수도에 온 첫날 만났던 기사님은 역시, 착한 게 아니라 성격 나쁜 남자였네요."

"유감스럽게도 그런 모양입니다. 대신 그 남자는 다른 누구도 아닌 당신에게만큼은 다정할 겁니다. 그러니까 곁에 꼭 붙여 두어야 할 겁니다."

아무렇지 않게 저스틴이 한 말에는 감출 수 없는 애정이 가득하였다. 진심으로 하는 말에 트집을 잡을 수도 없어서 베시는 괜히 애플파이를 포크로 난도질하였다.

그것을 귀엽다는 듯 지켜보고 있던 저스틴이 입을 열었다.

"……베시. 당신이 첫만남에 대한 이야기를 해서 나 역시 생각난 것이지만."

"뭔데요?"

"당신은 샤토 영지에서 발견되었을 당시, 꽤 심한 부상을 입고 있었다 들었습니다."

자세를 바로 한 베시가 고개를 들었다.

"누구에게 들었어요?"

"제 부친에게. 당신을 구조했던 분입니다."

'꼬마 아가씨, 몇 살이지?'

자신을 향해 다정하게 손을 내밀었던 사람의 얼굴이 떠올랐다. 어째서 진즉 눈치채지 못한 것일까 싶을 정도로 저스틴과 같은, 다정한 눈을 하고 있던 이였다.

"아버지께서는 당신이 회복될 때까지 돌보고, 후견인을 자처하실 계획이었습니다. 그런데 며칠이 채 지나기도 전에 당신이 사라졌다 하셨죠."

잘 알지도 못하는 고아를 위해 선뜻 후견인이 되어 줄 생각이었다니. 하이네 가문에는 하나같이 다정한 선의로 가득한 사람밖에 없는 모양이었다.

"……응, 난 바로 하얀 달밤으로 갔으니까요. 그분께는 제대로 감사인사를 하고 싶었는데, 그럴 여유가 없었어요."

밀려오는 미안함에 베시가 살짝 눈을 감았다. 저스틴은 당신을 책망하려고 이 이야기를 꺼낸 게 아니라 말하며 뺨을 쓰다듬어 주었다.

"당신이 저번에 그 부분을 말할 때는 하얀 달밤으로 간 후에 대해서는 말해 주지 않았잖습니까. 그 뒷이야기를 묻고 싶었을 뿐입니다."

"혹시 하얀 달밤에 대한 게 궁금한 거예요?"

저스틴은 베시가 어딘지 모르게 들뜬, 동시에 조금 애틋한 눈을 하고 있다는 걸 깨달았다.

"네. 당신만 괜찮다면, 실례가 되지 않는 선에서 듣고 싶습니다."

그가 꺼낸 조심스러운 부탁은 그리 어려운 게 아니었다. 그것 하나 못 들어주겠냐고 생각하며 베시는 싱긋 웃었다.

"좋아요. 그럼 자리를 좀 옮길까요?"

* * *

응접실로 옮겨 온 두 사람은 어깨를 나란히 기대고 앉아 있었다. 베시는 저스틴을 위해 책 한 권을 꺼내 와서 그의 무릎 위에 올려 주었다. 커다란 책에는 하얀 달밤의 풍경을 실은 삽화가 가득했다.

하얀 달밤에 처음 온 어린 마녀를 위한, 일종의 안내서였다.

"하얀 달밤은 당신도 알다시피 마녀들의 도시예요. 그곳에 들어가기 위한 조건은 두 가지죠. 첫 번째, 마녀이거나 두 번째, 마녀에게 허락받은 자일 것."

"하얀 달밤에 마녀가 아닌 자도 들어갈 수 있는 거였습니까?"

"응. 마녀에게 허락을 받았다면 일반 사람도 들어갈 수 있어요. 뭐, 쉬운 일은 아니지만."

베시는 저스틴의 무릎 위에 놓아둔 책을 한 장 넘겼다. 책에는 하얀 달밤에 처음 들어온 이들이 보게 되는 아름다운 모습이 섬세하게 그려져 있었다.

"하지만 만일 누군가가 마녀에게 허락을 받아 하얀 달밤에 발을 들인다면, 이제까지 세상 그 어디에서도 보지 못한 진귀한 풍경을 마주하게 되겠죠. 내가 그랬던 것처럼."

베시는 처음, 하얀 달밤에 도착했던 날을 떠올렸다. 어지간한 일로는 놀라지도 않는 열 살의 어린 소녀에게조차 '하얀 달밤'은 신기한 도시였다.

인공적으로 만들어진 수천 개의 별로 뒤덮인 하늘, 낮에는 마치 태양처럼 빛나고 밤에는 본연의 모습을 되찾는 하얀 달, 누군가의 바람에 따라 뒤바뀌는 낮과 밤, 나무에는 서로 얽힐 수 없는 갖은 품종의 열매가 달려 있고, 꽃은 마치 의지를 가진 것처럼 스스로 피고 지는 것을 반복하는 도시.

그곳에서는 제아무리 이상한 것이 있더라도 누구 하나 신경 쓰지 않았다. 그곳에서 그런 종류의 '이상함'은 당연한 것이었다. 그 누구도 자신과 다르다는 이유로 다른 존재를 배척하거나 상처 입히지 않았다.

사냥을 하지 않는 맹수, 하늘을 날지 않는 새, 헤엄을 치지 않는 물고기, 사람으로 불리지 못했던 마녀.

하얀 달밤은 모든 존재 그 자체를 존중해 주고, 인정해 주었다. 그곳은 모든 이질적인 존재들에게 한없이 다정한 도시였다.

"……아름다운 곳이었습니까?"

베시가 깊은 회상에 잠겨 있다는 것을 눈치챈 저스틴이 조심스럽게 물었다. 그 물음에 베시가 슬쩍 웃었다.

"글쎄요. 아름다운가? 아름답다기보다는 그냥 이상한 곳이에요. 거기."

저스틴이 원한 것과는 다른 답이긴 했으나 결국 뜻은 같았다. 그녀가 이렇게 그리워하는 그곳이 아름답지 않을 리가 없었다. 그는 손을 뻗어 베시의 머리칼을 쓰다듬어 주었다.

그녀를 보고 있으면 자꾸 이렇게 다정하게 대해 주고 싶었다. 한없이 달콤한 말을 속삭이고, 부드럽게 어루만져서 절대 쓸쓸하다거나 외롭다는 생각이 들지 않게 하고 싶었다.

그녀가 이렇게 그리워하는 그곳보다 자신의 옆이 더 좋다고 느낄 정도로.

그의 단단한 손바닥에 몇 번 머리를 부빈 베시가 눈을 감은 채, 말을 이었다.

"하얀 달밤에 도착한 어린 마녀는 보통 장로 마녀들을 만나서 인사를 해요. 인사가 끝난 뒤에는 그 어린 마녀가 어떤 종류의 능력을 갖고 있는지 확인하고, 그 다음에는 바로 그 마녀의 마법에 맞는 커리큘럼을 짜 줘요. 능숙하게 마법을 컨트롤 할 수 있도록. 수업은 일주일에 세네 번 정도가 있고, 그 외에는 자유 시간. 무엇을 하든 자유이지만, 허락이 떨어지기 전에는 하얀 달밤을 나가서는 안 되죠."

추억에 잠긴 베시가 천천히 풀어놓는 하얀 달밤의 일상은 유쾌한 것이었다. 그녀가 온갖 죽을 고비와 아픈 과거를 품고 그곳에 향했던 시간이 모두 조금씩 희미해질 만큼.

그렇기에 하얀 달밤을 떠나야 할 때는, 베이론을 떠날 때보다도 괴로웠다.

"하얀 달밤을 떠나기 전에 모든 마녀들은 그곳에 마법을 하나씩 걸고 와요. 그렇게 하얀 달밤은 이상하면서도 아름다운 도시의 모습을 유지하는 거죠. 모든 마녀들의 마법으로."

"베시는 어떤 마법을 걸었습니까?"

가만히 그녀의 말을 듣던 저스틴이 물었다. 허공을 보며 말을 이어가던 베시가 천천히 고개를 돌려 저스틴을 보았다. 그는 무심코 던진 질문이었겠지만, 베시에게는 심장이 일순 내려앉을 만큼 중요한 물음이었다.

말해도 되는 걸까? 뇌리를 스친 망설임은 순간이었다. 이 남자에게라면 말해도 좋다는, 아니, 말해야 한다는 생각이 들었다. 그녀는 입술을 혀로 축였다.

"……제이. 기억해요? 내가 도서관 외벽에 무언가를 쓰고 나서 온갖 종류의 꽃이 피었던 마법."

"기억합니다."

그 광경을 어떻게 잊을 수 있을까. 아마 앞으로 그 어떤 아름답고 신비한 광경을 보더라도 그것만한 광경은 없으리라 생각하며 저스틴이 고개를 끄덕였다.

"그거예요. 내가 쓴 마법. 하얀 달밤에 나는 영원히 사라지지 않는 마법을 남기고 왔어요. 나는 영원히 기억되는(eternal memory) 마녀니까."

베시는 분명 가벼운 어조로 아무렇지 않게 말했다. 하지만 저스틴은 그녀가 말한 '영원히 기억되는 마녀'에 무언가 심상치 않은 울림이 있다는 것을 깨달았다.

"영원한 건 없어요. 누군가의 업적을 노래한 찬가는 수십 세기가 지나면 잊히거나 변하기 마련이고, 불타는 사랑조차도 수십 년, 아니 수 년도 채 되지 않아 식기 마련이고. 사람들은 그것을 막기 위해 종이에 적죠. 때로는 사랑을, 때로는 증오를, 때로는 찬송을, 때로는 비난을. 그리고 때로는 진실을 혹은 거짓을."

종이 위에 적힌 것은 적히지 않은 것보다 더 오래 사람들에게 기억된다. 그건 분명 사실이었다.

"하지만 그렇다고 해서 그것이 영원할 수는 없어요. 서적은 분실되기도 하고, 손상되기도 하고, 잊히기도 하죠. 평소에 내가 쓰는 마법 역시 마찬가지예요."

베시가 종이에 적은 마법은 영구적인 힘을 갖는 게 아니었다. 본질적으로 그것은 그 순간, 혹은 지정한 일정 시간동안에만 효력을 갖는 마법이었다.

그러나 베시가 '영원히 기억되는 마녀'로서 사용하는 마법은 달랐다.

"영원히 기억되는 마법은 말 그대로 '영원'이에요. 영원히 남죠. 내가 죽더라도, 세상이 제아무리 달라지더라도 내가 쓴 마법은 계속 남아요. 이 세계가 사라질 때까지."

사무치는 외로움을 느낄 때마다 그녀가 제정신일 수 있었던 이유, 그것은 그녀가 영원히 기억되는 마녀니까. 그녀가 쓴 마법의 일부는 세상에 영원히 존재하니까.

그건 분명 외롭지 않은 일이었다.

"도서관에 핀 꽃은 계속 피고 질 거예요. 이 제국이 끝나는 순간, 모든 걸 감싸고 꽃이 도서관과 함께 영원히 잠들 거고요. 그게 그때 사용한 마법이었어요."

그렇게 되면 아주 먼 시간이 지나더라도 후손들은 꽃으로 둘러싸인 베이론 제국의 국립도서관을 발굴해 낼 수 있을 것이다. 그들은 도서관 안에 있는 서적과 자료들을 보고 베이론 제국이 어떤 나라인지 기억할 것이고, 그곳의 관장이었던 베시에 대해 알게 될 것이리라.

만일 그 미래가 마녀가 사라진 세상이라면 베시가 남긴 수기는 마녀에 대한 좋은 자료가 될 테고.

저스틴은 조용히 웃고 있는 베시를 바라보았다. 머릿속이 혼란스러운 와중에도 선명한 기쁨을 느꼈다.

"베시. 당신은 분명 말했습니다. 이명을 가진 마녀는 절대로 자신의 이명을 함부로 남에게 알려 주지 않는다고."

"……맞아요. 절대 함부로 남에게 말하지 않아요."

조금 머뭇거린 후, 그녀가 한 말은 거창한 대답은 아니었다.

하지만 저스틴은 말로 형용할 수 없는 감정이 가슴을 가득 채우는 걸 느꼈다.

마녀에게 이명은 목숨과도 같은 것. 절대로 그 누구에게도 함부로 알려 주지 않는 것.

그런데 베시는 지금 알려 주었다. 저스틴에게, 자신의 이명을.

그것이 어떤 의미인지 모를 리가 없었다.

베시는 저스틴에게 지금 이 순간, 전부를 내준 것이다.

베시의 과거와 현재, 미래까지 통째로.

그녀가 그를 세상에서 가장 특별한 남자로 만들어 주었다.

저스틴은 제 옆에 있는 베시를 와락 끌어안았다. 자신이 너무나 큰 것을 받았다는 고마움과 이제 이 사람이 전부 자신의 것이 되었다는 기쁨 때문에 숨이 막힐 것만 같았다.

"베시."

처음에는 그저 이름을 부르는 것만으로도 행복했다. 그 다음에는 손을 마주잡는 것만으로도, 그리고 어제는 키스를 나누는 것만으로도 행복했다.

하지만 전부를 다 가진 지금은 너무 행복해서 무서울 정도였다. 벅차오르는 감정을 표현하는 말은 너무 짧았다.

"사랑합니다."

"……응, 나도 알아요."

나도요, 라고 대답하는 대신 베시는 약간 심술을 부렸다. 저스틴은 그런 모습조차도 사랑스럽다 여기며 조용히 웃었다.

맞닿아 있는 팔이, 가슴이 따듯했다. 지키고 싶다. 사랑해 주고 싶다. 함께하고 싶다. 이런 생각을 하게 만드는 여자가 자신을 선택해 주었다. 그러니 그 역시 베시를 위해 전부를 주고 싶었다.

'그러기 위해서 내가 할 수 있는 일이 무엇이지?'

그는 반복해 왔던 고민을 되풀이하였다.

그녀가 수도에 머무는 동안, 그리고 크리스의 일을 돕는 동안은 위험한 상황은 피할 수 없다. 베시가 아무리 신중하게 움직이려고 한다고 해도, 그녀가 마녀인 동시에 저명한 학자라고 해도 상대가 좋지 못했다.

베시가 이제 그만하자며 넓은 등을 탁탁 두들길 때까지, 저스틴은 계속 생각하였다.

제 품안에 있는 소중한 이를, 어떻게 해야 안전히 지켜 줄 수 있을지를.

* * *

베시를 습격하러 왔던 붉은 늑대 기사의 취조 결과는 생각보다 훨씬 빠르게 나왔다. 크리스는 그의 입에서 빌헬름의 이름을 꺼내지는 못했지만, 대신 예상 밖의 이름을 꺼내게 되었다.

"노튼 백작이라. 애매한 범주의 사람이 튀어나왔네, 이거."

황태자의 집무실 안.

조사 결과를 전해 들은 베시가 얼굴을 찌푸렸다. 그거야 물론 빌헬름 밀러의 이름이 바로 나올리는 없다고 생각하였지만, 대신 노튼 백작이라니.

베시의 옆에 있던 저스틴이 동의하다는 듯 고개를 끄덕였다.

"노튼 백작이 상대라면 그를 밀러 공작과 연결 시키기는 쉽지 않을 겁니다. 게다가 백작은 롤랜드 경을 버리는 패로 쓰겠죠. 와일러 자작에게 그랬던 것처럼."

"하, 또? 나, 참. 뭘 그렇게 쉽게들 버린대요? 사람 귀한 줄을 알아야지."

이래서 궁중 암투는 참 신물이 난다며 베시가 한숨을 푹 쉬었다. 저스틴은 그녀를 다독이려는 것처럼 다정스럽게 머리를 쓰다듬어 주었다.

"어차피 정치판의 싸움이라는 건 그런 겁니다. 비열하고, 치사하죠."

그 비열하고 치사한 일을 평생의 업으로 삼고 있는 크리스가 어색한 웃음을 흘렸다. 주군이 그러거나 말거나 저스틴은 신랄하게 말을 이었다.

"그 더러운 구정물에 오래 발을 담근 자일수록 빠져나가는 기술 또한 노련합니다. 롤랜드 경이 현장에서 붙잡힌 것을 알고 있으니 노튼 백작도 앉아서 당하지는 않을 겁니다. 갖은 방법으로 계획을 짜고 있겠죠."

베시는 고개를 끄덕였다. 현재 예상할 수 있는 시나리오는 크게 두 가지였다.

하나는 백작이 자신은 절대 관련이 없다 무조건 부정하는 것.

그리고 다른 하나는 제가 연루되어있음을 인정하되 베시를 암살하려고 한 건에 대해서만 인정하는 것.

"제국의 황태자를 죽이려고 한 것과 일개 마녀를 죽이려고 한 것은 그 무게가 다를 수밖에 없으니까요. 그렇다면 이번에도 날 죽이려고 했던 이유는—"

"마녀에 대한 혐오를 이유로 내세우겠죠."

저스틴이 베시의 뒷말을 이어받았다. 베시는 얼핏 보기에는 차분해 보이는 저스틴의 눈 안쪽이 조용한 분노로 타오르고 있다는 것을 깨달았다. 그녀는 저스틴의 기분을 풀어주기 위해 일부러 가벼운 어조로 말했다.

"아, 안 되겠네. 마녀 친구들 좀 데려다가 마녀 안전권 보장을 위한 시위라도 좀 하든가 해야지. 안 그러면 무서워서 어디 이 제국으로 마녀들이 이주인들 하겠나?"

"그거라면 안심해. 내가 황제가 되면 이주 마녀의 안전 보장권을 매우 중요한 문제로 다룰게."

저스틴과 베시가 나누는 대화를 듣고 있던 크리스가 번쩍 손을 들어 올리며 끼어들었다. 베시는 그를 힐끔 한 번 본 후, 여전히 표정이 딱딱한 저스틴에게 싱긋 웃어 보였다.

"차기 황제가 저렇게 말하는 걸 보니 조금은 안심되지 않아요? 그러니까 얼굴 좀 풀어요, 제이."

"……베시."

"알아요, 크리스가 황제가 안 되면 어차피 그른 일이라는 거."

"잠깐?! 베시, 불길하게 그게 무슨 소리야?"

크리스가 옆에서 투덜거렸지만 베시는 여전히 그를 무시하였다. 그녀는 여전히 얼굴이 어두운 저스틴을 달래는 일에 여념이 없었다.

"이번 일을 무사히 해결하면 내가 이 제국에서 머무르는 게 더 편해지겠죠. 그걸 위해서는 일단 노튼 백작과 흑막인 밀러 가문을 어떻게 연결시킬지가 관건이지만."

"두 가문을 연결시키고자 한다면 방법이 아예 없는 건 아닙니다."

저스틴이 천천히 입을 열었다.

"밀러 공작은 분명 랜돌프를 통해 노튼 백작과 서신을 주고받았을 겁니다."

빌헬름 밀러는 알기 쉽게 가까이 지내는 귀족이 거의 없었다. 오죽하면 신년 초에 인사 차, 저를 찾아오는 귀족들마저 문밖에서 돌려보낼 정도였다.

하지만 공적인 자리에서 누구보다 가깝게 지내는 것은 바로 은빛 매 기사단의 부단장인 랜돌프 노튼이었다.

베시는 무릎에 팔을 올려 턱을 괸 채로 생각에 잠겼다.

"흠, 랜돌프 노튼이라. 혹시라도 그들이 주고받은 서신을 구할 수만 있으면 소시지처럼 줄줄 엮여 쳐낼 수 있을 텐데."

베시의 말에 크리스가 얼른 입을 열었다.

"쉽지는 않을 거야. 빌헬름, 그 인간은 서신 같은 건 보관 안 하고 바로 불태웠을 수 있어. 아니, 분명 불태웠을 거야. 나라면 반드시 그렇게 할 테니까. 내가 하는 걸 그 인간이 안 했을 리가 없지."

크리스가 피곤해 죽겠다는 얼굴로 눈가를 문지르는 사이, 저스틴은 잠시 생각에 잠겼다. 베시는 저스틴이 무언가를 고심하고 있다는 것을 알아차렸다.

"왜 그래요, 저스틴 군?"

"……분명 전하의 말대로 밀러 공작이라면 서신을 보관하지 않을 겁니다. 하지만 노튼 백작은 어떨까 싶군요."

"응? 그 사람도 당연히 증거는 안 남기지 않았겠어요?"

반역을 꾀하는 내용을 담은 위험한 서신 따위를 남겨 둘 멍청이가 어디 있겠는가. 베시는 그런 생각으로 반박하였지만, 크리스는 눈을 번쩍 빛냈다.

"아아! 과연, 그래, 그럴 수도 있겠군!"

아무래도 베시는 알아차리지 못한 무언가를 알아차린 모양이었다. 소외감을 느낀 베시가 저스틴의 옆구리를 쿡 찔렀다. 그러자 저스틴은 곧바로 입을 열었다.

"노튼 백작은 특출난 능력 없이도 이제까지 그 구정물 냄새 나는 정치판에서 수십 년을 버텨 온 노귀족입니다."

"음? 그게 왜— 아!"

저스틴의 짧은 설명을 들은 베시는 처음에는 고개를 갸웃하다가 곧 손뼉을 탁 쳤다.

“즉, 의심 많은 그 영감이 혹시라도 자신이 불리한 상황에 몰릴 때를 대비하여 밀러 공작과 주고받은 서신을 보관해 두었을 가능성이 있다, 이거죠?”

“어디까지나 가능성이긴 하지만, 그렇습니다. 만일 밀러 공작과 노튼 백작이 주고받은 서신이 존재한다면, 그건 밀러 공작에게도 큰 위협이 될 겁니다. 그러니 적절한 시기만 맞는다면 그것을 이용하여 오히려 밀러 공작을 협박하는 것도 가능하겠죠. 제가 아는 노튼 백작이라면 충분히 그러고도 남을 자입니다.”

어디서나 마찬가지긴 하지만, 특히 정치판에서 영원한 아군은 없었다. 오늘의 친구가 내일은 적이 되는 일은 흔하였다.

“그렇다면 그 서신을 찾아내서 손에 넣기만 한다면 승기는 이쪽에 있는 거네요.”

“일단 그런 서신이 존재한다는 전제가 필요하긴 하지만.”

“있을 거예요. 황자에게 독을 먹이고, 황태자를 방해하려는 정치 공작을 펼치면서 입으로만 중요한 사안을 논했을 리가 없죠. 하다못해 무언가 대가를 약속받은 문서라도 만들었을걸요. 예를 들면 밀러가에서 시킨 일을 노튼가가 성실하게 수행하면 나중에 작위를 격상시켜 주겠다는 그런 약속이라거나.”

“……계약서, 라. 그렇군요. 그것도 있을 법한 일입니다.”

베시의 말에 저스틴은 생각지도 못한 것을 깨달았다는 듯 턱을 만지작거렸다. 서로를 믿지 않는 일시적 아군에게 가장 먼저 필요한 건 '계약서'였으니까.

그렇다면 서신과 계약서를 찾아내어 손에 넣기만 한다면 노튼 백작과 빌헬름을 한 번에 잡는 것이 가능하리라.

"음, 그럼 이제부터 문제는 그거네요. 그 노튼 백작이라는 인간을 어떻게 조질까?"

고상하지 못한 표현이 흘러나왔지만, 저스틴과 크리스 모두 신경 쓰지 않았다. 저스틴은 무언가 깊은 생각에 잠겨 있었다.

그사이, 크리스가 손끝으로 책상 위를 툭툭 두들기며 말했다.

"노튼 백작의 주변을 조사해서 탈탈 터는 건 그리 어려운 일이 아니야. 그의 비밀 서재를 찾는 건 좀 어려울 수 있지만, 불가능한 일도 아니고. 하지만 지금 당장 중요한 건 그가 자신의 죄를 인정하게 만들어야 한다는 점이지. 이대로 두었다가는 롤랜드 경 하나만 처벌을 받고 끝나겠지."

크리스의 말에 베시는 팔짱을 꼈다.

"일단 롤랜드라는 그 기사 입에서 노튼 백작이 시켜서 날 죽이려고 했다는 말이 나온 건 분명한 거지?"

"응, 분명해. 하지만 문제는 결정적인 증거가 없어. 노튼 백작이 자신은 절대 이 일에 관여하지 않았다고 우겨 대면 방법이 없어."

에이, 뭐가 이리 복잡하담. 얼굴을 찌푸린 베시가 입을 열었다.

"흠— 그럼 말이지. 와트러 자작가와 노튼 백작가를 연결 지을 무언가는 없어?"

"와트러 자작가?"

베시의 입에서 나온 말에 크리스는 어리둥절한 얼굴을 하였지만, 곧 그녀의 의도를 깨달은 듯 진지하게 대답하였다.

"널 납치했던 일에도 노튼 백작이 연루되어 있는 것으로 하자는 거야?"

"앞뒤는 그게 맞잖아. 처음에 노튼 백작은 날 죽이고 싶어서 와트러 자작에게 '베시 에일을 납치하여 죽이라'고 지시했어. 하지만 일이 실패로 돌아가자 와트러 자작가에 모든 걸 뒤집어씌우고, 심지어 자작가를 몰살한 거지. 그 후에도 날 죽이려고 시도했지만, 이번 암살도 실패를 돌아갔다. 괜찮지 않아?"

귀를 기울이고 있던 크리스가 손가락으로 책상을 툭툭 두들기며 입을 열었다.

"뭐, 그렇게 말하면 앞뒤는 맞지만…… 문제는 그 주장에서는 노튼 백작이 널 그렇게까지 죽이고 싶어 하는 이유가 분명하지 않잖아. 경비부나 법무부에서는 동기가 없으면 납득하지 않을 거야."

"동기라면 있지. 노튼 백작은 날 싫어하잖아."

베시는 가슴을 당당하게 펴고 말했다. 크리스는 조금 안쓰럽다는 얼굴로 입을 열었다.

"저기, 베시…… 물론 네가 사람들에게 그렇게 호감을 주는 타입은 아니지만, 그렇게 자기 비하를 하는 건 좋지 않다고 생각해. 조금 자신을 가져 보는 게 어떨까."

크리스가 말을 마치기가 무섭게 베시가 주먹을 불끈 쥐었다.

"야!"

"물론 자신감이라는 게 그렇게 하루 이틀 사이로 생겨나는 건 아니지만, 그래도 적어도—"

"너 진짜 죽고 싶냐, 크리스?"

베시의 눈에 심상치 않은 분노가 어리자, 크리스는 그제야 히죽 웃었다.

"아니, 네가 너무 당당하게 그렇게 말하기에 말이야."

"대화의 본질을 흐리는 말 좀 하지마. 물론 내가 사람들에게 딱히 사랑받는 사람은 아니라고 생각하지만, 노튼 백작이 날 싫어할 거라는 말은 자기 비하가 아니야. 이유가 있다고."

"이유라니, 무슨 이유?"

크리스가 기억을 더듬는 것처럼 미간에 주름을 잔뜩 잡았다. 베시는 혀를 끌끌 찼다. 황태자라는 인간이 이렇게 기억력이 안 좋아서야, 원.

"베시. 혹시 마녀 차별법에 노튼 백작이 찬성했던 걸 동기로 제시하려는 겁니까?"

가만히 대화를 지켜보고 있던 저스틴이 묻자 베시는 살짝 고개를 저었다.

"그것도 이유가 될 순 있죠. 하지만 그것과는 별개로 그는 나에게 분명 개인적인 원한을 갖고 있어요. 기억 안 나요? 내가 그의 둘째 아들에게 뭘 했는지?"

"아."

베시가 심드렁하게 한 말에 저스틴은 물론 크리스까지 감탄사 비슷한 소리를 흘렸다.

꽤 오래전 일이라 기억 속에서 거의 잊히긴 했지만, 분명 그런 일이 있었다. 베시는 이 수도에 온 첫날, 랜돌프를 알몸으로 성문 앞에서 춤추게 만든 전적이 있었다.

"기사도 그렇지만 귀족은 명예가 목숨만큼 중요한 족속이잖아? 그런데 그런 귀족에게 며칠이나 방 밖으로 못나올 수치를 안겨준 나는 당연히 증오의 대상이지 않겠어?"

자신에 대한 이야기를 마치 남일처럼 하며 베시는 생글거렸다.

"그러니까 노튼 백작은 내가 싫을 거야. 그것도 엄청, 무지, 장난 아니게. 나를 죽이고 싶을 정도로. 어때? 이제 앞뒤가 맞지 않아?"

크리스는 베시의 말에 고개를 끄덕였다. 앞뒤는 분명 맞는다. 그녀의 주장은 논리 정연하며 모두가 납득할 만한 이유도 갖추어져 있었다. 하지만 여전히 문제는 남아 있었다.

"일단 그건 그렇다 치더라도, 노튼 백작이 와트러 자작에게 널 납치하도록 사주했다는 증거가 없잖아."

"그거야 찾으면 뭐 하나라도 건수는 나오겠지."

제대로 된 조사는 하지 않고, 누명을 뒤집어씌우는 악덕 경비단 같은 발언을 한 베시는 손가락을 까닥거렸다.

"뭐라도 상관없어. 노튼 백작이 와트러 자작에게 날 안 좋게 말한 적이 있다는 증언 같은 걸 찾아도 충분해. 어차피 우리의 최종 목적은 노튼 백작이 아니야. 그는 디딤돌일 뿐이니까."

베시의 말대로 그들이 노리는 것은 노튼 백작이 아니었다. 그 배후에 도사리고 있는 빌헬름 밀러.

그녀는 지하 수로에서 자신을 차갑게 내려다보던 검은 후드의 사내를 떠올리며 주먹을 꾹 쥐었다.

"재판이건 강제 수사건 방법은 아무거나 상관없어. 일단 노튼 백작은 놓치면 안 돼. 그를 놓치지 않아야 밀러 공작도 잡을 수 있어."

베시의 암살에 실패하고, 심지어 황태자를 죽이려고 한 이상 저들 역시 가만히 있을 리는 없었다. 더욱 대담하고 거친 수법으로 이쪽을 위협할 게 분명했다.

"그러니까 그 전에 쳐야 해. 선공이야말로 최대의 방어라는 말도 있잖아."

그런 말을 들어 본 적은 전혀 없으나 크리스는 일단 고개를 끄덕였다.

"음, 베시. 네 말에는 매우 깊게 동의하고, 공감하지만 사실 문제는 하나 더 있어."

"뭐야? 또 뭐가 문제인데?"

왜 이리 복잡하게 많은 거냐며 베시가 입술을 삐죽거렸다. 차라리 마법으로 다 쓸어 버리는 게 속이 편할 것 같다는 생각을 한 채.

그 위험한 생각을 알 리 없는 크리스가 입을 열어 또 하나 남은 문제에 대해 알리려던 찰나였다.

"베시."

이제까지 계속 말없이 깊은 생각에 잠겨 있던 저스틴이 불쑥 입을 열었다. 베시는 저스틴을 향해 고개를 돌렸고, 그의 깊은 숲 같은 눈동자가 아주 심각한 빛을 띠고 있다는 것을 깨달았다.

"응, 왜요?"

아무래도 저스틴이 무언가 엄청 중요한 말을 하려나 보다 생각한 베시는 자신을 봐 달라며 손을 까닥이는 크리스를 가볍게 무시하였다.

그녀에게는 황태자가 하는 말보다는 이 기사님이 하는 말이 더 중요했으니까.

"무슨 일이에요?"

베시가 양손을 무릎 위로 올리며 경청의 자세를 취하자 저스틴은 갑자기 자리에서 벌떡 일어섰다. 그리고 어리둥절한 베시를 향해 무릎을 꿇고 앉았다.

"제, 제이?"

아니, 이 남자가 갑자기 왜 이래? 저스틴의 난데없는 돌발 행동에 베시는 당황하였다.

"이런 상황에서 갑작스럽게 이런 말을 하면 당신이 당혹스러워 할 거라는 건 알고 있습니다. 하지만 지금이 아니면 안 될 거라 생각합니다."

"뭐, 뭐가요?"

너무 놀란 베시는 저스틴에게 일어나라 말하는 것조차 잊어버린 채, 눈만 깜빡거렸다. 두 사람을 지켜보는 크리스 역시 갑작스러운 저스틴의 행동에 의아함이 가득한 얼굴을 하고 있었다.

"베시. 당신이 부디 거절하지 않았으면 좋겠습니다."

"아니, 그러니까 대체 뭘—"

"저와 결혼해 주시겠습니까?"

저스틴이 내뱉은 그 한마디에 집무실 안에 무거운 침묵이 내려앉았다.

결혼? 베시는 자신의 청력을 의심하는 눈빛으로 저스틴을 한 번 본 후, 크리스를 보았다.

네가 들은 말과 내가 들은 말이 같은 말이냐는 물음을 눈에 담아.

그리고 황당하다는 얼굴을 하고 있는 크리스를 보고 깨달았다. 지금 내 귀가 이상한 게 아니구나!

"자, 잠깐만요? 제이! 결혼이라니 그게 갑자기 무슨 소리예요? 대체 왜 지금 그, 겨, 결혼 이야기가 나오는 건데요?"

베시가 어쩔 줄 몰라 하며 외친 말에 저스틴은 방금 청혼한 남자라고는 믿을 수 없는 무심한 표정으로 입을 열었다.

"물론 지금이 청혼을 하기에 적합한 상황이 아니라는 것은, 저도 알고 있습니다. 반지도 제대로 준비하지 못한 상태이니—"

"아니, 그거 말고요!"

아무래도 저스틴은 베시가 한 말을 오해하고 있는 모양이었다. 그녀는 대체 왜 이런 낭만 없는 상황에서 청혼을 하느냐 따지는 게 아니었다. 어떻게 적을 상대할지 한창 논의하고 있던 이 시점에서 청혼을 입에 담는 저스틴을 이해할 수 없을 뿐이었다.

"지금은 그게 문제가 아니잖아요. 일단 노튼 백작을 어떻게 할지가 문제—"

"아, 그렇군!"

베시가 저스틴을 향해 무어라 말을 하는 찰나, 멍청한 얼굴로 앉아 있던 크리스가 갑자기 크게 외쳤다. 그 소리에 놀란 베시가 옆을 돌아보자 환한 얼굴을 한 크리스가 보였다.

뭐야, 재는 또 왜 저래? 크리스는 뭐가 그리 신이 난 것인지 자리에서 벌떡 일어서며 말했다.

"좋아, 베시. 지금 당장 그러자고 해."

"뭐? 뭐를?"

"제이의 청혼. 결혼하겠다고 해."

베시는 눈을 두어 번 깜빡였다. 대체 상황이 뭐가 어떻게 돌아가는 건지 짐작이 되질 않았다. 그녀는 진지하게 크리스와 저스틴의 정신 상태를 의심하기 시작하였다.

'왜들 이래? 너무 스트레스를 받아서 둘 다 머리가 어떻게 된 건가? 아니, 크리스야 원래 머리가 좀 이상하긴 했지만, 제이마저?'

크리스에 대해서는 일찌감치 포기한 지 오래였다. 이 황태자가 정신 나간 소리를 내뱉는 게 어디 한두 번도 아니고.

하지만 저스틴은 달랐다. 그는 비록 신경을 벅벅 긁는 말을 할지언정 이런 황당무계한 소리를 늘어놓는 남자가 아니었다.

'설마, 크리스한테 뭐라도 옮은 걸까?'

베시는 이제 저스틴의 정신 상태마저 의심하는 얼굴로 그를 바라보았다.

그 와중에도 저스틴은 여전히 집무실 바닥에 무릎을 꿇고 베시를 바라보고 있었다. 베시가 좋아하는 그의 짙은 숲을 담은 눈동자가 그 어느 때보다도 찬란하게 보였다. 아, 이 남자. 지금 진심인 거구나. 베시는 갑자기 숨이 턱 막혀오는 것을 느꼈다.

"베시. 저의 청혼이 부담스럽습니까? 아니면…… 사실 저와는 미래를 생각할 수 없을 정도로 제가 싫은 겁니까?"

자신이 거부당했다고 생각한 것인지 저스틴의 목소리 톤이 조금 낮아졌다. 불쾌함이나 짜증을 내는 것과는 다른 톤이었다. 간절히 바라던 것을 얻지 못하여 실망한 사람 같은 목소리였다. 베시는 얼른 고개를 저었다.

"아니, 그런 게 아니라요! 제이, 난 그냥 당황한 것뿐이에요. 왜 하필 지금—"

"지금이여야만 하니까 그런 거지. 안 그래, 제이?"

또다시 크리스가 두 사람 사이로 끼어들었다. 그는 어느새 베시와 저스틴이 앉아 있는 소파 근처로 다가와 있었다.

"지금이어야만 한다니, 그러니까 왜?"

이번에야말로 설명을 좀 해 보라는 얼굴로 베시가 재촉하였다. 크리스는 히죽거리며 말했다.

"베시. 아까 내가 노튼 백작을 잡기 위해서는 한 가지 문제가 더 남아 있다고 했던 거 기억나?"

"응, 기억나. 그 문제라는 건 대체 뭔데?"

"제국법령에 의하면 평민은 귀족을 고발할 수 없어. 귀족을 고발할 수 있는 건 오로지 귀족뿐이지. 게다가 백작 정도 되는 귀족을 고발하려면 적어도 자작 이상의 작위는 되어야 하거든."

크리스의 말에 베시는 얼굴을 팍 찌푸렸다. 생각해 보니 분명 이 제국에는 그런 법이 있었다. 그렇기 때문에 베시의 부모님이 귀족의 마차에 치여 돌아가셨을 때도, 상대 귀족은 아무런 책임을 물지 않았다.

"자, 여기서 문제. 네가 말한 대로 노튼 백작이 널 미워해서 죽이려고 했다고 치자. 증거도 다 모았다고 쳐. 그래도 노튼 백작을 고발하려면 네 신분이 적어도 자작 급은 되어야 한다는 거지."

속사정이 어떻든 간에 어쨌거나 표면적으로 이 일의 당사자는 베시였다. 그러니 노튼 백작과 싸우려면 전면에 나서야 하는 것도 베시였다.

문제는 바로 그 당사자의 신분이 상대보다 낮으면 사법 체계의 도움을 받는 건 거의 불가능하다는 점이었다.

"자작 정도 되는 작위는 내가 줄 수도 있지만, 지금 이 시기에 내가 너한테 작위를 줘 봐. 너무 뻔히 속내가 보이잖아."

크리스의 말대로였다. 머리가 장신구가 아니라면야, 황태자가 어떤 목적으로 에일 관장에게 작위를 주었는지 누구나 알 수 있을 게 분명했다. 베시는 이를 갈았다.

"야, 이 나라 체계가 너무 구려. 알고는 있었는데, 내가 또 이런 일에 휘말리니까 더 열 받아."

어느덧 그녀의 마음속에 어릴 때 느꼈던 분노가 점차 되살아나기 시작하였다. 신분이 낮다는 이유만으로도 신분 높은 자가 저지른 잘못을 묵인해야 한다니.

베시가 이를 으드득 갈자, 저스틴이 그녀의 손을 조용히 잡았다. 그녀의 시선이 자연스럽게 다시 저스틴에게로 향하였다.

"제이?"

"하지만 그를 고소할 수 있는 방법이 전혀 없는 건 아닙니다. 베시."

저스틴이 살짝 입꼬리를 들어 올려 웃어보였다. 베시는 저도 모르게 그 얼굴을 멍하니 바라보았다.

"맞아, 맞아. 베시. 그러니까 얼른 제이의 청혼을 받아들이고 이제 좀 그 녀석이 일어나게 좀 해 줘라. 무릎 시리겠네."

어째서인지 크리스는 다시 저스틴의 청혼으로 화제를 돌렸다.

"아니, 그러니까—"

얼굴을 구긴 채, 크리스에게 짜증을 내려던 베시는 멈칫하였다.

방금 전까지 나누었던 대화와 저스틴의 청혼. 이 두 가지가 분명 연관이 있다는 생각이 들기 시작하였다.

"……있잖아요, 제이. 내가 당신의 청혼에 네, 라고 답하면 난 당신의 약혼녀가 되는 건가요?"

"그렇습니다."

저스틴은 묵묵하게 고개를 끄덕였다. 처음에는 전혀 관계가 없을 것 같은 두 가지 사실에 어느 정도 연결점이 보이기 시작하였다.

"혹시, 내가 저스틴 하이네의 약혼녀가 되면 노튼 백작을 고발할 수 있는 건가요?"

베시가 조심스레 물은 말에 저스틴은 다시 한 번 고개를 끄덕였다. 공작가의 막내아들인 저스틴이 갖는 권위는 후작 신분에 준하는 것으로, 장차 그가 갖게 될 작위 역시 후작이었다. 당연히 그의 약혼녀 역시 예비 후작 부인의 대우를 받게 되리라.

턱을 괸 크리스가 빙그레 웃으며 말했다.

"그뿐만이 아니야, 베시. 제이와 약혼을 하면 아무도 함부로 너를 해하려고 할 순 없어. '황태자가 아끼는 도서관 관장'보다는 '하얀 사자 기사단의 부단장 약혼녀'가 훨씬 더 안전하겠지."

아아. 그래서구나. 그제야 지금 이 상황이 이해가 간 베시는 안심한 얼굴을 하였다. 하도 난데없이 저스틴이 청혼을 하는 통에 당황했지만, 이런 일이라면 충분히 납득이 갔다.

"즉, 제이. 당신은 나를 노튼 백작을 고소할 수 있는 신분으로 만들어 주고, 다른 위험으로부터 보호하기 위해 결혼하자고 한 거네요?"

베시가 의기양양하게 내린 결론에 저스틴은 고개를 저었다.

"아닙니다."

"네? 아니라고요?"

잠깐, 이게 아니었어? 저스틴이 너무나 단호하게 제 말을 부정하고 나서자 당황한 베시는 눈을 깜빡거렸다. 어느새 완전히 구경꾼이 된 크리스 역시 의아하다는 얼굴로 저스틴을 바라보았다.

"네. 제가 베시에게 청혼을 한 건, 당신을 사랑하기 때문입니다. 내 전부를 당신에게 바치고 싶을 만큼."

"……."

베시는 잠시 할 말을 잃었다. 요새는 유독 이런 순간이 많았다. 물론 그녀가 느끼는 당혹감은 전부 저스틴 때문이었다. 이 기사님이 아니라면 세상 그 어떤 사람도 베시를 이렇게 만들 수 없을 것이다.

물론 베시만큼이나 크리스 역시 당황을 했던지라 집무실 안은 잠시, 무어라 표현할 수 없는 침묵에 잠겨 있었다.

하지만 곧 크리스의 웃음소리가 그 고요한 공기를 찢었다.

"하하하!"

크리스는 뭐가 그리 웃긴지 폭소를 터트렸다. 간혹 사랑, 청혼 같은 단어를 중얼거리면서. 베시가 따가운 눈으로 노려봐도 그의 웃음은 좀처럼 멈출 줄을 몰랐다. 일단 저 시끄러운 황태자는 없는 존재라고 생각하자. 베시는 다시 저스틴을 향해 시선을 돌렸다.

"아니, 그, 그러니까 제이. 무, 물론 당신이 날 조, 좋아하는 건 알고 있는데."

아무리 그것이 사실이라도 입 밖으로 꺼내는 것은 상당히 부끄러웠기에 베시는 본의 아니게 말더듬이가 되고 말았다. 이런 식으로 누군가의 애정을 자연스레 받아들이는 것 자체가 처음이었으니까.

그것을 충분히 이해하고 있는 저스틴은 불긋하게 물든 베시의 뺨을 다정스레 만져 주었다.

"베시. 자신 있게 말해도 좋습니다. 당신의 말대로 난 당신을 사랑합니다. 당신이 생각하는 것보다도 훨씬 더."

저를 쓰다듬는 손길만큼이나 다정한 목소리가 다시 애정을 표현하였다. 베시는 불이 난 것 같은 얼굴에 닿아 있는 저스틴의 서늘한 손길이 기분이 좋다 생각하면서도 그 손을 밀어내고 싶어졌다. 이 남자의 손은 열을 식히는 용도로는 적합하지 않았다.

자꾸만 자신에게 감당하기 어려운 열기를 기억하게 만드니까.

"잊지 말아 주십시오, 베시. 내가 당신에게 결혼을 청하는 건 사랑하기 때문입니다."

어떻게 이런 순간을 잊겠냐며 베시는 눈을 질끈 감았다. 얄미울 정도로 평소 같은 저스틴의 목소리가 귀에 닿았다.

"다만 이 청혼을 당신이 받아들인다면, 그로 인해 당신이 지금보다 더 유리하고 안전하게 움직일 수 있는 건 사실입니다."

"……그 부수적인 조건이 상당히 매력적이네요."

저스틴이 시종일관 덤덤한 태도를 유지한 탓에 베시도 차츰 냉정을 되찾기 시작하였다.

결혼, 이라.

비록 그와 정식으로 마음을 확인한 지 얼마 지나지 않았지만, 그녀 역시 저스틴을 가벼운 연애 대상으로 생각하고 있는 건 아니었다. 그에게 자신의 이명을 알려 주었을 때는 이미 각오가 있었다.

자신의 남은 생애 전부를 그와 함께 하겠다는 각오가.

그렇다면 이 청혼이 그렇게 황당 무계하기만 한 이야기는 아니었다. 그의 말대로 이 청혼이 단지 '신분을 얻기 위한 목적'인 건 아니었으니까.

생각을 정리한 베시는 가만히 고개를 들어 올렸다. 제 뺨에 손을 댄 채, 저를 보는 남자의 눈빛이 전에 없이 불안해 보였다. 짙은 숲 같은 눈동자에는 미세하게나마 걱정이 담겨 있었다. 그것을 보니 쓴웃음이 나왔다.

내가 당신에게 싫다 말할 수 있을 리가 없는데, 당신은 무얼 걱정하는 걸까.

늘 당당하고, 자신감이 넘치는 남자가 자신 때문에 이런 눈을 한다는 것에 묘한 기분이 들었다. 동시에 그가 사랑스럽다고도 생각하였다. 마녀의 불행보다도 강하다 말하는 남자가 정작 그 마녀 앞에서는 누구보다 약해질 수도 있다니. 참 아이러니한 일이었다.

"……그 명성 높은 하얀 사자 기사단의 부단장이 내 약혼자가 되다니. 제이 말대로 앞으로 내가 할 수 있는 게 더 많아지겠어요.”

베시는 빰 위에 닿아 있는 저스틴의 손등에 제 손을 천천히 겹쳤다.

“그런데 말이죠. 내가 이 청혼을 받아들이면 제일 이득 보는 건 따로 있는 것 같아요.”

저스틴이 늘 해 주던 것처럼 베시 역시 그를 안심시켜 주고 싶었다. 비록 표현을 당신처럼 하지 못한다 하더라도 이 마음 역시 당신 못지않다는 것을 알려 주고 싶었다.

“이득?”

그녀의 말이 적잖이 의외였기에 저스틴이 고개를 옆으로 기울였다.

“당신이 얻는 이득이 대체 무엇입니까? 이미 당신은 충분히 모든 걸 갖추지 않았습니까.”

“어머, 모르겠어요?”

저스틴은 곤란한 얼굴로 생각에 잠겼다. 그가 보는 베시 에일이라는 여성은 이미 모든 걸 가진 완벽한 여자였다. 뛰어난 실력도, 당당한 자신감도, 그리고 때때로 보여 주는 사랑스러움까지.

다른 사람들이 들었다면 눈에 콩깍지가 아주 단단하게 씌인 거라며 질색을 했겠지만, 저스틴의 눈에 베시는 그런 완벽한 여자였다. 그렇기에 베시가 자신의 약혼녀가 되었을 때 얻게 되는 이득이 무엇일지 짐작이 되질 않았다.

“모르겠습니다.”

아무리 생각해도 나오지 않는 답에 저스틴이 고개를 젓자, 베시가 부끄러운 기색을 감추며 웃었다.

"당신이 공식적으로 내 남자가 되는 거."

스스로 내뱉고도 조금 부끄럽다 싶었지만, 베시는 뻔뻔해지기로 하였다. 뭐 어때. 저스틴 하이네가 내 남자 되는 거 사실이잖아. 그리고 난 그게 엄청 자랑스럽기도 하고.

"……베시."

저스틴이 무어라 형용할 수 없는 표정으로 베시를 보고 있었다. 놀란 것 같은, 기쁜 것 같은, 혹은 고마운 것 같은 그 모든 감정이 담긴 얼굴이었다. 베시는 빙긋 웃었다.

"당신의 청혼이 '날 사랑해서'라면…… 내 대답은 이미 전부터 정해진 거나 다름없어요. 나는 당신에게 또 다른 이름을 주었잖아요. 그게 내 대답이에요."

그저 고개를 끄덕이는 것보다도, 그러겠다고 하는 것보다도 훨씬 더 강한 뜻을 품고 있는 말에 저스틴의 입가에 미소가 떠올랐다. 그녀를 바라보는 그의 눈에 다정하고 뜨거운 빛이 담겼다. 저스틴은 몸을 일으켜 베시를 향해 고개를 숙였다.

"베시, 나는—"

서로를 애틋하게 바라보는 두 사람의 거리가 차츰 가까워지던 그때였다.

"어, 허, 헛, 흠! 흠, 흠!"

요란한 헛기침 소리에 저스틴은 멈칫하여 고개를 돌렸다. 옆에는 얼굴을 오만상으로 찌푸린 크리스의 모습이 보였다.

"뭐야. 너 아직 있었어, 크리스?"

베시가 입술을 삐죽거리며 던진 질문에 크리스는 발끈한 듯 말했다.

"베시, 여기 내 집무실이거든?"

"알아. 그래도 이럴 때는 분위기 좀 파악해서 알아서 나가 주고 그래야 하는 거 아니야?"

크리스는 억울하다는 얼굴로 베시를 보았다. 아니, 여기가 내 집무실인데 내가 대체 왜 나가야 하는 건데. 나같이 일이 연인인 사람은 어디 서러워서 살겠느냐며 크리스는 연신 투덜거렸다. 그것을 물끄러미 바라보던 저스틴이 입을 열었다.

"죄송합니다, 전하."

"그래, 저스틴 경. 앞으로는 말이지, 아무리 좋아도 좀 내 앞에서는—"

"죄송합니다, 전하."

저스틴이 같은 말을 반복하자 크리스가 멈칫하였다. 그는 내뱉던 농담을 입 안으로 삼킨 채, 가만히 저스틴을 보았다.

잠시 두 남자의 시선이 허공에서 맞부딪혔다.

말은 필요하지 않았다. 두 남자는 눈빛만으로도 서로의 마음을 알 수 있었으니까.

저스틴의 눈이 말하고 있었다. 미안하다고, 하지만 절대로 양보할 생각은 없다고.

크리스가 천천히 미소를 지었다. 베시의 옆에는 저 같은 남자보다는 저스틴 같은 남자가 있는 게 더 순리에 맞겠지 싶었다.

사랑하는 여자를 지키기 위해 자신이 가진 모든 걸 다 바칠 각오를 갖는 것.

그것만큼은 크리스 반 듀벨은 할 수 없는 일이었다.

그에게는 단 한 명의 여자보다 더 중요한 것이 있었다.

하지만 저스틴이라면 한 명을 위해 전부를 버리는 선택을 할 것이다. 베시에게 필요한 것은 기꺼이 그런 각오를 가진 사람이었다. 스스로를 외로움과 죄책감에 밀어 넣어 왔던 그녀를, 누구보다 행복하게 해 줄 수 있는 남자. 그게 너라서 다행이야, 제이.

크리스가 조용히 웃었다. 지금이라면 진심으로 축하를 건넬 수 있을 것만 같았다.

"제이. 당신, 크리스한테 뭐 약점 잡힌 거 있어요? 왜 그렇게 저자세예요?"

가만히 눈알을 굴리며 심상치 않은 공기를 살피던 베시가 얼굴을 찌푸렸다. 황태자 앞에서도 거칠 것 없이 굴던 남자가 오늘따라 영 이상하였다.

"아니요, 베시. 그런 건 아닙니다."

"맞아, 맞아. 내가 무슨 제이의 약점 같은 걸 잡겠어? 베시. 제이는 말이지, 나한테 잘못한 게 있어서 이렇게 거듭 사과를 하는 거야. 내가 굉장히 아끼던 걸 나한테서 빼앗았거든."

"……전하. 그 말은 좀 어폐가 있는 것 같습니다. 애초에 전하

것이었던 적이 없잖습니까."

"아니, 그렇지는 않지. 일단 내가 먼저 알았으니, 나의 것이었다고 할 수도—"

"그 논리대로라면, 전하는 자신이 알고 있는 모든 것에 소유권을 주장하실 수 있겠군요. 가당치 않은 말씀이라는 건 이미 알고 계실 텐데 왜 이렇게 추하게 구시는 겁니까?"

제국의 황태자를 상대로 저스틴이 서늘한 독설을 퍼부었다. 베시는 이제야 저스틴의 본모습을 다시 만나 반갑다며 손뼉을 쳤다.

제 편이 하나도 없다는 걸 깨달은 크리스가 시무룩하게 눈썹을 늘어트렸다.

"이래 봬도 이 나라의 황태자인데, 날 향한 존경심은 먼지 한 톨 만큼도 찾아볼 수가 없군."

"존경받을 만한 짓을 해야지."

"존경받을 언행을 보이시죠."

박자가 딱 들어맞게 크리스를 구박한 베시와 저스틴을 서로를 보고 빙긋 웃었다. 크리스는 저에게 도저히 승산이 없다는 것을 깨달았다. 그는 한숨을 내쉬며 입을 열었다.

"좋아, 그럼 존경받을 만한 황태자답게 일이나 다시 해 볼까? 제이. 하이네 공작에게 이미 상의는 마쳤겠지?"

크리스가 물어본 것이 무엇인지 알아차린 저스틴이 고개를 끄덕였다.

"물론입니다. 이미 한참 전에 말씀을 드렸습니다."

본래 귀족의 청혼이라는 것은 당사자가 결혼을 하고 싶다고 해서 이루어지는 것이 아니었다. 결혼 전에 집안 어른들과 충분한 상의를 거친 후에 집안에서 허락이 떨어지면 그제야 남자는 여자에게 청혼을 할 수 있었다.

"큰 형님은 물론 둘째 형님과 부모님께도 이미 말씀드렸습니다."

저스틴의 말에 크리스가 눈을 휘둥그레 떴다. 베시 역시 깜짝 놀란 얼굴을 하였다. 아니, 대체 언제 그렇게 온가족의 허락을 받은 거지?

"집안 어르신들에게 말씀드렸다고요? 언제요?"

"……베시가 병상에 있는 동안, 영지에 서신을 보냈습니다. 평생을 다해 사랑하고 싶은 여자가 생겼다고."

"……."

그녀는 장미처럼 붉게 물든 뺨을 감추려는 듯, 마른세수를 한 번 하였다. 살면서 부끄러워 해 본 적이 별로 없는데, 요즘 유독 이럴 일이 많아 괴로웠다. 아카데미에 있는 혹은 하얀 달밤에서 친하게 지내던 마녀들이 지금의 베시를 보면 대체 이게 누구냐며 어이없어 할 게 분명했다.

베시가 아무 말도 못 하는 사이, 크리스가 대신 입을 열었다.

"호오, 그래서? 선대 하이네 공작은 뭐라고 하시던가?"

"제가 선택한 사람이라면 틀림없이 훌륭한 여성일 거라 믿는다고 하셨습니다."

"하하. 선대 공작다운 말이군."

크리스는 전 하이네 공작을 떠올리는 것 같은 얼굴로 고개를 끄덕였다. 그는 다정하고 상냥하지만, 동시에 엄격함을 가지고 있기도 한 어른이었다. 베시와 저스틴의 부친 사이에 이미 인연이 있다는 것을 모르는 크리스가 말했다.

"베시. 제이의 부친은 아주 훌륭한 분이셔. 그러니까 그분이 널—"

"알아. 그분이 어떤 분인지."

크리스의 말허리를 싹둑 잘라낸 베시가 저스틴을 보며 쓴웃음을 지었다.

"어쩐지 죄송하네요, 당신 아버님께."

"무엇이 말입니까?"

"그분께 도움을 받은 제가 당신과……."

베시가 말끝을 흐렸다. 저스틴이 베시를 사랑한다는 건 의심할 여지가 없는 일이고, 베시 역시 저스틴을 사랑한다고 당당히 말할 수 있었다. 하지만 두 사람의 감정이 아무리 깊다 하더라도 서로 갖고 있는 태생적 한계와 환경의 차이는 컸다.

그의 입장이라면 얼마든지 다른 좋은 사람을 택할 수 있었다. 그러니 다른 사람의 눈에 저스틴은 어리석은 선택을 한 남자로 보일 것이다. 베시 역시 그렇게 생각하니까.

"아무리 당신의 아버님이라 하더라도, 소중한 아들이 마녀를 반려로 선택했다는 걸 알면 좋아하시지 않을 것 같아요."

"아버지께서는 이미 알고 계십니다."

"……네?"

고개를 살짝 바닥으로 숙이고 있던 베시가 놀라 번쩍 고개를 들어 올렸다. 조용히 웃으며 상황을 지켜보는 크리스의 옆에 담담한 얼굴을 한 저스틴이 보였다.

"당신이 누구인지 전부 적었습니다. 베시의 동의를 구하지 않았던 점은 뒤늦게나마 사과하겠습니다. 하지만 제가 사랑하는 여자가 어떤 사람인지를 부모님에게는 알려야 한다고 생각했습니다."

전부? 어디서부터 어디까지가 전부인 걸까? 베시가 그런 생각을 하는 찰나, 저스틴이 말을 이었다.

"참, 베시. 아버지께서 당신에게 이렇게 전해 달라고도 하셨습니다. '모든 만남에는 이유가 있다'고."

순간, 울컥하는 무언가가 눈 안쪽을 쿡쿡 찔러 왔다. 베시는 눈을 빠르게 깜빡이며 숨을 천천히 내쉬었다.

'이 세상에 필요 없는 건 없어. 그리고 이 세상의 모든 만남에는 이유가 있는 법이란다.'

눈을 감으면 어린 베시의 마음을 따듯하게 어루만져 주었던 그 목소리가 아직도 생생하게 떠올랐다.

"베시."

저를 부르는 소리에 베시가 천천히 눈을 떴다. 그녀의 눈가가 조금 촉촉하다는 걸 알아차린 저스틴이 상냥하게 머리를 쓰다듬어 주었다.

"……약혼식은 생략해야겠네요."

감정을 감추려는 것처럼 무심한 어조로 베시가 중얼거렸다.

"시간이 지체되면 노튼 백작이 그사이 빠져나갈 구멍을 반드시 찾아낼 테니까."

"뭐? 하지만, 베시. 암만 그래도 약혼식 자체를 생략하는 건 좀 아니지 않아?"

크리스가 당혹스럽다는 얼굴로 입을 열자 저스틴 역시 고개를 끄덕였다.

"맞습니다, 베시. 아무리 상황이 긴박하다고 하더라도 식 자체를 생략할 필요는 없을 것 같습니다."

"하지만 재판 준비와 약혼식을 동시에 진행하기에는 시간이 너무 촉박하지 않나요?"

보통 귀족을 법정에 세우는 데에는 사전 조사니 뭐니 하는 번거로운 과정 탓에 한 달 정도의 시간이 필요하였다. 하지만 그 정도의 시간이 주어지면 대부분의 귀족은 자신의 죄를 손쉽게 은폐할 수 있었다. 노튼 백작에게 절대 그런 여지를 줄 수는 없었다.

"일주일 안으로 모든 증거를 모아서 다음 주에는 노튼 백작을 법정에 세워야 해요. 그러려면—"

"약혼식을 늦어도 이삼 일 안에 올리면 되겠군요."

"……꼭 약혼식을 올려야 하는 거예요?"

"당연하지!"

"물론입니다."

이번에는 크리스와 저스틴이 딱 맞아 떨어지게 의견을 냈다. 결혼식이 있는데, 약혼식을 꼭 해야 할 이유는 또 뭐란 말인가. 평민인 베시는 도저히 이해할 수 없는 일이었다.

"베시. 제이의 마음도 좀 헤아려 줘. 당당하게 널 약혼녀로 자랑하고 싶은 마음—"

"어차피 일이 다 해결된 후에는 결혼할 텐데, 왜 두 번이나 식을 올려요?"

돈 낭비도 그런 돈 낭비가 어디 있느냐며 베시가 입을 삐쭉였다. 정작 베시의 말을 들은 두 남자는 그대로 굳어 버렸다. 그것을 깨달은 베시가 고개를 갸웃거렸다.

"제이? 왜 그래요?"

"……놀라서 그렇습니다."

"왜 놀랐는데요?"

"이번 일이 끝나면 결혼을 할 거라 당신이 말했으니까."

설마하니 당신이 그렇게 말할 줄은 몰랐다며 저스틴이 천천히 숨을 내쉬었다. 감격에 겨운 그런 한숨이었다.

"……나한테 청혼했던 건 당신이잖아요. 진심이라면서요? 아니면 내가 잘못 들은 거예요? 그냥 필요하니까 결혼하자고 했던 거였나요?"

"그럴 리가."

저스틴이 얼른 양손으로 베시의 손을 꼭 잡았다.

"당신이 들은 그대로가 맞습니다. 다만 조금 더 시간을 필요로 하지 않을까 생각했습니다. 베시, 당신이 적잖이 당황하고 있다는 건 알고 있었으니까."

알면서도 계속 그렇게 심술을 부렸다 이 말이군. 베시는 저스틴의 잘생긴 콧잔등을 꼬집어 주고 싶다 생각하며 웃었다.

"당신이 나를 좋아하고, 내가 당신을 좋아하고, 당신 부모님이랑 가족들도 내가 싫지 않다면서요."

"싫어하지 않는 게 아니라, 다들 당신을 좋아합니다."

"……어쨌든요. 우리 오빠도 당신 좋아하고, 아마 우리 부모님도 살아 계셨으면 당신이랑 당신 가족들을 좋아했을 거예요. 그러니까 우리가 결혼하기에는 아무 문제가 없다 싶어서요."

나도 빨리 당신과 행복해지고 싶다는 말 한마디가 쉽지 않았다. 베시는 일부러 베베 꼬아 한 말의 진심을 읽은 저스틴이 웃었다. 오로지 베시만이 짓게 할 수 있는 행복한 미소였다.

"베시."

"……이번에야말로 내가 진짜 나가야 하는 건가?"

가만히 상황을 지켜보고 있던 크리스가 우울하게 중얼거렸다. 베시가 시선만을 움직이며 샐쭉 웃었다.

"갈 때 가더라도 재판에 쓸 증거랑 자료 어떻게 모을지 역할 정도는 나누고 가야지. 아까부터 자꾸 말이 딴 데로 새잖아."

그 책임은 전적으로 너희에게 있는 거 아니냐는 말 대신 크리스는 한숨을 내쉬었다. 베시와 저스틴이 누구보다 행복해지길 바라는 한편, 이 얄미운 자들을 쌍으로 묶어 골려 주고 싶다는 충동도 들었다.

주군이 시무룩해하거나 말거나 저스틴은 방해꾼을 빨리 내쫓아 버리고 싶다는 얼굴로 입을 열었다.

"그럼 제가 노튼 가문을 중심으로 조사를 진행하겠습니다. 랜돌프가 노튼 백작과 밀러 공작을 위해 서신 전달책을 맡았다는 증거를 찾는데 중점을 두죠. 추가적으로 빌헬름 밀러에 대해서도 조사하겠습니다."

저스틴의 말을 들은 크리스는 손을 까닥거렸다.

"좋아. 그럼 나는 다른 방면으로 움직여보지. 롤랜드 경 같은 내통자가 더 있을 수도 있으니, 그런 자들을 찾아보겠어. 그리고 베시는—"

말을 마친 크리스가 베시를 힐끔거렸다. 마치 너는 어쩔 거냐고 묻는 것 같은 얼굴이었다. 베시는 저스틴을 따라 자리에서 일어서더니 그의 옆에서 픽 웃었다.

"난 이제부터 코르셋 입는 연습부터 시작해야겠네."

16.

마녀는 별을 사랑한다

하이네 공작저의 드레스 룸 안. 베시는 다 죽어 가는 얼굴을 한 채, 거울 앞에 서서 여러 시녀들의 보살핌을 받고 있었다.

그녀는 거울 속에 있는 낯선 제 모습을 보며 중얼거렸다. 내가 설마하니 코르셋이라는 이 흉측한 걸—

"읏!"

그녀의 중얼거림은 고통스러운 신음이 되고 말았다. 갑작스레 제 몸통을 쥐어짜듯 조여 오는 코르셋 때문이었다.

"아가씨, 죄송합니다! 많이 아프셨나요?"

뒤에서 힘껏 코르셋을 조이던 하녀 하나가 고개를 빼죽 내밀어 물었다.

"네, 좀— 그, 숨, 쉬기가— 힘든—"

"근데 아직 보면 여유가 있어서 괜찮을 것 같아요. 아가씨 허리가 정말 가느셔서요!"

잠깐! 내가 안 괜찮다는데 왜 판단을 댁이 해?! 그리고 자기 멋대로 판단할 거면 대체 왜 나한테 괜찮냐고 물어봤는데? 베시는 억울함에 눈물마저 날 것 같았다. 납치당해서 고통에 시달리며 흘렸던 눈물과는 다른 종류의 눈물이 눈가에 고였다.

"다들…… 이걸…… 어떻게, 하고…… 버티지?"

베시는 숨 막히는 통증 때문에 자꾸 말더듬이가 되어 갔다. 안 되겠다. 이대로는 죽겠다 싶어서 그녀가 코르셋을 좀 풀어 달라 말을 하려던 찰나였다.

"베시!"

제 이름을 발랄하게 부르는 목소리에 베시는 힘없이 고개를 문가로 돌렸다. 뭐가 그리 즐거운 것인지 얼굴에 환한 미소를 짓고 있는 세라가 베시를 향해 빠른 걸음으로 다가오고 있었다.

"공작, 부인."

베시가 힘겹게 세라를 부르자, 그녀가 고개를 저었다.

"베시. 이제 그렇게 딴사람 부르듯 부르지 않기로 했잖아요. 날 언니라고 불러도 좋다니까요!"

아니, 암만 그래도 그건 좀 아닌 것 같은데. 베시는 속으로 절레절레 고개를 저었다.

저스틴과 정식으로 인사를 하러 온 날부터 세라는 줄곧 저를 언니라 부르라고 주장하고 있었다. 이 상황이 어색한 베시에게는 아직 난이도가 높은 숙제였다.

"아직 어색할 수 있겠지만, 그래도 편하게 생각하고 대해 줘요. 이제 우리는 가족이니까요."

세라가 작은 손으로 베시의 손을 부드럽게 감싸 쥐었다. 공작 부인의 등장에 고개를 숙이고 있던 하녀들의 눈에 얼핏 감동이 서렸다. 그도 그럴 것이 그녀들은 모두 저스틴이 데려온 약혼녀가 평민 출신의 여성이라는 걸 알고 있었다.

제국 최고의 명문 귀족가의 일원이 되는 평민 출신의 여성. 그리고 그런 그녀를 따듯하게 맞이해 주는 공작 부인. 사람들의 눈에는 적잖이 아름다워 보일 광경이긴 하였다.

하지만 정작 그 중심 인물인 베시는 감동이고 뭐고 죽을 맛이었다. 그녀는 코르셋으로 온몸을 한껏 조이고도 밝게 웃을 수 있는 세라를 존경의 시선을 바라보며 힘겹게 입을 열었다.

"부— 세라."

언니보다는 이름을 부르는 게 낫다 판단한 베시가 제 등 쪽을 가리켰다.

"코르셋은 원래 이렇게…… 조여야 하는 건가요?"

"아, 베시는 코르셋 착용은 처음이죠? 많이 힘든가요?"

세라가 베시의 몸을 이리저리 살펴보자, 몸치장 시중을 들고 있던 시녀 중 한 명이 얼른 입을 열었다.

"마님. 아가씨께서 아까부터 많이 힘들어 하셔서 최대한 덜 당기려고 노력하였습니다. 하지만 이것보다 덜 조이면……."

"코르셋을 착용하는 의미가 없죠."

시녀가 머뭇거리는 뒷내용을 단번에 알아들은 세라가 쓴웃음을 지었다.

사교계에 처음 나가는 여성들이 코르셋과 어떤 사투를 벌이는지 그녀 역시 모르는 바가 아니었다. 세라는 코르셋을 못 입겠다 우는 어린 소녀를 달래는 어머니처럼 다정스레 입을 열었다.

"베시. 처음이라 많이 힘들겠지만, 이번 무도회 참석은 베시가 제이 도련님의 약혼녀로서 모두에게 인사를 하는 자리가 될 테니 최대한 공을 들이는 게 좋을 것 같아요."

제이 도련님을 위해 조금만 참아 주세요. 그 말에 베시는 더는 아프다 투정을 부릴 수가 없었다.

무엇보다 저스틴을 위해서만이 아니라, 베시에게도 오늘 무도회 참석은 중요한 의미가 있었다.

이틀 전, 베시는 저스틴과 함께 경비부에 노튼 백작을 암살범으로 고발하였다. 재판 일자는 아직 나오지 않았으나 신고는 정식으로 접수되었고, 이미 소문이 여러 곳으로 퍼진 상태였다.

당연히 오늘 무도회에서 가장 많이 사람들의 이목을 끄는 것은 베시가 될 터였다. 그런 자리에 대충 차려 입고 갈 수는 없는 노릇이었다.

그래, 이깟 코르셋. 이번 한 번만이니까. 베시는 앞으로 그 누가 애원을 해도 두 번 다시 무도회에 참석할 일은 없을 것이라 생각하며 숨을 얕게 내쉬었다. 평소처럼 호흡을 했다간 몸이 터질 것만 같았다.

"참아, 볼게요."

베시의 대답에 세라는 기특한 여동생을 바라보는 언니의 눈빛을 하였다.

"처음이라 더 그래요. 요령이 생기면 괜찮아질 거예요."

세라는 베시에게 조금 더 편하게 호흡할 수 있는 방법을 알려주었다. 뿐만 아니라 어떤 자세를 취해야 조금 덜 불편한지도.

덕분에 시녀들이 베시에게 완전히 드레스를 입혔을 때쯤에는 베시의 얼굴이 한결 편안해 보였다.

"어쩜. 베시, 무척 잘 어울리네요!"

세라가 손뼉을 치며 베시의 모습을 칭찬해 주었다. 숨 쉬는 게 고역인 베시는 그 칭찬에 순순히 기뻐할 수만은 없었다.

"역시 제이 도련님이 감각이 참 좋으시다니까요. 베시의 드레스를 직접 고르겠다 하셨을 때는 걱정했는데, 제 걱정이 기우였네요."

"……이걸 제이가 직접 골랐다고요?"

내내 죽을상을 하고 있던 베시의 얼굴에 순간 붉은 기가 감돌았다. 세라는 그것이 '어머, 제이가 날 위해 직접!'이라는 부끄러움 때문인 줄 알았지만, 실상은 전혀 달랐다.

'저스틴 하이네. 당신 대체 나한테 무슨 억하심정이 있어서 이딴 걸 골라온 거야!?'

베시가 입고 있는 연한 노랑의 코르셋 드레스는 화려하게 장미가 수놓아진 스토마커(Stomacher) 패널과 밑단을 잔뜩 부풀린 코르셋 덕에 그녀의 얇은 허리가 한껏 강조되는 모양새였다.

과감하게도 다른 귀부인이나 귀족 영애가 선호하는 부푼 소매(Engageantes)대신 슬리브리스(Sleeveless)를 택한 덕에 베시의 가녀린 어깨 역시 한층 돋보였다. 가슴 선은 제법 파여 있었으나 펄 가루가 듬뿍 뿌려진 레이스 장식 덕에 노출이 심하지는 않았다.

저스틴은 분명 여러 가지를 고려하여 이 드레스를 고른 게 분명했다. 세라는 그런 저스틴의 안목이 마음에 쏙 들었으나 베시는 전혀 기쁘질 않았다.

시녀들이 옆에서 입술이며 눈썹에 뭘 발라 대는 통에 정신이 하나도 없었지만, 그녀는 저스틴을 보면 일단 그의 발을 한 번 지그시 밟아 주자고 결심하였다. 적어도 자신이 느끼는 것의 반 정도는 되는 고통을 맛보여 주고 싶었다.

"머리 장식에는 이걸 하고, 손목에는 이 팔찌를 채우고……."

센스가 없는 베시를 대신하여 세라는 노련하게 장신구를 골라 냈다. 가슴골이 깊게 파이지 않았기에 목걸이를 걸 필요는 없었지만, 대신 팔이 허전했다.

베시는 드레스보다도 연한 색의 망사 원단으로 된 레이스 장갑을 낀 후, 그 위에 은빛 진주알로 된 팔찌를 여러 개 착용하였다.

"베시. 일단 갈 때는 이 신발을 신고 가고, 조금 있다가 휴게실에서 신발을 갈아 신도록 해요."

세라는 이런 무도회가 처음인 베시를 배려하여 조금 굽이 낮고 발이 편한 구두를 따로 챙겨 주었다. 하나부터 열까지 세라의 깐깐한 확인을 거치고 난 후에야, 비로소 베시의 몸치장이 모두 끝났다.

베시는 저번에 애니드의 도움을 받아 몸치장을 했던 건, 정말 별게 아니었다는 걸 깨달았다. 매일 이런 일을 반복하며 사는 귀족 여인들에게 무한한 존경심이 느껴질 정도였다.

"……이제 정말 끝인 게 맞나요, 세라?"

베시는 혹시라도 뭐가 더 남았다고 하면 어쩌나 걱정하는 얼굴로 세라를 보며 물었다. 그런 그녀가 귀여웠는지 세라는 쿡쿡 웃었다.

"네, 이제 끝이 맞답— 아!"

세라가 불현듯 짧은 소리를 내자, 베시는 굳어 버렸다. 또 뭔가 남은 게 있는 모양이었다. 이번에는 대체 또 뭐지? 잔뜩 긴장한 그녀를 향해 세라가 진지한 얼굴을 하였다.

"어쩌면 베시도 알고 있을 거라 생각하지만, 사교계에 처음 참가하는 여성에게는 집안의 가장 큰 어르신이 몇 가지 조언을 건네는 풍습이 있답니다."

세라의 말대로 제국뿐만이 아니라 다른 나라에도 유사한 풍습이 존재하였다. 이 전통은 사교계 데뷔를 앞두고 긴장한 어린 숙녀들에게 용기를 북돋아 주는 동시에 가문의 이름을 걸고 사교계에 나서는 여성을 교육하는 효과까지 있었다.

"베시가 괜찮다면 내가 몇 가지 조언을 해도 괜찮을까요?"

비록 베시는 조언을 필요로 할 정도로 어린 나이의 숙녀는 아니었지만, 이렇게 정식으로 사교계에 얼굴을 비치는 것은 처음이었다. 연장자의 도움이 필요했기에 베시는 기꺼이 고개를 끄덕였다.

"물론이죠. 저야말로 귀한 조언을 받을 수 있어서 감사한 걸요."

싱긋 웃은 세라가 베시의 오른손을 살며시 잡았다.

"베시. 제가 지금 당신에게 전하는 세 가지 조언은 전 하이네 공작부인께서 일러 주신 말이에요. 하이네가의 모든 여인들이 처음으로 사교계에 나설 때 전해 받은 말이라고 들었어요."

베시는 아카데미에서 가장 어려운 수업을 들을 때처럼 눈을 크게 뜨고, 세라의 말에 집중하였다.

"첫 번째. 그 어떤 상황에서도 절대 언성을 높이지 마세요. 그곳에서는 틀림없이 아직 이런 일이 낯선 당신이 실수하는 걸 바라는 못된 이들이 있을 거예요. 타인의 실수와 불행을 우스갯거리로 삼는 이들이요. 하지만 그들 앞에서 결코 감정적인 동요를 보여서는 안 된답니다."

그다지 어렵지 않은 일이라 생각하며 베시는 고개를 끄덕였다.

어느새 그녀의 머릿속에는 자연스레 시드라너스 백작 영애의 모습이 떠오르고 있었다. 그 정도 상대라면 아무리 그쪽에서 뭐라고 떠들던 간에 무시할 수 있을 것 같았다.

물론 저번에는 마녀의 불행이니 뭐니 하는 말을 꺼내는 바람에 막판에 조금 당황하고 말았지만, 지금은 그럴 필요가 없었다.

자신은 이미 저스틴을 택했으니까.

"두 번째. 사람들의 관심을 끌기 위해 말을 지나치게 많이 할 필요는 없어요. 많은 말은 늘 오해와 뜬소문의 근원이 되는 법이죠. 맞장구는 말 대신 가볍게 고개를 끄덕이는 걸로 충분해요. 대신 늘 미소를 잃지 마세요."

이번 충고 역시 베시에게는 그다지 어려운 게 아니었다. 애초에 이번 무도회에서는 각별히 말을 조심해야 했다. 약혼마저 생략한 베시가 노튼 백작을 고발한 것을 두고 고깝게 여기며 여러 소문을 덮어씌우려는 이들이 많을 터였다.

그녀는 저스틴 하이네의 약혼녀가 된 것이 어떤 의미인지를 알았다. 이제는 전처럼 저 좋을 대로 날뛸 수 없었다.

"그럼 이제 마지막 조언을 해야겠네요. 베시."

베시는 과연 어떤 말이 나올까 생각하며 눈을 반짝 빛냈다. 세라는 그런 베시를 향해 다정하게 웃으며 입을 열었다.

"잊으세요."

"……네?"

너무나 엉뚱한 한 마디에 베시는 눈을 깜빡였다. 잊으라니, 뭘? 세라가 차분하게 말을 이었다.

"내가 앞서 한 조언들을 전부 잊으세요."

"……."

아니, 그럴 거면 대체 왜 이런저런 말을 한 거지? 하이네 공작가에서 전해져 내려왔다는 조언은 도통 이해할 수 없는 것이라며 베시는 얼굴을 찌푸렸다.

"파티에 참석하게 되면 우리가 이제까지 전해 들은 조언만으로는 헤쳐 나갈 수 없는 상황이 닥치기 마련이랍니다. 그때 필요한 건 우리가 들었던 말 몇 마디가 아니라 스스로의 판단이죠."

세라는 베시의 손을 조금 더 힘주어 잡아 주었다. 그녀만큼이나 다정한 온도가 손끝을 타고 왼쪽 가슴으로 전해졌다.

"정확하게 말하자면, 세 번째 조언은 이거예요. '다른 걸 잊을지언정, 나를 잊지 말 것.'"

"다른 걸 잊을지언정, 나를 잊지 말 것."

베시가 무언가에 홀린 것처럼 세라의 말을 따라 중얼거렸다. 세라가 고개를 끄덕였다.

"전 하이네 공작 부인께서는 말하셨어요. 문제를 해결할 수 있는 힘은 외부가 아니라 우리의 안에 존재하는 것이라고. 우리의 영역과 자존심은 누군가의 도움을 통해 지키는 것이 아니라, 스스로 지켜야 하는 것이라고."

다른 이들이 그러하듯 귀족 여인들에게도 치열한 경쟁이 있었고, 저들만의 고독한 싸움이 있었다. 그것은 누군가에게는 참 별거 아닌 것처럼, 배부른 자들의 헛된 행동처럼 보일지 몰라도 그녀들에게는 그 무엇보다 중요한 일이었다.

"누군가가 당신을, 당신의 소중한 사람을, 우리의 가문을 모욕한다면 참지 마세요. 당신만의 방법으로 응징하세요."

세라의 눈이 평소와는 다르게 예리한 기색으로 번뜩였다. 베시는 세라의 말 속에 숨겨진 뜻을 간파하였다.

다시 말해서 방법을 잘 고르기만 하면, 굳이 불쾌함을 참을 필요가 없다는 말이었다. 베시는 그녀가 수도 사교계의 중심에 있는 인물이라는 것을 새삼 다시 한 번 느꼈다.

"……단단히 명심해 둘게요, 세라."

베시의 대답에 세라가 고개를 끄덕였다. 두 사람 사이로 흡사 악당들이 무언가를 꾸밀 때와 같은 은밀한 미소가 오갔다. 시녀들은 그것을 못 본 척하며 조용히 뒷정리를 시작하였다.

이제 제가 할 일이 다 끝났다는 걸 깨달은 세라가 베시를 따라갈 하녀를 골라 그녀에게 몇 가지 주의 사항을 일러두기 시작하였다. 베시는 문가 근처에 서서 다시 한 번 소파에 앉기도 힘든 드레스를 골라온 저스틴 욕을 시작하였다.

그때, 누군가가 똑똑 문을 두드렸다. 들어오라 허락을 하자 허리를 꼿꼿하게 편 집사가 모습을 나타냈다.

"마님, 아가씨. 저스틴 님께서 아래층에서 기다리고 계신다고 합니다."

"어머나, 시간이 벌써 그렇게 되었나요?"

시간을 확인하며 놀라던 세라는 베시를 향해 한숨을 쉬었다.

“베시. 마음 같아서는 제가 함께하고 싶은데, 그러질 못해서 유감이에요.”

베시가 저스틴과 참석하는 무도회는 어느 후작이 주최하는 무도회였다. 초대장을 받은 하이네 공작은 공무로 인해 참석하지 못하는 저를 대신하여 저스틴이 약혼녀인 베시와 함께 간다는 답장을 보냈다.

물론 무도회 참석의 진짜 목적은 기선 제압이었다.

무도회를 주최하는 후작은 빌헬름과 달리 진정한 의미의 중립파 세력이었다. 그 때문에 오늘 무도회에는 다양한 파벌의 귀족들이 참여할 예정이었다.

즉, 저스틴과 베시의 아군이 되어 줄 인물도 그만큼 많을 터였다.

두 사람 모두 오늘 무도회에서는 얌전히 굴며 최대한 재판에 유리할 상황을 만들기 위해 움직일 생각이었다.

이미 하이네 공작을 통해 이러한 사실을 전해 들은 세라가 걱정스레 베시를 바라보았다. 그것을 눈치챈 베시는 걱정 말라는 뜻으로 작게 웃어 보였다.

“괜찮아요, 세라. 대신 제이와 함께이니까요.”

베시의 대답에 세라의 얼굴이 한결 밝아졌다.

“당신의 첫 사교계 데뷔가 어떨지 무척 기대되네요, 베시. 다녀와서 꼭 오늘 있었던 일을 전부 알려 줘요.”

“기대에 부응할 수 있도록 최선을 다할게요.”

되도록 아무 일이 없는 게 더 좋겠지만. 속으로 그렇게 덧붙인 베시는 집사의 안내를 받아 드레스 룸을 빠져나왔다. 그녀의 뒤로 시중을 드는 하녀 두 명이 따라왔다. 세라 역시 배웅을 위하여 현관까지 나왔다.

현관 앞에는 이미 마차가 대기하고 있었다. 그 바로 앞에는 하얀 사자 기사단의 제복을 입은 저스틴의 모습도 보였다. 그 모습이 얼마나 근사한지 베시는 내내 이런 드레스를 골라온 저스틴을 욕하던 와중에도 그가 멋지다는 생각에 잠시 넋을 놓고 말았다.

대체 내가 언제부터 이렇게 얼굴을 밝히게 된 거지? 남들한테 얼굴로 남편감을 골랐다는 말을 들어도 반박할 수 없을 것만 같았다.

"베시."

무언가 생각에 잠겨 있던 저스틴은 베시를 발견한 순간, 부드럽게 웃으며 그녀에게 다가왔다.

"내 예상대로 무척 잘 어울립니다."

"후후, 고마워요. 그나저나 제이? 잠깐 제 앞으로 좀 와 줄래요?"

저스틴은 베시가 저를 부르는 톤이 심상치 않다는 걸 감지하였다. 순순히 다가갔다가는 무슨 일을 당할 게 분명했다. 그래도 그녀가 부르는 데 안 갈 수도 없는 노릇이었다.

혹시 드레스 디자인이 마음에 안 들었나? 차라리 다른 옷을 고를 걸 그랬다는 생각을 하며 저스틴은 베시의 앞에 섰다.

"무슨 일—"

저스틴이 제 앞에 서자 베시는 망설임 없이 저스틴의 발을 한 번 꾹 밟아주었다. 잠시 하던 말을 멈추었던 저스틴은 곧 태연한 얼굴로 말했다.

"화가 났나 보군요."

당연하지! 버럭 소리를 지르려던 베시는 뒤를 슬그머니 돌아보았다. 바짝 붙어선 저스틴과 베시를 바라보는 하이네가 사람들의 시선이 따뜻하였다.

그들의 기대를 차마 배신할 수 없었기에 베시는 싱긋 웃었다. 그 얼굴 그대로 고개를 다시 앞으로 돌린 베시가 저스틴에게 불꽃 같은 분노를 쏟아 냈다.

"제이, 당신 일부러 그런 거예요? 이런 옷을 고르면 어떡해요!? 나 숨 막혀서 죽는 줄 알았다고요!"

베시는 코르셋이라는 건 인간이 발명한 물건 중에 가장 쓸모가 없는 것이 분명하며 모든 여성들을 위하여 세상에서 사라져야 할 물건임이 틀림없다고 울분을 토했다. 그녀의 말을 묵묵히 들어주던 저스틴이 입을 열었다.

"미안합니다, 베시. 하지만 당신을 괴롭히려는 의도로 고른 옷이 아닙니다. 당신에게 잘 어울릴 것이라 생각해서 고른 겁니다. 그리고 실제로도 내가 생각한 것만큼, 아니 그보다도 훨씬 더 잘 어울립니다."

힘겹게 옷을 입은 건 베시이건만, 어째 저스틴이 뿌듯한 얼굴을 하고 있었다. 베시는 한 번 더 그의 발등을 밟아줄까 생각하였다.

“지금 나한테 아부하는 거예요?”

“아부? 아닙니다. 진짜 아부는 이런 거겠죠.”

저스틴이 고개를 숙여 베시의 눈가에 가볍게 입을 맞추었다. 그리고 그녀의 귀에 입술을 붙인 채, 무언가를 속삭였다. 곧 베시의 얼굴이 그녀의 머리 색만큼이나 붉게 물들었다. 저스틴은 그것을 만족스레 바라보며 귓불에도 짧게 키스하였다.

“다행히 내 아부 덕에 기분이 좋아진 모양이군요.”

“……당신, 진짜 이럴래요?”

그렇다는 대답 대신 저스틴이 히죽 웃었다. 하여간 내가 어쩌자고 이런 성격 나쁜 남자를 좋아하게 되었는지. 베시는 속으로 한숨을 내쉬었다. 그녀를 아는 다른 이가 들었다면 사돈 남 말하지 말라며 기가 막혀 했을 투덜거림이었다.

“베시.”

“왜요.”

입술을 삐죽이면서도 제 부름에 답해 주는 그녀를 향해 저스틴이 다정스레 속삭였다.

“고맙습니다.”

저스틴의 말에 베시가 천천히 눈을 깜빡였다. 무엇이 고마운 거냐고 되물어 볼 필요는 없었다. 저스틴은 베시가 자신을 위해서 코르셋을 기꺼이 입어 준 것에 기뻐하고 있었다. 싫은 건 곧 죽어도 싫은 그녀의 고집을 알고 있으니까.

“제 예상대로 당신과 무척 잘 어울립니다. 사랑스럽습니다.”

그는 눈부신 별을 바라보는 것 같은 눈으로 베시를 보았다. 그 눈을 마주하자 어느새 베시의 가슴속에 쌓여 있던 불만도 눈 녹은 듯 사라졌다.

이 남자가 기뻐하는 모습을 보고 있으면 이상하게 화를 내기가 어려웠다.

“……하여간 말이나 못 하면.”

그래도 부끄러워하는 티를 내기 싫어 베시는 괜히 투덜거리는 시늉을 하였다. 그걸 모를 리 없는 저스틴이 말했다.

“괜찮습니다. 전 다른 잘하는 것도 많지 않습니까.”

“…….”

베시는 대답 대신 얄미운 남자의 넓은 가슴팍을 한 번 툭 쳤다. 저스틴은 가렵지도 않다는 것처럼 피식 웃은 뒤, 뒤에서 흐뭇한 미소를 짓고 있는 세라를 향해 고개를 숙였다.

“감사합니다, 형수님.”

마주 고개를 숙인 세라가 천천히 앞으로 다가왔다.

“베시는 오늘이 첫 무도회 참석이라 적지 않게 떨릴 거예요. 제이 도련님이 옆에서 잘 도와주세요.”

저스틴과 베시는 시선을 마주하였다. 베시는 자신은 전혀 긴장하지 않았다는 말을 하지 않았고, 저스틴은 이번이 생애 두 번째 무도회 참석이라 별 도움이 안 될 거라는 소리는 가슴에 묻어 두었다.

"베시. 조심해서 다녀와요."

"네, 세라. 다녀올게요."

사뿐히 인사를 한 베시가 계단을 한 걸음 내려섰다. 저스틴이 그녀를 향해 손을 뻗었다. 동화 속에서 공주를 에스코트하는 기사님처럼.

나랑 참 안 어울리는 것 같은데, 이거. 웃으며 그 손을 내려다보던 베시가 저스틴의 손 위로 제 손을 얹었다. 제 손을 힘주어 잡는 강인함에 마음이 새삼 든든하였다.

저스틴의 에스코트를 받으며 베시는 마차에 올라탔다. 저스틴 역시 마차에 올라타기 전, 아직도 현관에서 저들을 지켜보고 있는 세라와 눈을 마주하였다. 저스틴이 가볍게 고개를 숙이자, 세라 역시 고개를 끄덕였다.

곧 베시와 저스틴을 태운 마차가 움직이기 시작하였다. 하지만 마차가 완전히 시야에서 사라질 때까지도 세라는 자리를 줄곧 지키고 서 있었다.

그들이 돌아올 때까지 이곳을 밝히고 있겠다는 것처럼.

* * *

"도미니크 남작 부인, 안드레크 백작 영애, 루아르 자작 부인…….”

덜컹거리는 마차 안에서 베시는 연신 무언가를 중얼거리고 있었다. 커튼 너머로 창밖을 확인하며 목적지가 멀지 않음을 확인한 저스틴이 의아한 얼굴을 하였다.

“베시? 그게 다 뭡니까?”

“응? 아, 이 사람들은 세라가 알려 준 건데요. 사교계에서는 다 한 가닥 하는 사람들이네요. 굳이 친구로 만들 필요는 없지만, 적으로 만들 필요도 없는 사람들이라나.”

베시는 세라가 일러 주었던 목록을 다시 한 번 머릿속에서 점검해 보았다.

“그리고 친구로 만들면 매우 매우 좋을 사람들도 있는데, 대표적인 건 스펜서가의 세레니티 양이래요. 아, 근데 세레니티 영애는 전에 세라의 살롱에서 만난 적이 있어서 알아요. 꽤 재미있는— 무슨 일이에요?”

한참 혼자 떠들던 베시는 저스틴의 시선이 묘하다는 걸 눈치채고 고개를 갸웃하였다.

“별 건 아닙니다. 어쩐지 당신에게 미안하다는 생각이 들어서.”

“왜요? 나 몰래 뭔 짓 했어요?”

“……그런 게 아니라.”

한숨을 짧게 내쉰 저스틴이 베시의 뺨을 가볍게 쓰다듬었다.

“당신은 이런 자리를 싫어하지 않습니까.”

고개를 한참이나 치켜들어야 하는 샹들리에, 번쩍번쩍 빛나는 화려한 조명, 별보다 더 빛나게 차려입은 사람들, 홀을 가뜩 메우는 음악 소리. 귀족의 파티라는 건 겉보기에는 무척 아름답고 근사한 것처럼 보이기 마련이다.

하지만 실제로는 그 물밑에서 벌어지는 치열한 암투— 주로 누군가를 비방하고 모함하며 벌어지는 갖은 군상극이 그 모든 빛나는 것들을 추하게 뒤덮어 버렸다.

저스틴은 이미 어렸을 때부터 귀족들의 모임에는 신물이 나있었다. 저도 이렇게 싫어 죽을 지경인 자리에 베시를 데리고 가야 하는 것은 적잖이 마음이 아팠다.

심지어 베시는 평소에 잘 입지도 않는 코르셋이나 신지 않는 구두로 고통 받을 게 분명했다. 저스틴은 베시가 한숨을 쉬며 제 말에 동의할 것이라 생각했다.

그렇기에 다음 순간, 들려온 말에는 귀를 약간 의심하였다.

"싫지 않은데요?"

"네? 베시, 지금 싫지 않다고 했습니까?"

너무나 의외였기에 저스틴이 정직하게 놀란 얼굴을 하였다. 베시는 아직 제 뺨에 머무르고 있는 저스틴의 손을 잡아 그의 손가락을 만지작거렸다.

"싫지 않아요. 적어도 크리스 옆에서 잘 움직이지도 않는 얼굴 근육을 움직여 가며 귀족들에게 알랑거리던 때에 비하면."

"비교 대상이 너무 극단적이라 상대적으로 괜찮다는 이야기였습니까."

"당신이랑 함께라서 괜찮다는 뜻이라고 해석해 보는 건 어때요?"

"……당신이 날 위해 조금 더 알기 쉽게 말해 주는 건 어떻습니까."

저스틴의 대꾸에 베시는 샐쭉 웃었다. 어림도 없는 소리라 말하는 대신 그녀는 그의 손가락을 꼬옥 잡았다. 굳은살이 단단히 박힌 감촉이 좋았다. 그가 얼마나 노력을 해 왔으며, 어떤 삶을 살아왔는지를 보여 주는 흔적이었으니까.

"코르셋은 숨 막히게 조이고, 굽 높은 신발은 짜증 날 정도로 걸리적거려요. 이제부터 가서 마음에 들지도 않는 사람들과 웃으며 부대낄 생각을 하면 벌써부터 머리가 아프기도 하고."

"……."

"하지만 당신이랑 함께 가는 거라 싫지 않아요."

조금 진부한 말로 하자면 설령 이 목적지의 끝이 설령 지옥이라 하더라도 당신과 함께라면 괜찮다고, 그렇게 낯부끄러운 소리가 튀어나올 것 같았다. 베시는 올곧게 저를 향하는 저스틴의 시선으로부터 도망치려는 것처럼 살짝 고개를 돌렸다.

"……이제 됐죠?"

베시는 부끄러움을 감추기 위해 연인이 듣고 싶어 하는 말을 꼬박꼬박해 주는 나같이 착한 약혼녀가 세상에 또 어디 있겠느냐 너스레를 떨었다.

"뭐, 애초에 내가 얌전히 수도를 떠나기로 했다면 이런 고생을 사서 할 필요는 없었겠지만."

"이곳을 떠날 정도라면 그냥 오늘 같은 고통을 기꺼이 감수하십시오."

이 남자가 진짜. 옆으로 고개를 돌렸던 베시가 휙 소리가 나게 고개를 돌려 저스틴을 노려보았다.

"제이. 보통 그럴 때는 '당신을 사랑하니까 보내 드리겠습니다.'라고 말하는 거 아니에요?"

"전 그런 어리석은 말을 하지 않습니다. 사랑하는 사람을 왜 보내야 하는 겁니까."

저스틴의 커다란 손이 베시의 어깨를 감싼다. 자연스레 베시가 제 몸을 저스틴에게 기대었다.

"곁에 없다면 내가 해 줄 수 있는 것이라곤 당신의 안전함을 마음으로 바라는 것뿐입니다. 당신을 위험으로부터 지켜 줄 수도 없고, 슬픔에 빠진 당신을 위로할 수도 없습니다."

그게 대체 무슨 의미가 있습니까. 마음에만 담아 두고, 꺼내지도 못하는 애정이. 저스틴의 잔잔한 목소리가 마치 강물 위로 흐르는 바람 소리 같았다. 베시는 평소보다 무거운 속눈썹을 아래로 내려깔며 그의 목소리에 귀를 기울였다.

"하지만 만일 당신이…… 간절히 이곳을 떠나길 바란다면 함께 떠날 겁니다."

저스틴은 하얀 달밤을 그리워하던 베시를 기억하고 있었다.

"당신이 원한다면 하얀 달밤 가까이로…… 혹은 이디아니움 아카데미 근처로 가는 것도 괜찮습니다. 단, 나와 함께라는 전제 하에."

베시는 고개를 들지 않았다.

"……당신이 가진 모든 걸 버리겠다고요? 날 위해서?"

"그 표현은 마음에 들지 않는군요. 단지 새로운 길을 택할 뿐입니다. 당신을 위해서가 아니라 날 위해서."

베시는 느리게 호흡을 내뱉었다. 가끔씩 이 남자는 감당하기 어려운 귀한 것들을 줄 때가 있었다. 그때마다 그녀는 어떻게 이 감정을 표현해야 하는지 알 수 없었다.

한참 후에야 그녀는 목매인 목소리로 중얼거렸다.

"그럼 난 이제 당신을 두고 아무 곳에도 갈 수 없는 거네요."

그걸 이제 알았느냐는 말 대신 저스틴이 주머니에서 작은 상자를 꺼냈다. 부스럭거리는 기척에 고개를 돌린 베시의 눈에 번쩍이는 것이 보였다.

반지였다. 커다란 다이아몬드와 에메랄드가 독특한 모양으로 조합된 반지는 얼핏 보면 마치 책이 펼쳐진 듯한 모양처럼 보이기도 하였다. 그것은 마치 베시의 또 다른 이름인 열린 책을 형상화한 것만 같았다.

"우리 가문에는 남자아이가 태어나면 그 아이를 위해 반지를 하나 만드는 전통이 있습니다."

저스틴이 상자에서 반지를 꺼내 들었다.

"내가 태어났을 때 조모께서 만들어 주신 이 반지는 마치 펼쳐진 책 같은 모양이라 특이하다 생각하였던 적이 있습니다. 하지만 지금이라면…… 어쩌면 그분은 내가 누구에게 이 반지를 건넬지 알고 계셨던 게 아닐까 싶군요."

베시의 왼손을 잡아당긴 저스틴은 그녀의 네 번째 손가락에 반지를 끼워 주었다. 마치 자로 잰 것처럼 반지는 딱 들어맞았다. 이 이상 완벽할 수는 없을 것처럼.

"당신 말대로입니다. 베시 에일. 당신은 이제 날 두고는 그 어디로도 갈 수 없습니다."

오만하기 짝이 없는 말투건만, 곁에 있어 달라는 애원만큼이나 간절한 목소리였다. 베시의 속눈썹이 나비의 여린 날갯짓처럼 파르르 떨렸다. 그녀의 눈길이 오래도록 제 손 위에 머물렀다.

"……몇 달 전에 아카데미로 편지가 한 통 왔었죠."

잠긴 목소리로 베시가 꺼낸 말은 다소 생뚱한 것이었다. 저스틴은 잠자코 그녀의 말에 귀를 기울여주었다.

"발신인은 빅터 에일. 오빠였어요. 구구절절하고 시시콜콜한 내용이 가득하던 편지의 본론은 날 다스티에 있는 도서관 관장으로 추천하고 싶다는 거였죠."

처음에는 내켜하지 않았던 베시가 마음을 바꾼 이유는 제 오빠 뒤에 있는 인물— 즉, 배후가 크리스라는 걸 알아차렸기 때문이었다.

"본의는 아니지만 아카데미에서 크리스를 한 번 도와줬던 적이 있어요."

"아카데미에서?"

"네. 아카데미로 크리스의 목숨을 노리는 암살자들이 찾아왔을 때, 내가 마법으로 그를 도와주었거든요."

금시초문이었다. 크리스는 아카데미에서 제 목숨이 위험한 적이 있었다는 말을 한 번도 한 적이 없었다. 하지만 동시에 어째서 그가 베시를 두고 '나의 은인'이라 불렀던 것인지 이해할 수 있었다.

"그때, 크리스가 뭐라고 했는지 알아요?"

"……글쎄요."

베시의 입에서 크리스의 이름이 나오는 게 썩 기분이 좋진 않았지만, 저스틴은 내색 없이 그녀의 말에 대답하였다.

"전하께서 뭐라고 하셨습니까?"

"베시 에일. 모든 일은 삼세번이라는 말이 있어. 그러니까 넌 앞으로 두 번 더 날 도와줘야 한다는 거지."

"……."

충분히 그러고도 남을 분이지. 뻔뻔하기가 하늘을 찌르니. 저스틴은 제 주군에 대한 냉철한 평가를 내리며 입을 열었다.

"당신이 전하의 목을 안 조른 게 용하군요."

"하마터면 조를 뻔했어요. 그렇게 뻔뻔한 미친놈은 난생처음 본 거라서."

그 심정이 백분 이해가 갔기에 저스틴은 고개를 끄덕였다.

"하지만 그러지 않았군요. 이유가 무엇입니까?"

"음, 이걸 말하는 건 조금 부끄럽지만."

베시가 드물게도 솔직하게 부끄럽다는 말을 입에 담았다. 저스틴은 한창 크리스에 대한 이야기를 하던 그녀가 부끄러워하는 게 괜히 불쾌하였다. 대체 무슨 말을 하려고 이러는 건가.

"제이, 당신 아버지가 나한테 해 주셨던 말이 있었거든요."

"제 아버지가? 그분이 대체 무슨 말을— 아."

의아함에 미간을 찌푸린 저스틴의 머릿속으로 순간 스쳐 지나가는 한 줄의 문장이 있었다.

"모든 만남에는 이유가 존재한다."

저스틴의 입에서 흘러나온 말에 베시는 살짝 웃었다.

"맞아요. 그 말. 그 말 때문이에요."

"……그 말 한마디 때문에 크리스 전하와의 만남에도 이유가 존재한다고 생각하셨던 겁니까?"

"그렇게 말하면 좀 거창하네요. 실제로는 뭐, 그 정도는 아니고…… 편지를 받았을 때도, 그냥 막연하게 이곳에 와야겠다는 느낌을 강하게 받았어요. 그때는 그 이유를 몰랐지만, 지금은 알 것 같아요."

베시는 네 번째 손가락에 끼워진 약혼반지를 슬쩍 어루만지었다.

"내가 머물 곳이 이곳이어야 하기 때문이었나 봐요."

당신의 옆. 고개를 들어 올린 베시의 눈가는 조금 젖어 있었다. 저스틴은 그것이 마치 비가 갠 하늘처럼 아름답다 생각하였다.

"고마워요. 이 반지, 소중하게 간직할게요."

평소보다도 더 또렷한 입매가 부드러운 곡선을 그렸다. 저스틴은 이런 베시의 모습이 제 심장에는 너무 부담이 된다 생각하며 고개를 숙였다. 그의 입술이 그녀에게 닿았다. 베시는 스르르 눈을 감으며 제 입에 닿은 조금 메마른 입술의 감촉을 느꼈다.

그녀가 사랑해 마지않는 감촉이었다.

* * *

파티가 열리는 몬터스 후작의 저택에는 다른 귀족들조차 부러워하는 무도회장이 있었다. 예술을 각별히 사랑하는 몬터스 후작은 주에 한 번씩 예술가들을 초대하여 무도회장에서 공연을 가졌고, 후작 부인은 제 살롱에 예술가들의 작품을 전시하고, 시 낭송회를 열었다.

세라를 통해 이미 그런 사실들을 알아 두었던 베시는 저택 앞에서부터 웅장한 음악소리가 들려와도 놀라지 않았다. 그녀는 오히려 저보다도 더 심각하게 얼굴을 구기고 있는 저스틴이 걱정스러웠다.

"제이. 그렇게 싫어요?"

베시는 저보다도 저스틴이 더 이곳을 싫어하고 있다는 걸 알아차렸다. 하긴 오죽하면 딱 한 번 나간 무도회, 그것도 황제가 있는 자리에서 깽판을 쳤을까.

"……당신이 없었다면 절대 이런 곳에 오지 않았을 겁니다."

정말 많이 싫은가 보네. 한동안 그런 저스틴을 걱정스레 보던 베시가 주변을 둘러보았다. 무도회장으로 통하는 문 앞인데도 다행히 다른 사람은 없었다. 초대명부를 분주히 살피느라 고개를 숙이고 있는 하인 한 명을 제외한다면.

베시는 그를 없는 사람으로 치기로 하고 큰 결심을 하였다.

"제이, 잠깐 고개 숙여 봐요."

베시의 부탁에 저스틴은 의아하다는 얼굴을 하면서도 순순히 고개를 숙였다.

그의 얼굴이 제게 가까워지자 베시는 입술을 뾰족하게 내밀며 저스틴의 뺨에 쪽, 입을 맞추었다. 저스틴이 잠시 그 자세로 그대로 굳어 버리자, 베시는 싱긋 웃었다. 그만큼은 아니더라도 그녀 역시 이 정도 애정 표현은 기꺼이 할 수 있었다.

"끝날 때까지 얌전하게 있어요."

"……그럼 또 상을 주는 겁니까?"

저스틴이 선물을 조르는 아이처럼 눈을 번뜩였다. 애처럼 왜 이러느냐는 핀잔을 주려던 베시는 문득, 저스틴이 저보다 몇 살 아래라는 걸 떠올렸다. 하도 저보다 큰 남자라 완전히 잊고 있었지만.

그래서 가끔씩 이렇게 귀여울 때가 있나 봐. 저스틴이 들었으면 큰일 났을 생각을 하며, 베시는 고개를 옆으로 기울였다.

"글쎄요. 생각 좀 해 보고."

"베시."

저스틴이 다급하게 베시를 부르던 순간, 초대 명부 확인을 끝낸 하인이 문을 열었다. 눈부실 정도의 빛과 귀가 얼얼할 정도의 소음이 쏟아졌다.

베시는 천천히 눈을 깜빡였다. 빛보다도, 소음보다도 더 거세게 제 몸에 부딪치는 사람의 시선 앞에서 그녀가 웃었다.

적의도, 호기심도 모두 한낱 시선일 뿐이었다.

저스틴이 빈손으로 제 팔에 얹어진 베시의 손등을 쓰다듬어 주었다. 알기 쉬운 애정 표현이었다. 안 그래도 두 사람에게 몰려 있던 시선이 더욱 노골적이 되었다.

두 사람은 하인의 안내를 받아 천천히 무도회장으로 들어섰다. 사람들의 시선이 마치 그림자처럼 그들을 따라붙었다. 베시는 유독 증오 어린 눈길이 저를 향하고 있다는 걸 깨달았다.

시선의 출처를 찾아 고개를 돌린 베시의 눈에 엘리자벳이 보였다. 딱 한 번 저스틴과 춤을 춰 보았다는 그녀. 하지만 곧 사람들은 그 소문을 잊게 될 터였다.

이제부터 저스틴과 춤을 출 수 있는 건, 오로지 베시 에일 한 사람뿐이니까.

"오, 저스틴 경!"

마치 연극배우처럼 과장된 톤의 목소리가 들려왔다. 당황해서 고개를 돌린 베시의 눈에 암만 봐도 연극배우로는 보이지 않는 중년의 귀족 남성 한 명이 보였다. 저스틴은 그를 향해 가볍게 고개를 숙였다.

"오랜만입니다. 몬터스 후작."

"설마하니 저스틴 경이 정말 무도회에 참석할 줄은…… 살아서 이런 기이한 일을 겪게 될 줄은 몰랐네!"

한껏 흥분한 몬스터 후작이 신기루를 보는 것 같은 눈으로 저스틴을 보고 있었다.

"큰 형님께서 업무 때문에 참석하지 못하니 대신 저에게 참석하라 말씀하셨습니다. 형님을 대신하여 이 귀중한 자리에 오게 된 것을 매우 감사하게 생각합니다."

입으로는 술술 말이 잘도 흘러나왔지만, 그의 목소리에는 누가 들어도 열의가 없었다. 즉, 거짓말을 하고 있는 게 너무 뻔했다.

이 남자 때문에 미치겠네. 하다못해 좀 연기를 할 의욕이라도 보이던가! 베시는 답답했지만, 제가 나설 일은 아니라 판단하였기에 저스틴의 손등을 가볍게 꼬집어 주고 말았다. 저스틴은 그것이 무슨 신호라고 오해한 것인지 베시를 향해 의미심장한 눈빛을 보냈다. 베시가 심히 불안해지는 눈빛이었다.

"게다가 덕분에 제 약혼녀와 즐거운 시간을 보낼 수 있을 것 같습니다."

저스틴은 베시의 왼손을 들어 올려 그녀의 손등에 입을 맞추었다. 조금 전부터 두 사람을 지켜보고 있던 주변 이들의 눈에 다이아몬드와 에메랄드가 박힌 반지가 보이지 않을 리 없었다. 삼삼오오 모여 있던 사람들 사이에서 수군거림과 작은 탄성이 흘러나왔다.

"오호, 이 숙녀 분이 그 유명한 도서관의 새 관장이로군."

도서관 재개장식에 참석하지 않았던 몬터스 후작은 베시와는 초면이었다. 그녀는 몬터스 후작에게 예를 갖추어 인사를 올렸다.

"처음 뵙겠습니다, 각하. 베시 에일이라고 합니다."

"에일 양. 만나서 반갑소. 몬터스 후작이오."

몬터스 후작의 인상은 서글서글하였다. 베시는 그가 중립파를 고수하면서도 여러 귀족과 적당한 친밀 관계를 유지하고 있다는 것을 떠올렸다.

"그간 여자라면 그 어떤 미녀도 마다하던 저스틴 경의 마음을 사로잡은 여인이 어떤 이일지 매우 궁금했는데, 오늘 드디어 그 궁금증을 풀게 되어 속이 다 시원하구려. 하하."

베시는 주의 깊게 몬터스 후작을 살피며 입을 열었다.

"그렇다면 제가 각하께 적잖은 실망을 안겨 드린 건 아닐지 걱정스럽습니다."

"아니, 그게 무슨 말이오? 그간 저스틴 경의 이상이 얼마나 높았는지를 이제야 알 것 같소. 이디아니움 아카데미를 졸업할 정도로 뛰어난 재능을 갖춘 데다가 이렇게 아름답기까지 한 아가씨여야만 비로소 이 목석 같은 젊은이의 마음을 사로잡을 수 있는 것이었다니!"

다소 과장된 말투였지만, 그의 목소리에는 크게 가식적인 어조가 없었다. 베시는 그가 드물게도 앞뒤가 별로 없는 타입의 귀족이리라 짐작하였다.

아무래도 그는 예술에 푹 빠져서 정치에는 별 관심이 없는 모양이었다. 그녀의 짐작이 옳다는 것은 몬터스 후작이 조심스레 꺼낸 말 덕에 더욱 확실해졌다.

"그나저나 에일 양. 들은 바에 의하면 헤르토그가 이디아니움 출신이라던데, 혹시 들어 본 적이 있소?"

후작의 입에서 나온 이름은 베시가 잘 아는 이름이었다.

헤르토그는 요즘 전 대륙에서 널리 인기를 끌고 있는 젊은 음악가였다. 베시와는 음악 수업에서 알게 된 후로 제법 가까이 지낸 학우이기도 하였다.

정확하게는 그녀가 만들어내는 소음 공해에 질린 교수가 헤르토그에게 제발 베시가 소음이 아닌 악기 소리라도 낼 수 있는 수준으로 만들어 달라 애걸복걸을 한 데서 시작된 인연이었지만.

"네. 그렇게 친하다고는 할 수는 없지만, 같은 수업을 들어서 아는 사이랍니다. 그가 저에게 류트 연주법을 가르쳐 주기도 하였고요."

베시의 말을 들은 몬터스 후작이 눈을 반짝 빛냈다.

"오호! 그 헤르토그와 친우라니!"

"아니, 그 정도까지는……."

아니라고 말을 하기도 전에 후작이 양손을 번쩍 치켜 올렸다. 당장에라도 그녀를 번쩍 끌어안을 정도로 열렬한 기세였기에 저스틴은 조용히 베시의 어깨를 팔로 감쌌다. 후작은 그것도 눈치채지 못한 채, 어깨를 들썩였다.

"에일 양! 기회가 되면 꼭 그를 수도에 놀러오라 전해 주지 않겠소? 그만 괜찮다면 내가 그를 초대하고 싶구려."

"……기회가 있다면 말을 전하도록 하겠습니다."

베시의 모호한 대답에도 몬터스 후작은 환하게 웃었다.

"하하하! 에일 양 덕에 내가 요새 대륙에서 가장 인기 높은 음악가를 만나 볼 수 있게 되겠구려!"

아니, 아직 그 친구가 온다고 확정된 것도 아닌데. 베시는 쓴웃음을 지었다. 아무래도 이 후작을 특별히 경계할 필요는 없을 것 같다는 생각이 들었다. 이 아저씨라면 예술 애호가가 좋아할 만한 것을 선물로 주면 기꺼이 우리 편이 되어 주겠지 싶었다.

'뭐, 실제로는 그렇게까지 만만한 사람은 아니겠지만.'

베시는 눈앞에서 허허 웃고 있는 중년 남성이 벌써 몇 년째, 중립파로서의 위치를 지키고 있는 인물이라는 걸 상기하려 하였다. 그 어떤 꼬임에도 굴하지 않고, 중립을 고수한다는 것은 생각보다 어려운 일이었다.

어느 한 쪽을 택하지 않는 각오는, 무언가를 택하는 각오만큼이나 비장한 것이었으니까.

어쨌거나 한 번 헤르토그에게 편지는 보내 보자 생각하던 베시는 문득 저스틴이 저를 물끄러미 내려다보고 있다는 것을 눈치챘다. 묘하게 기분이 좋아 보이지 않는 얼굴이었다.

무슨 일인가 싶어 베시가 고개를 갸웃하는 찰나, 옷자락이 사락사락 스치는 소리가 들려왔다. 고개를 돌려보니 아담한 체구의 미인이 예리한 눈을 빛내며 그들 곁으로 다가오고 있었다.

"오, 부인. 이쪽으로 와 보시오."

몬터스 후작이 반갑게 그녀를 향해 손을 뻗었다. 오호라. 저 사람이 몬스터 후작 부인이로구나. 베시는 후작의 옆에 붙어선 후작 부인을 가볍게 살폈다. 그녀는 후작만큼이나 예술을 사랑하는 것으로 유명하였다. 세라는 후작 부인과 우호적인 관계를 만들기 위해서는 그녀의 컬렉션에 관심을 가지고, 칭찬을 하는 게 중요하다 미리 귀띔을 해 주었다.

"여보. 아무리 새로 오신 손님이 반가워도 그렇지, 다른 손님들 접대마저 잊어버리면 어쩌나요. 덕분에 다른 손님들이 서운하다 하시겠어요."

"하하, 미안하구려. 하지만 이런 자리에서 너무 보기 드문 손님들을 본지라 너무 반가워서 그런 것이니 이해를 해 주시오. 안 그렇소, 저스틴 경?"

"저와 제 약혼녀의 방문이 괜히 후작 각하께 폐가 된 것은 아닌가 싶군요. 부디 각하를 너무 나무라지 않으셨으면 합니다, 후작 부인."

이번에는 제법 후작의 연기에 장단을 맞춰 준 저스틴이 정중하게 고개를 숙여 예를 취하였다. 후작 부인은 그런 저스틴의 모습에 놀란 듯 눈을 깜박이다가 입을 열었다.

"아까는 제가 환각을 본 게 아닌가 싶었는데, 아무래도 환각은 아닌 모양이군요. 정말 오랜만에 뵙는 것 같네요, 저스틴 경."

신기하게 저스틴을 바라보던 후작 부인이 곧바로 베시를 향해 고개를 돌렸다. 마치 탐색하듯 저를 훑는 눈길 앞에서 베시는 살짝 미소 지어 보였다.

지나치게 아부하는 것처럼 굴지 않으면서도 너무 딱딱하지 않도록. 거울을 보면서 수십 번이나 연습했던 얼굴이었다.

"그리고 약혼녀…… 라니. 그럼 옆에 계신 분이?"

저스틴이 베시와 약혼을 했고, 약혼녀를 위해 노튼 백작을 고발했다는 소문은 이미 수도에 널리 퍼지다 못해 바깥까지 퍼진 상태였다. 하지만 그것은 저스틴이 이 자리에 직접 베시를 데리고 나타나기 전까지는 어디까지나 '소문'에 불과했다. 후작 부인은 이런 자리가 처음일 텐데도 주눅이 들지 않는 마녀를 신기하게 바라보았다.

"네, 제 약혼녀 베시 에일 양입니다."

베시를 약혼녀라 소개하는 저스틴의 목소리에는 자랑스러움이 가득하였다. 이 남자가 자기가 팔불출인 걸 아주 온 동네에 소문내고 다니네. 베시는 속으로 투덜거리면서도 겉으로는 우아하게 행동하였다.

"후작 부인을 뵙습니다."

그녀의 예법이 완벽했기에 후작 부인의 딱딱한 입매가 조금 누그러졌다.

"그래요. 만나서 반가워요, 에일 양. 평소에 에일 양에 대한 이야기를 여러 가지 들었는데, 오늘 이렇게 본인을 만나게 되니 무척 기쁘군요."

"그간 부인께서 귀에 담으셨던 이야기가 부디 나쁜 것이 아니었으면 좋겠네요."

베시의 말에 후작 부인이 작게 웃음을 터트렸다.

"걱정하지 마세요. 헛된 소문에 현혹되어 현실을 분간하지 못할 정도로 어리석지는 않답니다."

짧은 순간이었지만, 베시는 후작 가의 실질적인 권세는 부인일 거라 짐작하였다. 그녀의 목소리, 어조, 기세까지. 무엇 하나 만만한 것이 없었다.

'베시. 몬터스 후작 부인에게 잘 보여 두면 손해 볼 건 없어요.'

세라가 어떤 의도로 그런 말을 했던 것인지 충분히 이해가 갔다.

"에일 양. 괜찮다면 저쪽에서 함께 차나 한잔 나눌까요? 마침 다른 아가씨들과 담소를 나누고 있었으니 에일 양이 함께해 주면 한결 더 즐거운 시간을 보낼 수 있을 것 같네요."

몬터스 후작이 눈빛으로 가리킨 곳에는 삼삼오오 여인들이 모여 있었다. 베시는 그중에서도 저에게 유독 호의적인 시선을 보내는 귀족 영애 한 명을 발견하였다.

세레니티 스펜서. 세라의 살롱에서 한 번 만난 적이 있었던 데다가 마녀에게 적의 대신 호기심을 보이던 아가씨였다.

사실 그녀만이 아니라 다른 젊은 아가씨 몇 명도 베시를 향해 제법 밝은 미소를 보내고 있었다. 다들 왜 저러지? 뭘 잘못 먹었나? 베시는 그녀들이 모두 빅터에게 남다른 호의를 갖고 있다는 건 모른 채, 고개를 끄덕였다.

"불러 주신다면 저야 영광이죠, 부인. 제가 함께해도 괜찮을까요?"

"당연하죠. 그럼 이제 우리는 여인들만의 오붓한 시간을 가져야겠네요."

후후 웃은 후작 부인이 가볍게 고갯짓을 하였다. 저를 따라오라는 신호라는 걸 깨달은 베시가 냉큼 잡고 있던 저스틴의 팔을 놓았다. 저스틴이 서운함이 가득한 눈으로 베시를 보았지만, 그녀는 개의치 않고, 후작 부인의 뒤를 따랐다.

* * *

베시가 다른 이들의 틈에 섞여 들어 대화를 나누기 시작하였다. 저스틴은 그런 그녀에게서 쉽게 시선을 떼지 못하였다. 그것을 신기하게 바라보던 후작이 입을 열었다.

"저스틴 경. 그렇게 약혼녀가 사랑스러운가? 지금 자네 표정이 마치―"

"네, 사랑스럽습니다."

후작이 놀릴 틈을 주지도 않은 채, 저스틴은 담담하게 긍정하였다. 그는 이곳에서 그 누구보다도 아름다운 사람이 제 사람일 거라 확신하며 베시에게서 시선을 떼지 못했다.

"……놀라운 일이로군. 평생을 독신으로 살 것 같던 자네가 그렇게 열정적인 사내로 변하다니."

그것은 놀림도, 비꼼도 아닌 순수한 감탄이었다. 저스틴은 피식 웃으며 생각했다. 저 역시 그렇습니다. 이렇게까지 제 삶을 송두리째 바치고 싶다 생각하는 사랑을 하게 될 줄을 몰랐으니까.

"그러고 보니― 어떻게 된 건가, 경? 노튼 백작이 자네 약혼녀를 살해하려고 했다는 건 정말 사실인가?"

웃음기를 지운 몬터스 후작의 물음에 저스틴이 짧게 상황을 설명하였다. 이미 법무부에 넘긴 자료가 있었기에 다른 말을 지어낼 필요는 없었다.

몬터스 후작은 심란한 얼굴로 저스틴의 말을 경청하였다. 하마터면 베시가 목숨을 잃을 뻔했다는 이야기까지 들은 후작은 크게 한숨을 내쉬었다.

"허어, 천만다행이로군. 자네 약혼녀가 이렇게 파티에 참석한 걸 보니 지금은 상태가 많이 호전된 모양일세."

저스틴의 눈썹 각도가 가파르게 꺾였다. 다시 생각하기도 싫었던 순간들이 머릿속을 스쳐 지나간 탓이었다.

"네, 덕분에."

"그거 참 다행일세. 이런 때일수록 특히 건강에 조심해야 할 테니 자네가 약혼녀를 잘 보살펴 주도록 하게나."

잠자코 고개를 끄덕이려던 저스틴은 후작의 말에서 무언가 석연치 않은 것을 감지하였다. 이런 때?

"각하. 혹시 무슨 짐작 가는 일이라도 있으신 겁니까?"

"응? 아아. 아닐세, 다른 건 아니고…… 아까 밀러 공작과 인사를 할 때 보니, 손에 장갑을 끼고 있지 뭐던가. 한사코 벗지 않는 걸 보면 무슨 병이라도 난 게 아닌가 싶더군. 안 그래도 요새 내 아내도 가벼운 감기를 앓았던 지라 시기적으로……."

끝없이 이어지는 후작의 말을 듣고 있던 저스틴의 얼굴이 싸늘하게 굳어 버렸다. 밀러 공작과 인사라니?

"혹시 밀러 공작이 이곳에 와 있는 겁니까?"

저스틴의 얼굴빛이 달라졌다는 것을 눈치채지 못한 몬터스 후작이 태연하게 고개를 끄덕였다.

"그러네. 아까 진즉 인사를 나누었지. 사실 공작이 오겠다고 답장을 했을 때는 좀 많이 놀랐네. 경만큼은 아니어도 밀러 공작 역시 참 얼굴 보기가 힘든 분 아닌가. 하하."

후작의 말대로였다. 저스틴만큼은 아니지만, 빌헬름 역시 이런 자리에는 좀처럼 걸음을 하지 않는 것으로 유명한 남자였다. 그런 그가 대체 왜 몬터스 후작의 무도회에 참석을 한 걸까? 좋지 않은 예감이 들었다.

"……밀러 공작은 지금 어디에 계십니까?"

목에서 흘러나온 목소리가 평소보다 낮았다. 저스틴의 분위기가 심상치 않다는 것을 그제야 감지한 몬터스 후작은 고개를 갸우뚱하였다.

"응? 아까 도착했을 때 인사를 나눈 후에는 딱히 얼굴을 마주하질 못했네. 공작에게 무슨 볼일이라도 있는 건가, 경?"

저스틴은 제 질문이 다소 멍청한 질문이었다는 걸 깨달았다. 몬터스 후작은 손님 접대에 정신이 없을 테니 공작의 일거수일투족을 알 리 없었다.

초조해진 저스틴이 서둘러 무도회장을 둘러보았다. 빌헬름 밀러는 꽤 장신이라 이런 곳에서는 모습을 찾기가 쉬웠지만, 그의 모습이 눈에 쉽게 들어오지는 않았다. 그게 더욱 가슴 한구석을 불편하게 만들었다. 저스틴을 따라 목을 길게 늘어 빼며 무도회장을 둘러보던 몬터스 후작이 입을 열었다.

"혹시나 필요하다면 사람을 시켜 공작을 찾아보라—"

"괜찮습니다. 제가 직접 찾죠."

몬터스 후작의 호의를 짧게 거절한 저스틴이 힐끔, 베시가 있는 곳으로 고개를 돌렸다. 후작 부인 옆에 있는 그녀의 얼굴에 그의 시선이 한참 머물렀다. 그는 곧 베시의 뒤에 서 있는 하이네 가문의 하녀 두 명을 확인하였다. 그녀들의 존재를 확인해도 마음이 쉽게 놓이진 않았다.

"각하. 대신 다른 걸 부탁드려도 되겠습니까?"

"물론이지. 무슨 부탁인가?"

"후작 부인께서 제 약혼녀를 특별히 신경 써 주셨으면 한다는 말씀을 전해 주셨으면 합니다."

"……으, 응?"

심각한 표정을 한 저스틴의 입에서 나온 말이 적잖이 의외였던 지라 몬터스 후작이 얼빠진 얼굴을 하였다. 저스틴은 여전히 베시를 향해 시선을 고정한 채, 말을 이었다.

"후작께서도 아시다시피 제 약혼녀는 이러한 자리가 처음입니다. 여기서는 아는 이도 많지 않으니 의지할 이도 없습니다. 아닌 척하여도 마음이 불안할 것입니다. 하지만 제가 그녀를 도울 수 있는 것에는 한계가 있으니……."

잠시 말을 멈춘 저스틴이 후작을 향해 얼굴을 돌린다. 그리고 전에 없이 정중한 동작으로 고개를 숙였다.

"부디 잘 부탁드립니다."

"……."

저스틴의 말이 끝나고서도 몬터스 후작은 한참 동안 움직이질 못했다. 그는 제 눈앞에 있는 게 저스틴 하이네가 아니라 그의 탈을 쓴 무언가 다른 존재가 틀림없을 거라 믿어 의심치 않는 얼굴로 말했다.

"살면서…… 내가 경에게 이런 부탁을…… 받게 될 줄은 몰랐군."

천하의 저스틴 하이네가 제 여자를 위해 고개를 숙이는 남자였을 줄이야. 낭만적인 이야깃거리를 좋아하는 이들에게는 꽤 구미가 당기는 화젯거리일 것이다.

하지만 저스틴의 진중한 눈을 보고 있자니 이것을 우스갯소리처럼 말하고 다닐 마음은 들지 않았다. 베시를 향한 애정과 걱정이 진심이라는 게 느껴지기 때문이었다.

"경이 진짜 사랑을 알았군."

몬터스 후작이 빙그레 웃었다. 예술을 사랑하는 그에게 사랑은 언제나 신성한 영역이었다. 그는 이 젊은이의 사랑이 진심으로 보기 좋다 생각하였다. 이걸로 '그' 저스틴 하이네의 악명도 끝나게 되겠지. 내심 저스틴이 사람은 좋아도 성격이 너무 불같다 생각하던 몬터스 후작이었다. 그는 기쁘게 답하였다.

"알겠네. 내 특별히 안사람에게 일러두지. 오늘은 자네 약혼녀— 에일 양에게 아주 특별하고 즐거운 사교계 데뷔가 될 테니 아무 걱정 말게."

몬터스 후작의 장담에 저스틴이 웃는 듯 마는 듯한 얼굴로 고개를 까닥거렸다.

"호의에 감사드립니다. 각하."

"하하. 아닐세. 자네 약혼녀 덕에 나도 헤르토그 같은 우수한 음악가와 만날 기회가 생길 것 같으니 점수를 좀 따 놓아야지."

기분이 좋아진 몬터스 후작이 던진 농에 저스틴의 얼굴이 다시 굳어졌다. 잊고 있었던 게 떠올랐다는 그런 표정이었다.

"……그놈을 잊을 뻔했군요."

"응?"

"아닙니다. 제 약혼녀의 교우 관계를 면밀하게 확인할 필요성을 느꼈을 뿐입니다."

어라? 등골에 스산한 것이 스치는 기분에 몬터스 후작이 어색하게 웃었다. 아무래도 제가 괜한 짓을 해서 베시를 곤란하게 만든 것 같았다.

"그럼 저는 이제 잠시 실례하겠습니다. 우선 밀러 공작부터 찾아 보도록 해야겠군요."

인사를 건네는 저스틴의 입꼬리가 분명 호선을 그리고 있었다. 그런데도 괜히 등골에 우수수 소름이 돋는 기분이었다. 몬터스 후작은 재빨리 제 생각을 수정해야만 했다.

아무렴 그렇지, 저 성격이 어디 가겠냐고.

*　　*　　*

으으, 괜히 등골이 싸하네. 베시는 밀려오는 오한에 몸을 부르르 떨었다. 꼭 제 몸에 닥쳐올 불길한 사건을 암시하는 것 같은 그런 느낌이었다.

"어머, 에일 양. 갑자기 몸을 떠네요. 혹시 추우신가요?"

베시의 앞에서 즐겁게 재잘거리고 있던 세레니티가 고개를 갸웃하였다. 모처럼 화기애애한 분위기에 찬물을 끼얹는 격이 될까, 베시는 얼른 고개를 저었다.

"아니에요. 세레니티 영애께서 들려주시는 이야기가 너무 흥미진진해서 저도 모르게 몰입한 모양이에요."

세레니티가 한창 말하고 있던 것은 최근 수도에서 유행하는 연극에 대한 것이었다.

귀족을 포함하여 수도 사람들이 좋아하는 내용은 주로 남녀의 질척거리는 연애가 얽힌 치정극이었는데, 요새 유행하는 극은 거기에 미스터리 요소를 더해서 신선하다는 평을 받고 있었다. 세레니티는 베시의 칭찬에 기분이 좋아진 듯 후후 웃었다.

"에일 양이 관심을 가지시니 무척 기쁘네요! 다음에 기회가 되면 함께 연극을 보러 가는 건 어떠세요?"

베시는 유독 저에게 호의적인 세레니티의 태도에 의아했지만, 미소를 지으며 답하였다.

"네. 기회가 되면 꼭 함께 보러 가고 싶네요."

"정말이죠? 약속하신 거예요!"

뛸 듯이 기뻐하는 세레니티의 모습이 영 이상했다. 마치 조금이라도 베시와 접점을 가지고 싶어 하는 사람 같았다. 하지만 대체 왜? 나랑 친하게 지내봐야 좋을 것도 별로 없을 텐데?

베시의 의구심이 해소된 것은 세레니티가 아주 조심스럽게 꺼낸 한 마디 덕이었다.

"저…… 괜찮다면 빅터 경도 함께 갈 수 있으면 좋을 것 같아요."

세레니티의 하얀 뺨이 부드러운 붉은 빛으로 물들어 있었다. 어딜 보건 빅터에게 특별한 마음을 품고 있는 게 분명한 모습이었다. 베시는 내심 심란해졌다.

'우리 오빠를 좋아해서 이러는 거구나. 대체 그 인간의 어디가 좋다고. 눈이 낮아도 한참 낮네, 쯧쯧.'

빅터가 들었으면 사돈 남 말 하지 말라고 분노했을 생각을 하며, 베시가 세레니티를 물끄러미 바라보았다. 세레니티는 그 눈빛의 의미를 오해한 것인지 허둥지둥 입을 열었다.

"다, 다른 뜻은 아니고요! 에일 양은 저스틴 경과 함께 가시고, 저는 빅터 경과 가면 짝이 맞을 것 같아서……."

평소에는 당당하게 제 뜻을 잘 밝히면서도 활발한 것으로 유명한 세레니티가 수줍음 많은 아이처럼 어쩔 줄 몰라하였다. 빅터에게 품고 있는 마음이 예사 것은 아니라는 뜻이었다. 베시는 제가 오빠를 위해 사랑의 다리 노릇을 해도 괜찮은 것인지 아닌지 고민에 빠지며 말을 골랐다.

"오빠가 시간이 괜찮다 하시면 그렇게 하는 것도 좋을 것 같네요."

세레니티의 눈이 마치 수십 개의 별을 박아 놓은 것처럼 반짝반짝 빛났다. 그 모습을 보고 있자니 어째 슬그머니 웃음이 나왔다. 자신과 달리 저렇게 솔직하게 감정 표현을 할 수 있는 사람을 보고 있으면 귀엽다는 생각이 절로 들었다.

저스틴도 저같이 삐딱한 여자가 아니라 이런 귀여운 사람을 택했다면 좋지 않았을까. 무심코 그에 대한 생각을 한 베시가 힐끔 고개를 돌려 저스틴이 있던 자리를 보았다.

조금 전까지 몬터스 후작과 함께 대화를 나누고 있던 그의 모습이 보이지 않았다. 그 짧은 사이에 대체 어딜 간 걸까. 내 눈에 닿는 곳에 좀 있을 것이지.

괜히 입술을 삐죽인 베시가 고개를 다시 돌릴 때였다.

이번에는 달갑지 않은 얼굴이 이쪽으로 다가오는 게 보였다.

“오랜만에 뵙네요, 에일 관장.”

“어머, 엘리자벳. 안녕하세요.”

베시보다 먼저 입을 연 것은 세레니티였다. 엘리자벳이 저스틴을 짝사랑했다는 걸 모르는 이가 없었다. 당연히 그녀가 저스틴의 약혼녀에게 무슨 속셈으로 접근했는지도 속이 훤히 들여다보였다.

몬터스 후작 부인은 바로 근처에서 다른 이들과 대화를 나누고 있는지라 아직 엘리자벳의 접근을 눈치채지 못하고 있었다. 세레니티는 제가 나서야겠다고 생각하며 슬그머니 베시와 엘리자벳 사이에 자리를 잡았다.

"세레니티."

거의 의무적으로 세레니티에게 고개를 까닥한 엘리자벳의 시선은 여전히 베시에게 머물고 있었다. 그 시선 속에 있는 적의가 얼마나 분명한지 맨살에 수천 개의 바늘이 내리꽂히는 기분이었다.

"안녕하세요, 엘리자벳 양."

"심한 부상 때문에 쉬고 있으시다 들었던 게 얼마 전 같은데, 생각보다 건강해 보이시는군요."

흡사 네 건강한 모습이 유감이라는 것처럼 들리는 말투였다. 세레니티는 엘리자벳의 무례에 눈을 휘둥그레 떴다. 정작 당사자인 베시는 조용히 웃음을 흘릴 뿐이었다.

"네, 참 감사한 일이죠. 어딘가에는 제가 잘못되길 바라는 분이 있었던 모양이지만, 다른 선량한 분들의 도움으로 이렇게 무사히 회복할 수 있었답니다. 덕분에 저를 해하려던 자를 정당하게 고발할 수도 있었고요."

"……."

엘리자벳의 표정이 서늘하게 굳어 버렸다. 예상외의 반격이 제법 충격인 모양이었다. 세레니티는 새삼 베시가 하이네 공작부인의 살롱에서 벌였던 일을 떠올렸다. 랜돌프 노튼에게 잊지 못 할 수치를 안겨 주었던 그녀.

생각해 보니 베시는 엘리자벳에게 순순히 당할 위인은 아니었다. 세레니티의 마음이 한결 가벼워졌다. 그녀는 잠시 상황을 지켜보자 생각하며 베시 옆에서 조용히 눈을 빛냈다.

"그거 참 다행이네요. 그나저나…… 노튼 백작을 고발하였다 들었는데, 정말 그분이 당신을 죽이려고 했다고 생각하나요?"

엘리자벳의 말에 베시가 싱긋 웃었다. 말실수를 유도하며 꺼낸 질문이 분명했다. 물론 그 농간에 넘어가 줄 마음은 추후도 없었다.

"글쎄요. 판결은 재판에서 나겠지요. 저는 어디까지나 제 약혼자와 증거를 모아 그 증거가 가리키는 인물을 고발했을 뿐이니까요."

엘리자벳의 긴 속눈썹이 파르르 떨렸다. 베시가 말한 '약혼자'라는 말 때문이었다. 이를 악물고, 호흡을 고르던 엘리자벳이 입가를 삐죽거렸다.

"그렇군요. 그런데 만일 정말로 노튼 백작이 에일 관장을 죽이려 한 거라면…… 정말 끔찍하네요. 당신 때문에 저스틴 경마저 이런 불미스러운 일에 휘말리게 되었잖아요. 이것도 다 마녀의 '불행' 때문인 걸까요?"

도서관 개장식에 참석하지 않았던 세레니티는 엘리자벳이 무슨 말을 하고 있는지 알 수 없었다. 다만 엘리자벳이 매우 실례되는 말을 하고 있다는 것은 분위기로 느낄 수 있었다.

"불행이라니요? 그게 대체 무슨 말인가요, 엘리자벳?"

세레니티가 엘리자벳을 책망하였지만, 엘리자벳은 오히려 큰 소리로 떠들기 시작하였다.

"어머. 세리니티는 모르시나보군요. 예로부터 마녀에게는 불행을 부른다는 말이 있다고 하더라고요. 듣자 하니 마녀 때문에 불행해진 사람이 한둘이 아니라니 아예 근거 없는 말은 아닌 것 같아요."

큰 소리가 나자 사람들의 이목이 엘리자벳과 베시에게로 모였다.

한창 남들에게 자신이 후원하는 극단에 대해 자랑하고 있던 몬터스 후작 부인 역시 엘리자벳을 발견하고 아차, 하는 얼굴을 하였다. 질투심에 눈이 먼 젊은이가 즐거운 분위기를 망치지 않도록 하는 것은 호스트의 역할이었다.

몬터스 후작 부인이 헐레벌떡 그들 사이로 끼어들려는 순간, 하녀 한 명이 다가와 부인에게 귓속말을 속삭였다. 그 때문에 후작 부인의 걸음이 조금 느려지고 말았다.

"에일 관장은 참 대단해요. 무섭지도 않나 봐요. 나 같으면 자신의 존재가 폐가 될지도 모르니 욕심조차 못 낼 텐데."

엘리자벳이 베시를 똑바로 노려보고 있었다. 무엇을, 이라는 목적어가 빠져 있었지만 그 대상은 분명했다. 정말 너 같은 게 그 사람의 곁에 있어도 된다고 생각해? 독기 어린 눈이 베시에게 그렇게 묻고 있었다.

베시는 적잖이 어이가 없었다. 설마하니 또 불행이라는 단어를 들먹이면 자신이 겁먹거나 동요할 거라고 생각한 걸까?

"엘리자벳! 그런 말은—"

보다 못한 세레니티가 끼어드는 것과 동시에 베시가 입을 열었다.

"뭐, 그럴 수도 있겠죠."

무심한 베시의 반응에 엘리자벳이 눈썹을 한껏 치켜 올렸다.

"그럴 수도 있다고요? 정말 기가 막히는군요! 대체 어떻게 그렇게 이기적인 말을 할 수 있죠? 정말 그를 사랑한다면 폐가 되지 않게 물러서는 게 진짜 애정이 아닌가요?"

누가 누구한테 할 소리인지 모르겠네. 베시는 속으로 고개를 절레절레 저었다.

가만 보면 단수가 낮아도 너무 낮아서 상대해 주고 싶은 마음도 없었다. 그래도 이대로 계속 방치해 둘 수도 없는 노릇인지라 베시는 그녀를 아예 영영 쫓아 버리는 게 낫겠다고 판단하였다. 저와 저스틴의 옆에서.

"물론 저 역시 그런 생각을 하지 않은 건 아니랍니다. 사랑한다면, 진정으로 그것이 그를 위하는 길이라면 저스틴 경의 곁을 제가 떠나야 하는 게 아닐까, 하는 고민을."

베시가 천천히 눈을 깜빡였다. 어렵지 않게 연 말문이었으나 흘러나온 말은 진심이었다.

그녀는 저스틴의 애가 닳을 정도로 긴 시간 동안 고민하고 답을 보류하였다. 사랑한다면 그를 보내야 한다는 마음과 그럼에도 그를 놓치고 싶지 않은 이기심 사이에서.

"하지만 제이— 아, 죄송합니다. 언제나 애칭으로 그를 불러서…….”

말실수를 한 척 저스틴의 애칭을 부른 베시가 후후 웃으며 말끝을 흐렸다. 그녀는 일부러 깍지를 낀 손을 가슴 부근에 올려두었다. 저스틴의 눈 색을 꼭 닮은 에메랄드 반지가 잘 보이도록.

어느새 두 사람의 신경전에 조용해졌던 주변에서 다시 작은 수군거림이 일었다. 모두들 네 번째 약지에 끼인 그 반지가 무엇을 의미하는 것인지 모를 수가 없었다.

“저스틴 경이 저에게 그런 말을 하더군요. 사랑하는 사람을 떠나보내는 것만큼 어리석은 일도 없다고요.”

이곳으로 향하기 전, 저스틴과 나누었던 대화가 아직도 그녀의 기억에 선명하였다. 덕분에 베시는 별 어려움 없이 그가 했던 말을 떠올릴 수 있었다.

“곁에 없다면 해 줄 수 있는 것이라곤 그의 안전함을 마음으로 바라는 것뿐이고, 그를 그 어떤 어려움으로부터 도울 수도 없으며 슬픔에 빠진 그를 위로할 수도 없죠.”

저스틴이 했던 말이 베시의 입을 통해 같은 듯, 다르게 흘러나왔다. 그가 어떤 마음으로 이 말을 했던 것일지 베시는 생각해보았다. 아마도 지금의 제 마음과 크게 다르지 않았으리라. 그 어떤 일이 있더라도 당신과 함께하고 싶다는 간절한 소망.

“그의 마음이 제 마음과 같다는 걸 아니, 두려울 게 없었어요.”

베시는 새파랗게 질린 엘리자벳을 보며 다시 웃었다.

"무엇이 두렵겠어요. 마녀의 불행보다 자신이 더 강하다 말하는 남자가 저의 사람인데."

이런 식으로 감정의 우위를 느끼는 건 결코 베시의 본의가 아니었다. 저스틴에 대한 엘리자벳의 마음이 진심이었다면 더더욱.

하지만 마음 한구석에서는 이루 말할 수 없는 희열감이 피어나기도 하였다. 저스틴 하이네를 내 것이라 말하는 것에 대한 우월감.

유치하고 미성숙한 마음이라 생각하면서도 그러면 또 어떠냐는 생각도 들었다. 사랑에 빠진 사람은 원래 비논리적이라 하였다. 마녀도 사람이니 다른 이와 마찬가지일 터였다.

"그러니까 걱정은 매우 감사하지만— 당신의 걱정은 기우가 아닐까 싶네요. 저와 제이 사이에는 아무 문제가 없답니다. 오히려 문제는 '외부'에 있어서 조금 고민이죠."

엘리자벳의 표정이 마치 부러진 펜으로 그려낸 그림처럼 딱딱했다. 베시가 힘주어 말하는 '문제'에 자신이 포함되어 있다는 걸 모를 정도로 멍청하지는 않았으니까. 드레스 자락을 꾹 쥔 그녀의 손끝이 파르르 떨렸다. 평민 계집 주제에 어떻게 저에게 이렇게 무례하게 굴 수 있단 말인가. 그것도 감히 마녀 따위가.

분을 삭이지 못한 엘리자벳이 이성을 잃을 뻔한 순간, 몬터스 후작 부인이 목소리를 높였다.

"에일 양의 말이 맞는 것 같군요. 우리가 괜히 저스틴 경과 에일 양의 사이를 걱정할 필요는 없겠네요."

갑작스러운 인물의 난입에 베시와 엘리자벳, 세레니티까지 모두 후작 부인을 향해 고개를 돌렸다. 몬터스 후작 부인은 무어라 형용할 수 없는 얼굴을 하고 있었다. 크게 웃고 싶은 것 같기도 하고, 조금 당황한 것 같기도 한 그런 얼굴이었다.

사람들의 주목을 받으며 베시의 옆으로 다가온 후작 부인이 살며시 그녀의 어깨에 손을 올렸다.

"저스틴 경이 제 부군을 통해 에일 양을 부디 잘 부탁한다고 하셨다네요. 그분의 애정이 참 각별한 것 같아요."

몬터스 후작 부인의 말이 끝나기가 무섭게 사람들이 수군거렸다. 베시 역시 살짝 굳어졌다.

일반적으로 이런 자리에서 남자가 제 부인이나 약혼녀를 잘 부탁한다고 인사를 하는 일은 없었다.

남성에게는 남성의 영역이, 여성에게는 여성의 영역이 있었다. 귀부인들끼리의 다툼에 남자들의 칼부림이 얽히지 않는 것은 귀족들이 그 선을 적절하게 지키기 때문이었다. 남자들은 아무리 제 약혼녀나 아내의 일이라도 여성들의 영역에 목을 들이미는 걸 부끄럽게 여겼다.

하지만 저스틴은 아주 기꺼이 그 불문율을 어긴 것이다. 베시를 위해서.

"저는 저스틴 경이 저런 팔불출인 줄은 미처 몰랐네요."

웃음기 가득한 후작 부인의 목소리에 베시는 도망치고 싶어졌다. 비록 귀족은 아니지만, 그녀 역시 이 방면의 지식이 없지는 않았다. 이 자리에 없는 남자에게 화를 버럭버럭 내는 상상을 하며 베시는 고개를 옆으로 돌렸다.

그 때문에 멍하니 있던 세레니티와 눈이 마주치고 말았다.

"에일 양은…… 정말 저스틴 경에게 사랑받고 계시네요."

부럽다는 듯, 세레니티가 진심을 담아 내뱉은 한마디에 베시는 더더욱 시선 둘 곳을 몰랐다. 그렇다고 저를 죽일 듯 노려보는 엘리자벳과 눈싸움을 할 수도 없었다.

결국 베시는 도망을 택하였다.

"조, 조금 더운 것 같네요! 잠시…… 찬바람을 쐬고 와야겠어요. 실례할게요!"

그렇게 외친 베시가 허둥지둥 드레스 자락을 손으로 잡아 올렸다. 주변에서 대기하고 있던 하녀들이 빠르게 다가와 베시를 도왔다.

누가 말을 붙일 틈도 없이 베시는 재빨리 인적이 드문 발코니 쪽으로 사라졌다. 그 뒷모습을 조용히 지켜보고 있던 이들은 베시가 완전히 사라지자마자 수군거리기 시작하였다.

정말 저스틴이 마녀의 마법에라도 걸린 게 아니냐는 소리를 듣고 있던 엘리자벳은 휙, 소리가 나게 몸을 돌렸다.

아무도 그녀에게 관심을 두지 않았다.

* * *

베시가 도피처로 택한 발코니에는 푹신한 쿠션이 깔린 의자가 몇 개 놓여 있었다. 밤바람을 쐬고 싶어 하는 이들을 위해 준비된 것이었다. 베시가 털푸덕, 의자에 주저앉자 기겁한 하녀들이 얼른 그녀의 옷자락을 정돈해 주었다. 하녀 중 한 명은 잔소리도 잊지 않았다.

"아가씨. 앉으실 때는 최대한 조심히 앉으셔야 해요. 안 그랬다가는 옷에 주름이 가서 다른 사람들 앞에 나설 때, 창피를 당하실 수도 있어요."

"아, 미안해요. 앞으로 조심할게요."

무심코 대답하던 베시가 움찔하였다. 앞으로, 라니. 이런 자리는 두 번 다시 오고 싶지 않았다. 그녀는 조금 전, 자신을 바라보던 사람들의 넋 나간 시선을 떠올리며 한숨을 푹 내쉬었다. 그것을 다른 뜻으로 오해한 하녀가 입을 열었다.

"혹시 배가 고프시면 뭐라도 드실 것을 챙겨 올까요?"

"아니—"

괜찮다고 대답하려던 베시는 생각을 바꾸어 고개를 끄덕였다.

"먹을 것보다 마실 게 있으면 좋을 것 같네요. 부탁해요."

알겠다고 대답한 하녀가 무도회장 안으로 들어갔다. 그것을 물끄러미 보며 발을 움직이던 베시는 문득 느껴지는 통증에 얼굴을 찌푸렸다. 생각해 보니 세라가 따로 챙겨 준 구두가 있었지, 참.

"저기."

"네, 아가씨."

"신발을 좀 갈아 신고 싶은데, 가져와 줄 수 있나요? 아까 공작 부인이 챙겨 주신 상자 속에 있을 텐데."

베시 옆에서 조용히 대기하고 있던 하녀가 곤란한 얼굴을 하였다. 상자를 다시 가지러 가려면 무도회장 바깥까지 다녀와야 하고, 그사이 베시가 발코니에 혼자 남겨진다는 점 때문이었다. 하녀의 걱정을 눈치챈 베시가 슬쩍 웃었다.

"괜찮아요. 아까 음료를 가지러 간 분이 금방 돌아올 텐데요, 뭐."

그 말도 틀린 말은 아니었기에 하녀는 몇 번 무도회장을 곁눈질하였다.

"그럼 금방 다녀오겠습니다, 아가씨. 혹시라도 무슨 일이 있으실 경우에는—"

"큰 소리로 도움을 청할 것. 맞죠? 걱정마세요. 문 바로 옆에 사람이 지나다니니까 별일은 없을 거예요."

걱정하는 하녀를 안심시킨 베시는 생긋 웃었다.

"정 걱정되면 뭔가 적을 수 있는 것이라도 가져다주세요. 손수건이나 화장용 물감 같은 거."

베시의 요구가 의외였는지 하녀는 어리둥절한 얼굴을 하였지만 곧 순순히 손수건과 입술에 바르는 붉은 물감을 꺼내 들었다. 두 가지 물건 다 원래 몸시중을 드는 하녀들의 필수품 중 하나였다. 손수건에 물감으로 무언가를 끄적거린 베시는 싱긋 웃었다.

"좋아요. 이제 괜찮으니 다녀와요."

대체 뭐가 안전하다는 것인지 알 수 없었지만, 베시의 명을 거스를 수 없었기에 하녀는 고개를 끄덕였다. 그녀는 금방 다녀오겠다고 몇 번이나 인사를 올리고, 발코니를 빠져나갔다.

하녀 두 명이 사라지자 안 그래도 넓은 발코니가 더욱 넓게 느껴졌다.

"……이제 좀 살겠네."

한숨을 푹 내 쉰 베시가 신고 있던 구두를 벗어 대충 휙휙 던졌다. 양 다리를 테이블 위에 턱 올린 그녀는 결코 이런 파티에 어울리는 기품 있는 숙녀의 모습은 아니었다.

드레스 자락이 잔뜩 치켜 올라가 드러난 다리가 달빛 아래서 매끄럽게 빛나고 있었다. 베시는 어울리지도 않는 짓을 하느라 괜한 고생인 다리를 주물거리기 시작하였다. 틀림없이 내일은 퉁퉁 부어 걸음을 걷는 것도 힘들 것 같았다.

파나세아한테 받은 근육통 약이 아직 남아 있던가. 아예 좀 더 보내달라고 편지 미리 쓸까. 베시가 집에 남아 있는 약의 재고를 가늠해 보던 때였다.

불현듯, 뒤에서 부스럭거리는 기척이 들려왔다.

헉, 벌써 왔어?! 하녀 중 한 명이 돌아온 것이라 생각한 베시가 어색한 얼굴로 뒤를 돌아보았다.

"아—"

하지만 그녀의 등뒤에서 나타난 인물은 하녀가 아니었다. 마치 어둠을 망토처럼 두른 장신의 사내. 달빛을 받은 남자의 얼굴에 진 음영이 서늘하게 느껴졌다.

분명 처음 보는 얼굴일 텐데도, 이상하게 초면이라는 생각이 들지 않았다. 스산한 기운이 물안개처럼 어린 남자의 회색 눈동자가 베시를 향해 있었다.

어째서인지 귓가에서 물소리가 들려왔다. 지하 수로에 갇혔던 그날 밤 들었던 그 소리였다.

"……선객이 있는 줄은 미처 몰랐군."

나직한, 마치 동굴에서 울리는 것 같은 목소리가 남자의 얇은 입술 사이에서 흘러나왔다. 그 소리마저도 귀에 익었다.

베시는 이제 제 눈앞에 있는 사내의 정체를 확신할 수 있었다.

"개의치 마세요. 여기가 저만의 공간은 아니니까."

천천히 대답한 베시가 테이블 위에 올려 두었던 손수건을 손안에 쥐었다. 그사이에도 남자의 시선은 줄곧 베시에게 머물러 있었다. 그의 눈을 따라 제게로 고개를 돌린 베시는 남자가 훤히 드러난 제 다리를 보고 있다는 걸 깨달았다.

조금 머쓱해진 베시가 어색하게 다리를 테이블 아래로 내렸다. 베시가 드레스 자락을 제 손으로 정돈하는 사이, 남자가 입을 열었다.

"괜찮다면 잠시 이곳에서 쉬었다 가고 싶소."

"아까도 말씀드렸다시피, 저만의 공간이 아니니 제 허락을 받으실 필요는 없을 것 같네요."

베시의 대답에 남자가 가는 입꼬리를 말아 올렸다. 웃는다기보다는 웃는 것을 흉내 내는 것에 가까운 동작이었다. 그는 베시의 동의를 받자마자 발코니 안으로 성큼성큼 들어왔다.

"빌헬름 밀러라고 하오."

"베시 에일이라고 합니다."

제 이름을 말하면서 베시는 하마터면 혀를 깨물 뻔하였다. 지금 이 상황이 미치도록 웃기게 느껴졌다. 저를 죽이려던 남자와 단둘이서 태연하게 통성명을 하고 있는 상황이라니.

제이가 알았다면 날 절대 가만두지 않겠지. 베시는 발코니 창문 너머를 힐끔거렸다. 제 위기를 기가 막히게 잘 알아차리는 남자가 당장에라도 들이닥치는 게 아닐까 생각하며.

"베시 에일이라 하면…… 도서관의 신임 관장이 분명 그런 이름이었던 걸로 기억하는데."

"네, 맞습니다. 그리고 저스틴 하이네 경의 약혼녀이기도 하죠."

싱긋 웃은 베시는 잘 정돈된 드레스 자락 속으로 손수건을 감추었다. 설마하니 그가 이곳에서 허튼짓을 할 정도로 멍청할 것 같지는 않았지만, 조심해서 나쁠 건 없었다.

"평소에 각하의 존함을 여러 곳에서 들었는데, 이렇게 뵙게 되네요. 숙녀답지 못한 모습으로 뵙게 되어 매우 유감스럽지만, 제가 이런 자리가 영 어색해서."

가식을 부릴 필요가 없는 상대 앞이라 베시는 오히려 무도회장에서보다 지금이 더 편하다고 생각하였다. 물론 긴장감과 위기감으로 치자면 조금 전과 지금을 비교할 수는 없지만.

"……물론이오. 잘 맞지 않는 자들과 보내는 시간만큼이나 지루한 것도 없지."

빌헬름이 고개를 끄덕였다. 정말 베시의 말에 공감한다는 것처럼. 그의 그런 반응이 꽤 의외였던지라 베시는 눈을 동그랗게 떴다. 빌헬름의 얼굴에서는 좀처럼 감정이라는 게 느껴지지 않았기에 그 말이 진심인지 어떤지는 알 수 없었다.

"어머. 그렇지는 않아요. 모두들 친절하시고 상냥해서 무척 즐거운 시간을 보내고 있답니다. 제가 익숙하지 않은 건 사람보다는 옷과 구두 쪽이라서요."

눈앞에 있는 남자는, 빌헬름은 베시를 죽이려고 했던 남자였다. 하지만 어째서인지 그녀는 영 그가 두렵지 않았다.

담담한 베시의 대답을 들은 빌헬름이 피식 웃었다.

"그렇군. 당신에게 어울리는 건 그런 드레스보다는 죽은 쥐색 코트일 것 같소."

그놈의 죽은 쥐색 코트. 투덜거리려던 베시는 멈칫하였다.

빌헬름과 베시가 마주한 것은 총 두 번. 그중에서 회색 코트를 입고 있었던 것은 딱 한 번뿐이었다. 납치당했을 때는 개장식에 맞춘 옷차림을 하고 있었으니까.

내가 그 코트를 즐겨 입고 다녔다는 사실을 어떻게 아는 걸까? 내 신변 조사 보고서에 그런 내용도 적혀 있었나? 아니면 설마—

"……저에게 꽤 관심이 많으신가 보네요, 각하."

예리한 칼날처럼 빌헬름의 시선이 베시의 피부를 찔러 댔다. 적의도, 악의도 아니지만 좀처럼 무시할 수 없는 무게감이 담긴 눈빛이었다.

"……에일 관장은 유명인이지. 이디아니움 아카데미에 있던 시절부터 능력 있는 학자로 이름이 높았다고 들었소. 관장의 재능을 높이 사서 여러 곳에서 모시려고 했다는 이야기도 있더군."

능숙하게 말을 돌린 그가 이번에는 반대로 질문을 던졌다.

"난 그런 당신이 어째서 이곳으로 온 건지 궁금하오."

빌헬름의 말에 베시는 작게 숨을 내뱉었다. 그녀에게 높은 직위 혹은 작위를 약속하는 나라나 조직은 많았다. 학자로서의 이름도, 마녀로서의 능력도 허투루 갖춘 것은 아니었다.

아카데미에서 알고 지내던 한 왕족은 재상의 자리를 약속하기도 하였다. 그에 비한다면 도서관의 관장이라는 자리는 그다지 값어치가 있는 것은 아니리라.

베시는 빌헬름이 자신에 대해 어디까지 알고 있는 것일까 생각하며 입을 열었다.

"맛있는 디저트를 실컷 먹을 수 있게 해 준다고 해서요."

말문이 막힌 것처럼 빌헬름이 눈을 가늘게 좁혔다. 베시는 빌헬름의 감정 없는 눈동자에 얼핏 서린 동요를 보고 내심 만족스러웠다.

"……단지 그 이유 때문에 관장직을 수락했다? 지금 수도의 상황이 어떻게 돌아가는지 모르지는 않았을 터인데."

제정신이냐는 말을 상당히 길게 돌려 말하는 재주가 있는 남자였다. 베시는 어깨를 으쓱하며 답했다.

"전 모험을 좋아하거든요."

"그런 것 같군."

베시의 얼굴을 찬찬히 훑어보던 빌헬름이 말을 이었다.

"조심하는 게 좋을 거요, 관장. 때로는 흥미진진한 모험인 줄 알고 시작한 길이 터무니없는 고행길이 될 수도 있지. 그때 가서 자신의 어리석음을 후회해 봐야 너무 때는 늦었을지도 모르오."

얼핏 들으면 걱정 어린 충고처럼 들리지만, 그의 진심이 그런 것일 리는 없다. 베시는 조금 더 건방지게 굴어 보기로 하였다.

"각하. 제 귀의 착각이 아니라면 지금 각하께서는 제가 하는 행동이 어리석다고 말씀하시는 것 같네요. 아닌가요?"

다소 무례할 수도 있는 베시의 물음에 빌헬름은 화를 내거나 당황하지 않고, 담담히 고개를 끄덕였다.

"그렇다고 할 수도 있겠군."

베시는 이제 새어 나오는 웃음을 참을 수 없었다. 빌헬름이 의아하다는 듯 물었다.

"왜 웃지?"

"전에 각하와 비슷한 말을 한 자가 하나 있었거든요."

"나와 비슷한 말을 한 자?"

"네. 저를 납치했던 납치범이요."

"……."

빌헬름의 눈썹이 살풋 찌푸려지는 것을 보는 것은 적잖이 유쾌하였다. 베시가 눈초리를 가늘게 접으며 웃었다.

"각하께서도 아실지 모르겠지만, 최근 제가 누군가에 의해 납치를 당했었거든요. 증거를 모아 보니 현재로서는 노튼 백작이 유력한 용의자라 고발을 한 상태랍니다."

"……그렇군. 소문은 들었소. 저스틴 하이네가 노튼 백작을 약혼녀 납치 및 살인 미수 혐의로 고발했다는."

"정확하게는 노튼 백작이 직접 저를 납치한 건 아니지만요. 절 납치했던 사람은 키가 크고, 목소리가 매우 낮은 남자였거든요."

마치 당신처럼. 뒷말은 입속에 묻은 베시가 지하 수로에서 나누었던 대화를 머릿속으로 되새기며 말했다.

"그가 저에게 그러더군요. 마녀라는 건 다 너같이 머리가 이상하냐고. 얄팍한 흥미와 호기심 때문에 위험한 일에 목을 들이민 저를 적잖이 멍청하다 여기는 것 같은 모습이었죠. 각하께서도 제가 머리가 이상한 것처럼 보이시나요?"

"……."

이 남자가 어디까지 인내심을 발휘할 수 있을까. 시험해 보고 싶다는 충동이 고개를 들었지만, 베시는 꾹 참았다. 제 목숨을 담보로 하는 장난에는 취미가 없었으니까.

"어머, 각하. 이럴 때는 그런 게 아니라고 말씀을 하면서 실없는 소리를 한 저를 따끔하게 꾸짖어 주셔야죠. 안 그러면 제가 너무 무안하잖아요."

아무리 너스레를 떨어도 빌헬름의 표정에는 아무 변화가 없었다. 검은 망토로 얼굴을 가렸을 때나 지금이나 마찬가지로 좀처럼 속을 읽기 어려운 사내였다.

베시는 작전을 달리 해 보기로 하였다.

"사실 제가 수도로 온 이유는 아까 말씀드린 것 때문만은 아니랍니다, 각하."

어차피 이 남자에게서 납치 당시 일에 대한 반응을 끌어내는 건 어려우리라. 그렇다면 차라리 다른 정보라도 얻어 볼 수 있도록 유도해 볼 작정이었다.

"저는 베이론 제국의 역사에 관심이 있기 때문에 이곳을 찾았답니다."

"제국의 역사, 라."

조용히 입을 다물고 있던 사내가 베시의 말에 반응하였다.

"날갯짓이 유독 조용한 까마귀를 고용한 것도 그래서였소?"

윽. 이 인간, 에릭에 대한 것도 알고 있구나. 베시는 내심 놀랐지만, 전혀 그렇지 않은 척을 하며 창문 너머를 힐끔거렸다. 새카만 형체가 커튼 뒤에서 얼핏 모습을 드러냈다가 사라졌다.

"그렇다고도 할 수 있죠. 원래 뒷골목 소식에 능한 애들이 예상 밖의 정보를 전해 줄 때가 많잖아요? 전 가능하다면 역사서에는 그 기록이 남지 않았던 다양한 사건들을 조사하여 연구해 보고 싶거든요. 황태자 전하께서 제 뜻을 듣더니 마침 도서관 관장 자리를 제안하셨죠. 베이론 제국의 역사를 연구하기에는 참 좋은—"

"역사에 기록되지 않은 일이 무슨 의미가 있지?"

내내 베시의 말을 조용히 듣고 있던 빌헬름이 불쑥 입을 열었다. 심지어 그의 목소리에 담긴 감정이 평소의 고저 없는 그것과는 달랐다.

베시는 조금 놀라 고개를 올려 빌헬름의 얼굴을 바라보았다. 달빛을 받아 흐리게 빛나는 회색 눈동자에 분노를 닮은 감정이 어려 있었다.

"역사에는 언제나 이긴 자의, 살아남은 자의 기록이 남네. 에일 관장. 그것이 전부일세. 그것 외에는 어떠한 의미도 없지."

빌헬름의 눈은 분명 베시를 향하고 있었다. 하지만 베시는 그가 지금 자신을 향해 이 말을 하고 있는 게 아니라는 생각을 하였다. 그의 말투가 조금 전과는 달라져 있었다.

"……각하의 그 말씀은 승자가 아니면 아무 의미도 없다는 뜻처럼 들리네요."

"내 말을 제대로 이해하였군."

처음으로 빌헬름이 웃었으나 베시는 그것을 '웃는다'고 표현하고 싶지 않았다. 보는 이가 섬뜩해 질 정도로 차가운 얼굴이었다.

"세상에는 단 두 종류의 인간이 존재하오. 승자 혹은 패자. 승자는 추앙받으며 기억되고, 패자는 무시당하고 잊혀지지. 패자의 삶과 흔적에는 그 어떤 가치도 없소."

그렇지 않다고 반박하고 싶었지만, 말이 쉽게 나오질 않았다.

그녀는 지금 실제로 눈앞에 있는 남자와 다투고 있었다. 이긴 자가 살아남고, 진 자는 죽는 잔혹한 승부를. 이 남자 앞에서 이기지 못한 것에도 나름의 가치가 있다는 말이 어떠한 의미를 가질 수나 있을까?

"각하는…… 무시당하고 잊히는 쪽의 입장을 이해할 수 있는 경험이 있으신 건가요?"

다른 곳을 보는 것 같던 빌헬름의 시선에 빛이 돌아왔다. 따스한 빛은 아니었다.

다분히 충동적으로 입을 열었던 베시는 제가 던진 질문이 다소 어리석다는 것을 인정하였다.

빌헬름은 이 제국의 최고 명문가 중 하나인 밀러 공작가의 주인이었다. 그런 남자에게 패자의 기분을 이해할 수 있냐는 말을 하다니. 어쩌면 그가 화를 낼지도 모른다는 생각이 들었다.

하지만 빌헬름은 화를 내는 대신 뜻밖의 말을 꺼냈다.

"그럴지도 모르지."

이번에는 베시가 길게 침묵하였다. 조금 전 빌헬름이 그러했던 것처럼.

"에일 관장."

빌헬름은 발코니의 난간으로 성큼성큼 다가가 몸을 기대었다. 어느새 그는 베시를 마주 보고 있었다.

"이 나라의 역사에 관심이 있다고 말했소?"

조금 전 베시가 했던 말을 다시 꺼내든 빌헬름이 웃었다. 이번에는 정말로 웃는다는 표현이 제법 들어맞는 얼굴이었다.

"괜찮다면 내가 알고 있는 옛이야기를 하나 들려주고 싶소. 아마 그 어떤 역사서에도 남지 않았을 기록이지."

이것이겠구나. 베시는 직감하였다. 지금부터 빌헬름의 입에서 흘러나올 이야기는 틀림없이 밀러 가문이 듀벨 황가와 척을 지게 된 원인에 대한 것이라고.

"들려주세요."

허리를 꼿꼿이 편 베시가 조용히 눈을 빛냈다. 이제부터 들릴 그 어떤 말 한 마디도 흘려들을 생각이 없었다.

"관장도 알다시피 베이론이 건국될 당시 초대 황제에게는 두 명의 측근이 있었소. 하나는 그의 절친한 친우이며 가신인 하이네였고, 다른 하나는—"

"황제의 이복동생이자 마찬가지로 가신이었던 밀러. 공작 각하의 선조이시죠."

베시가 제 말을 가로채도 빌헬름은 화내는 법 없이 담담히 고개를 끄덕였다.

"맞소. 그들은 이 제국의 주춧돌인 동시에 황제의 가장 예리한 검과 단단한 방패이기도 하였소. 역사서를 보면 언제나 듀벨과 하이네, 그리고 밀러의 우정에 대해 칭송하는 기록이 가득할 정도로 말이오. 하지만, 관장. 그건 사실이 아니오."

빌헬름이 부드럽게 말을 끊었다. 베시는 조금 초조하게 빌헬름의 말이 이어지기를 기다렸다.

"내 선조인 던칸 밀러는 프라드한 반 듀벨과 브라드리크 하이네에게 반감을 가지고 있었소."

베시는 비슷한 이야기를 이미 한 번 접한 적이 있었다. 슐레이반 듀벨이 남긴 편지에서였다. 하지만 그 편지에는 브라드리크 하이네에 관련된 언급은 없었다. 예상 밖의 이름이 튀어나온 탓에 베시는 얼굴을 살짝 찌푸렸다.

"그 이유가 무엇이었을 것 같소, 관장?"

갑작스러운 빌헬름의 질문에 베시는 생각에 잠겼다.

슐레이 반 듀벨은 그 이유를 편지에 기술하지 않았다. 그 때문에 베시와 크리스는 막연하게 잘난 형에 대한 밀러의 질투심이 원인이 아닐까 짐작을 했을 뿐이었다. 그러나 브라드리크 하이네가 나오면 또 이야기는 달라진다.

세 남자 사이에는 대체 무슨 일이 있었던 걸까?

어차피 제 대답이 그리 중요하지 않으리라 짐작한 베시는 생각나는 말을 아무렇게나 뱉어보았다.

"글쎄요. 던칸 밀러가 제 형수에게 마음을 빼앗겨서 형을 죽이려고 했다는 이야기를 들어 본 적이 있는데. 혹시 그 때문인가요?"

자칫 잘못하면 빌헬름의 선조를 욕보이는 말이었건만, 빌헬름은 불쾌한 기색도 없이 웃었다. 소리를 내서. 베시는 조금 굳어졌다. 불길한 예감이 들었다.

"반은 맞군."

"반?"

"여자 문제는 맞소. 다만 황비 때문은 아니었지. 문제는 마녀 때문이었으니까."

"……마녀?"

온몸에서 우수수, 소름이 돋았다. 그녀는 제가 들은 말을 다시 확인하려는 것처럼 빌헬름을 올려다보았다.

마녀라니? 대체 베이론 건국에 얽힌 이야기를 하는데 어째서 마녀에 대한 이야기가 나오는 것일까? 베시의 당혹스러운 눈빛을 받으며 빌헬름이 물었다.

"관장. 프라드한 반 듀벨이 위기에 처했을 때마다 그를 도와준 네 마리의 신비한 동물에 대해 아시오?"

"물론이죠. 은빛 매, 검은 곰, 붉은 늑대, 하얀 사자…… 잠깐, 설마?"

넋이 반쯤 나간 와중에도 착실하게 대답을 하던 베시가 굳어졌다.

"그렇소. 그 네 마리의 동물들이 초대 황제를 도운 데에는 어떤 마녀가 관련이 있었지. 그 마녀의 이름은 디아나. 동물을 뜻대로 부리는 힘을 가진 마녀였지."

베시는 재빠르게 기억을 더듬어 보았다. 고대의 마녀 중에 디아나라는 이름을 가진 마녀가 있었던가? 하지만 아무리 애를 써도 선뜻 떠오르질 않았다.

"디아나는 프라드한의 이상에 이끌려 그라면 훌륭한 황제가 되리라 믿어 의심치 않았소. 그래서 그를 위해 제가 가진 모든 능력을 내놓고 그를 섬겼지. 프라드한뿐만이 아니라 브리드리크와 밀러 역시 디아나의 도움을 숱하게 받았소."

마녀와 '최초의 왕'의 피를 이어받은 형제, 그리고 그의 부하. 베시는 이 이야기의 종착역이 반드시 비극이 될 수밖에 없음을 직감하며 입을 열었다.

"그들에게 무슨 일이 있었던 거죠?"

"……프라드한과 브리드리크 모두 디아나를 원했소. 그들은 모두—"

"최초의 왕의 피를 이어받은 자들이었을 테니까."

베시의 말에 빌헬름이 고개를 끄덕였다. 그것을 본 베시는 정작 제가 스스로 한 말을 부정하였다.

"하지만 그건 미신이에요. 고작 그런 이유 때문에 사랑에 빠진다는 건 너무나 비논리적이죠."

"사랑이라는 건 원래 비논리적인 감정이지."

빌헬름의 입에서 나왔다고는 믿을 수 없는 말에 베시는 눈을 깜빡였다. 당황한 그녀가 입을 다문 사이, 빌헬름이 말을 이어갔다.

"형제는 모두 간절히 디아나를 원했지. 다만 둘이 디아나를 원하는 그 마음에는 근본적인 차이가 있었소. 프라드한은 디아나가 가진 마녀의 능력을 필요했고, 던칸은 디아나를 마녀가 아닌 한 명의 여성으로서 행복하게 해 주고 싶어 했소."

베시는 두 남자의 사랑을 받았던 디아나가 과연 누구를 택했을지 궁금했다.

"……디아나는 어떻게 했죠?"

"태양도 달도 아닌 별을 택했소."

그게 대체 무슨 뜬구름 잡는 소리야. 베시가 미간을 와그작구기자 빌헬름이 제 말을 정정해 주었다.

"브라드리크를 택했다는 말이오."

"네? 어, 하지만……."

대체 갑자기 하이네가의 선조가 또 왜 갑자기 튀어나와? 삼각관계가 아니라 사각관계였던 건가? 베시가 눈알을 또르르 굴리며 생각에 잠긴 사이, 빌헬름이 말을 이었다.

"디아나가 사랑한 남자는 브라드리크 하이네였지. 브라드리크 하이네 역시 디아나의 마음을 받아들였소. 마녀라는 사실을 접어 두더라도, 그녀는 매력적인 여성이었던 모양이니."

하이네를 택한 마녀. 베시는 괜한 불편함을 느꼈다. 빌헬름이 저를 보는 눈빛이 마치 베시 에일을 보는 것이 아닌, 그 옛날의 마녀 디아나를 보는 것처럼 느껴졌다.

"그녀는 그를 택했고, 하이네를 따라 전쟁터에 나가고 싶어 했소. 사랑하는 남자의 곁을 지키고 싶다는 이유로."

전쟁터라는 단어에서 비극의 향이 짙게 배어났다.

"프라드한은 마녀의 전력이 도움이 된다는 판단하에 디아나의 참전을 허락했소. 그리고 그녀는……."

빌헬름이 말끝을 흐렸다. 베시는 그가 하지 못하는 말을 대신 끝맺어주었다.

"죽었군요, 디아나가."

예정되었던 끝이었다. 만일 디아나가 살아 있었다면 그녀의 이름이 어느 역사서에건 이름 한 줄은 올렸겠지. 혹은 초대 하이네 공작 부인은 마녀가 되었거나.

베시는 긴 속눈썹을 내리깔았다. 전혀 예상지도 못했던 이야기 때문에 머릿속이 멍하였다.

설마하니 세 가문 사이에 얽힌 감정의 골이 마녀 때문이었다니. 어느 역사서에도 이런 기록이 남지 않은 건 당연했다. 남아봐야 또다시 마녀의 불행에 대한 말만 실컷 적혔으리라.

"……어째서, 그런 일을…… 당신이 알고 있는 거죠?"

간신히 정신을 추스른 베시가 고개를 들어 올렸다. 빌헬름의 말이 사실이라면 적어도 하이네 가문에서는 디아나의 이야기가 한 번쯤은 나와야 하는 게 아닌가.

"그 후로 하이네는 디아나의 이름을 단 한 번도 입 밖으로 내지 않았소. 저를 지키고 죽은 여자를 다시 떠올리는 게 적잖이 괴로웠던 모양이지."

참으로 나약한 자였다며 빌헬름이 입꼬리를 비틀었다. 명백한 조롱이었다.

베시는 그런 식으로 초대 하이네 공작을 비웃고 싶지 않았다. 그는 틀림없이 마음의 일부를 마녀 디아나가 죽은 전쟁터에 묻고 왔던 것이리라. 브리드리크 하이네가 어떤 생각을 하며 일생을 마쳤을지, 본인이 아니고서야 알 수 없었다.

"프라드한 역시 마찬가지였소. 제가 죽인 가여운 여자를 완전히 지워 버렸지."

문득 아까 전, 빌헬름이 했던 말이 떠올랐다.

'승자는 추앙받으며 기억되고, 패자는 무시당하고 잊혀지지.'

그럼 디아나의 삶은 패자의 삶인 걸까? 모두에게 잊혔기에? 그리고 역사에 남지 못했기 때문에?

"그 어리석은 마녀를 기억하는 건 던칸밖에 없었소."

어리석은 마녀 디아나. 베시는 빌헬름이 말하는 '어리석다'는 표현이 단지 액면 그대로의 뜻이 아님을 알아차렸다. 마치 그는 어리석다, 를 사랑스럽다의 또 다른 표현인 것처럼 사용하고 있었다.

어쩌면 이 남자는 얼굴 한 번 본 적 없는 먼 옛날의 그 마녀를 사랑하고 있는 게 아닐까? 베시는 제 생각이 바보같다 생각하며 천천히 입을 열었다.

"그래서 던칸은 복수를 하려고 했던 건가요? 자신이 사랑하는 여자를 죽인 이 나라에?"

베시의 질문에 빌헬름이 침묵하였다. 한쪽 눈썹을 치켜 올린 베시가 입을 열었다.

"내가 올해 들은 것 중 가장 멍청한 개소리네요."

최대한 담담히 말하려고 했건만, 베시의 목소리는 평소보다 날이 서려 있었다. 그녀는 제 가슴에서 울컥, 하는 무언가를 삼키며 다시 입을 열었다.

"디아나가 던칸에게 복수를 해 달라고 했던가요? 다른 이들이 그 어떤 피해를 보아도 좋으니 제 원한을 갚아 달라고 했대요?"

한 번도 만나 본 적 없는 이었지만, 베시는 확신하였다. 디아나가 절대 그것을 바랐을 리 없다. 제가 사랑하는 남자를 위해 전쟁터까지 따라갔던 여자가 그 남자가 살아가는 나라를 파괴하길 원했을 리 없다.

"그건 던칸의 바람이었을 뿐이에요. 자신이 갖지 못한 모든 것에 대한 사사로운 원한이었죠. 그는 자신을 비극에 푹 빠진 순정을 품은 주인공쯤으로 여겼나 본데, 정말 같잖네요."

다소 격한 베시의 말에 빌헬름이 눈썹을 꿈틀거렸다. 그가 그러거나 말거나 베시는 말했다.

"사랑을 허울 좋은 포장으로 쓰지 마세요. 사랑은 그런 게 아니에요."

베시는 마녀의 불행보다 자신이 더 강하다 말하던 남자의 얼굴을 떠올렸다. 자신이 아무리 밀어내려 애를 써도 옆에서 기다리며 변함없는 강인함과 애정을 보여 주었던 그를.

저스틴은 자신의 뜻을 강요하지도 않았으며 사랑한다는 이유로 용서를 구해야 하는 실수를 저지르지도 않았다. 한없이 바르고, 올곧으며 다정한 마음.

그녀에게 사랑은 그런 것이었다.

"어떤 사람들은 사랑을 들먹이며 용서를 구하고, 기꺼이 악을 행할 때가 있죠. 사랑이라는 이름 그 하나로 모든 걸 용서받을 수 있다는 그 알량한 속셈이라니."

베시는 코웃음을 쳤다. 빌헬름의 표정 없는 얼굴을 똑바로 올려다보며 한 마디를 더 보탰다.

"디아나가 남자 보는 눈이 정확했네요. 그녀가 던칸을 택하지 않은 건 탁월한 선택이었어요."

나라도 그런 남자는 사양이라며 베시가 던칸을 한 번 더 비웃었다.

"에일 관장."

빌헬름이 고저 없는 음성으로 베시를 불렀다. 아차, 내가 너무 심했나. 그제야 자신이 너무 떠들어댔다는 걸 깨달은 베시가 슬그머니 어깨를 굳혔다. 곰곰이 생각해 보니 열 받은 빌헬름이 베시의 목을 움켜쥐어도 한 말이 없는 상황이었다.

"……흠, 실례했습니다. 제가 각하의 선조분께 상당히 실례가 되는……."

"당신도 별을 택했군."

제가 예상한 것과 다른 빌헬름의 말에 베시는 당황하였다. 별? 하지만 그녀는 곧 그것이 무엇을 의미하는 것인지 알아차렸다. 별이 무수히 빛나는 하늘에 잠시 눈길을 준 베시가 입을 열었다.

"태양은 지나치게 눈이 부시고, 달은 너무 차가우니까요."

이번에는 베시의 대답에 빌헬름이 놀랐다. 그의 진회색 눈동자에 감출 수 없는 동요가 어렸다.

"……당신들은 닮았군. 마녀는 다 당신 같은 건가?"

묘하게 기시감이 드는 질문이었다. 어디서 또 이런 말을 들어보았던 것 같은데. 기억을 더듬던 베시는 눈앞에 있는 남자가 지하 수로에서 비슷한 말을 한 적이 있다는 걸 떠올렸다. 그때는 마녀는 다 머리가 이상한 거냐고 물었지만.

"그게 무슨 뜻—"

베시의 물음이 채 끝나기도 전에 빌헬름이 말했다.

"어리석다는 뜻이오. 지나치게."

냉소라기보다는 차라리 탄식처럼 들리는 말이었다. 무지한 아이를 가엽게 여기는 동시에 귀엽다 여기는 것처럼.

"관장. 가급적 빠른 시일 내에 이곳을 떠나는 것이 좋을 것이오."

발코니 난간에서 몸을 뗀 빌헬름이 천천히 베시의 앞으로 다가왔다. 그 때문에 베시는 조금 전보다 더욱 고개를 높이 들어올려야 하는 터라 목이 아팠다.

"어째서죠?"

"……더는 어리석은 선택을 하지 않았으면 하는 마음에 하는 충고요."

"불필요한 충고네요. 저는 제가 원하는 선택을 해요. 내 선택을 꺾거나 무르는 건 그 누구도 할 수 없어요. 설령 태양이나 달이라도."

빌헬름의 시선이 베시의 얼굴에 머물렀다. 그에 지지 않기 위해 베시는 강하게 그의 눈을 마주 응시하였다.

한참 베시를 보던 빌헬름이 무어라 중얼거렸다. 그 소리가 마치 "그런 점도 닮았군."이라고 말하는 것처럼 들렸다. 베시가 제가 들은 게 맞는지 확인해 볼 틈도 없이 빌헬름이 인사를 건넸다.

"오늘은 무척 즐거웠소, 에일 관장. 다음에는 조금 더 편한 자리에서 만날 수 있길 바라오."

정중하게 인사를 마친 빌헬름이 그대로 베시를 지나쳐서 발코니를 빠져나갔다. 숨도 쉬지 않고 그 뒷모습을 물끄러미 지켜보고 있던 베시가 푸하, 크게 숨을 내뱉었다.

"……이제 나와요, 제이."

베시의 말이 끝나기가 무섭게 그림자 속에 몸을 감추고 있던 저스틴이 천천히 모습을 드러냈다.

아까 전 베시가 커튼 너머로 보았던 새카만 형체의 주인은 바로 그였다. 저스틴이 곁에 있기에 베시 역시 조금 더 과격하게 빌헬름을 자극할 수 있었다.

"호, 호호. 밀러 공작이랑 여기서 만날 줄은 몰랐지 뭐예요."

"……."

평소보다 각도가 훨씬 가파른 그의 눈썹을 보면 베시가 머쓱하게 웃었다.

"그…… 사람들이랑 대화는 잘 나누고 왔어요? 대화하면서 평소처럼 막 빈정거리고 그런 거 아니죠? 재판하기 전까지 우리 편 많이 만들어야 한다고 한 거, 당신이었던 거 기억—"

"하녀들은 어디에 있습니까."

히익. 저스틴의 고저가 없는 음성이 빌헬름의 것보다도 훨씬 무서웠다. 베시는 짐짓 움츠러드는 어깨를 곧게 펴려고 노력하며 답했다.

"아, 두 명 다 내가 부탁한 걸 가지러 갔어요. 한 명은 신발을, 그리고 다른 한 명은 음료를……."

거기까지 말한 베시는 멈칫하였다. 신발을 가지러 간 하녀야 그렇다 치더라도, 음료를 가지러 간 하녀는 너무 늦는다 싶었다. 어쩌면 빌헬름이 무슨 수작을 부린 게 아닐까 싶었다.

"그녀들을 나무라지 말아요. 아무래도 늦어지는 데는 이유가 있는 것 같네요."

"나무랄 생각은 없습니다. 오히려 저는 당신에게 화를 좀 내고 싶군요."

저스틴이 베시를 향해 성큼성큼 다가왔다. 신변에 위협을 느낀 베시가 다급하게 의자를 뒤로 뺐지만, 그런다고 도망칠 수 있을 리가 없었다. 가볍게 베시가 앉은 의자를 한 손으로 잡아당긴 저스틴은 그녀에게 시선을 맞추며 몸을 굽혔다.

"베시."

"네, 네."

반사적으로 두 번 대답한 베시는 손가락을 꼼지락거렸다. 어릴 때, 엄마에게 혼나던 기억이 새록새록 떠올랐다. 그때보다 조금— 아주 조금 더, 무서웠다.

"분명 저와 약속한 일이 있을 겁니다. 기억합니까?"

"……혼자 멋대로 행동하지 않는다고 했어요. 당신에게 걱정 끼칠 일도 하지 않겠다고 했고요."

"그걸 기억하는 사람이— 하아."

화를 내려던 저스틴은 고개를 절레절레 저었다. 입술을 삐죽이며 처량한 눈을 하고 있는 베시의 얼굴을 보면 쉽게 성을 낼 수가 없었다.

결국 그는 화를 내는 대신 걱정을 입에 담았다.

"별일은 없었습니까?"

베시가 두어 번 고개를 끄덕이자 저스틴이 서늘한 손가락으로 그녀의 뺨을 쓸어내렸다. 그녀의 말이 정말인지 확인하려는 것처럼 조심스러운 손놀림이었다.

"당신 때문에 나는 하루에도 몇 번이나 내 심장이 어디 붙어 있는지를 확인하게 됩니다."

책망치고는 지나치게 부드러운 음색으로 베시를 나무란 저스틴이 그녀의 부드러운 몸을 끌어당겨 안아 주었다. 베시는 얌전히 저스틴의 품에 안겼다.

"……제이. 당신도 들었죠?"

한동안 입을 다물고 있던 베시의 물음에 저스틴이 천천히 몸을 뒤로 떼어 냈다. 그녀의 푸른 눈을 마주 보며 그가 고개를 끄덕였다.

"이제 밀러 가문이 갖고 있는 불온의 '동기'가 무엇인지는 분명하군요."

"내가 보기에는 그냥 자기 삐뚤이진 욕망을 정당화하는 데 쓴 핑계 같지만요."

"……그럴 것 같지는 않습니다. 전 그 누구에게도 디아나라는 마녀의 존재에 대해 들어본 적이 한 번도 없습니다. 알렉스 형님이나 레이몬드 형님, 그리고 크리스 전하도 마찬가지이실 겁니다."

하지만 빌헬름은 그녀를 알고 있군요. 저스틴의 중얼거림이 씁쓸했다. 베시는 그의 너른 어깨를 가볍게 어루만졌다.

"당신이 마음에 둘 필요는 없어요. 그녀가 한 선택이었어요, 그건."

"……내가 만일 브라드리크였다면, 어떻게 했을지 생각해 보았습니다."

깊은 숲 같은 눈동자가 베시를 향하였다. 베시는 그가 어떤 답을 내릴지 알 것만 같았다. 저스틴이 베시의 마음을 훤히 아는 것처럼, 그녀 역시 자신에게 지나치게 맹목적인 이 남자의 생각을 읽을 수 있었다.

"그녀와 함께 하는 걸, 택했을 겁니다."

제 예상과 한 치도 다르지 않는 말에 베시의 가슴속이 욱신거렸다. 숨을 거둔 연인과 함께 한다는 게 무슨 뜻인지는 뻔했다. 사랑 때문에 죽음을 택할 거라는 말하는 남자를 앞에 두고 베시는 눈을 감았다.

"그러지 말아요, 제이."

잠긴 목소리로 베시가 중얼거렸다.

"이야기가 비극으로 끝나 버리잖아요. 정말로 마녀가 불행을 불러들이는 것처럼."

저스틴이 멈칫하며 베시의 얼굴을 바라보았다. 그녀가 꽁꽁 숨겨 둔 두려움에 제가 괜히 손을 댄 건 아닌가 싶었다. 하지만 베시는 슬퍼 보이지도, 두려워 보이지도 않았다.

"입 밖으로 내서 이름을 불러 주지 않아도 괜찮아요. 늘 기억하지 않아도 돼요. 때때로 행복의 순간마다, 한번씩 떠올려 주면 그걸로 충분했을 거예요, 그녀는."

사랑이라는 건 그런 게 아니었던가. 나보다도 네가 더 소중해서 나를 조금 뒤로 미루어 두게 되는 헌신. 그저 순수하게 너의 안전을, 행복을 바라는 간절함.

베시는 디아나의 마음을 짐작해 보며 하늘을 올려다보았다. 가느다란 초승달 사이로 총총 박힌 별들이 아름다웠다. 꽉 움켜쥐면 제가 가진 부드러운 빛과 따듯함을 기꺼이 나누어 줄 것 같아 보이는 별.

그녀는 별을 사랑하였다.

"당신은 디아나가 아닙니다, 베시."

"맞아요. 그리고 당신도 브리드리크가 아니에요, 제이."

하늘을 올려다보던 베시가 시선만을 움직여 저스틴을 보았다.

"당신은 마녀의 불행보다 강하니까."

다정스레 웃는 그녀의 얼굴을 홀린 듯 바라보던 저스틴이 고개를 숙여 입을 맞추었다. 짧은 입맞춤이었지만, 서로의 온기를 느끼기에는 충분하였다. 베시의 속눈썹이 나비 날갯짓처럼 흔들렸다. 두어 번 눈을 깜빡인 그녀가 숨소리처럼 속삭였다.

"……슬슬 움직여야 할 것 같아요."

"지금?"

저스틴이 베시의 뺨에 입술을 붙인 채, 물었다. 간지럽다고 웃은 그녀가 그의 어깨에 팔을 둘렀다.

"아니요. 밀러 말이에요."

모처럼 취해 있던 낭만적인 공기가 와장창 깨져나가는 이의 이름에 저스틴이 얼굴을 찌푸렸다.

"아마 그는 확인하기 위해 오늘, 이곳에 왔을 거예요. 나와 당신이 무엇을 계획하고 있는지."

저스틴 역시 베시의 말에 동의하였다. 다른 귀족들과의 만남 자체를 즐기지 않는 그가 굳이 이 무도회에 참석한 이유는 그것 외에는 있을 리가 없었다.

"저자를 보니 괜히 불안한 생각이 들어요."

이제까지 빌헬름이 저지른 짓과 오늘 들은 이야기를 생각해 보면, 불길한 생각밖에 들지 않았다. 오랜 시간 반역을 계획했을 밀러 공작. 그런 그가 몇 달 동안 수도를 비웠던 것이 마음에 걸렸다. 어쩌면—

뇌리를 스친 생각은 확신에 가까웠다. 베시는 소리를 낮추어 물었다.

"제이. 한 가지 더 부탁해도 될까요?"

"무엇이든."

저스틴이 베시의 손등에 입을 맞추며 눈짓하였다. 그 눈빛에 괜히 가슴이 두근거린 베시가 작게 헛기침을 하며 그에게 손짓을 하였다. 베시의 뜻대로 그가 귀를 가져다 대자 베시가 그의 귀에 소곤거렸다.

일순 표정이 굳어진 저스틴이 고개를 끄덕였다.

"알겠습니다. 그것도 당장 확인해 보도록 하죠."

시원시원한 대답에 안심한 베시가 만족스러운 표정을 지었다. 마음에 걸리는 일들을 해치우고 나니 슬슬 피곤이 몰려왔다. 벗어 두었던 구두를 다시 신은 베시가 저스틴을 졸라 이제 돌아가자고 말하려던 찰나였다.

"그럼 이제 내 차례군요."

저스틴이 불현듯 꺼낸 말에 베시가 눈을 동그랗게 떴다. 내 차례라니? 뭐가?

"당신에게 확인해 보고 싶은 게 있습니다."

베시를 향한 저스틴의 눈빛이 묘하게 심상치 않았다. 저 눈을 내가 어디선가 보았던 것 같기도 한데. 괜한 불안감에 베시는 몸을 의자등받이에 바짝 붙였다.

"뭐, 뭔데요?"

"당신의 교우 관계에 대한 것입니다."

"교우 관계?"

"헤르토그라는 자와는 어떤 사이였는지 묻고 싶습니다."

헤르토그랑 무슨 사이였냐니? 그 녀석은 너는 전생에 무슨 죄를 지었기에 악기를 이렇게 학대하는 끔직한 손을 갖고 태어났냐는 구박을 하고, 그럼 나는 일부러 보란 듯 더더욱 악기를 쥐어뜯으며 그를 괴롭히던 사이였지.

차마 그렇게 답할 수 없는 베시가 눈을 깜빡거렸다. 이 남자의 반응이 꼭 그것 같았다.

"……제이, 당신 설마…… 지금 질투하는 거예요?"

그녀가 설마하며 던진 질문에 저스틴은 당당히 대답하였다.

"네."

일반적으로 남자는 질투하는 모습을 수치스럽게 여기는 경향이 있었다. 하지만 저스틴은 아주 자신감이 흘러넘치는 태도로 제 질투를 정당화하였다.

"내가 사랑하는 여자의 모든 걸 알고 싶다 생각하는 건, 남자로서의 자연스러운 욕구라고 생각합니다."

"……과거를 캐묻는 건 전혀 자연스러운 욕구는 아닌 것 같은데요. 멋진 남자는 여자의 과거에 연연하는 거 아니거든요?"

딱히 연연할 과거는 없지만, 베시는 조금 허세를 부렸다. 자신이 괜한 말을 했다는 걸 깨달은 건, 저스틴이 눈을 가늘게 접어 웃은 순간이었다.

"그럼 저는 멋진 남자는 아닌 모양이군요. 그래서—"

정말 알려 주지 않을 겁니까? 저스틴의 눈이 더는 웃고 있질 않았다. 베시는 입을 열었다 닫기를 되풀이하였다. 너무나 터무니없는 오해를 받은 터라 억울함을 호소할 말이 아무것도 떠오르질 않았다.

"설마 말이 쉽게 나오지 않을 정도로 짚이는 게 많은 겁니까?"

"아, 아니에요! 그런 게 아니라—"

"……돌아가죠."

저스틴은 베시의 가벼운 몸을 부드럽게 잡아당겨 안아 올렸다. 화들짝 놀란 베시가 내려 달라 외칠 틈도 없이 저스틴이 속삭였다.

“오늘 밤은 당신과 이야기 할 게 아주 많을 것 같습니다.”

평소보다 나직한 저스틴의 목소리에 괜스레 몸이 으슬으슬 떨렸다.

베시는 어째서인지 오늘이 길고 긴 밤이 되리라 예감하였다.

* * *

달빛조차도 그림자 속에 단단히 숨은 어느, 깊은 밤. 난롯불이 타닥타닥 타오르는 소리만이 가득한 방 안에서 새치가 희끗하게 난 남자가 떨리는 손으로 펜을 쥐었다. 그의 펜 끝이 거칠게 종이를 긁어내릴 때마다 한 줄의 문장이 완성되었다.

길지 않은 편지를 남긴 남자는 방 안을 휘이 둘러보았다.

난로 옆에 앉아 있는 불청객의 얼굴을 본 남자가 침을 꿀꺽 삼켰다. 불청객이 손짓으로 남자에게 무언가를 지시하였다. 황망한 눈빛으로 불청객을 보던 남자는 책상 위에 있는 작은 약병을 집어 들었다. 한참을 망설이던 그가 알약을 입 안으로 털어 넣었다.

재판을 하루 앞 둔 날.

노튼 백작이 자살했다는 소식이 베시 앞으로 전해졌다.

*　　*　　*

언젠가 크리스와 저스틴, 베시 세 사람이 모였던 카페의 비밀 방 안.

이번에는 빅터까지 포함하여 총 네 사람이 테이블 앞에 앉아 무거운 얼굴을 하고 있었다.

테이블에는 노튼 백작을 고소하기 위해 준비해 두었던 서류들이 어지러이 널려 있었다. 베시는 이제 아무 쓸모가 없어지게 된 그것들을 노려보았다.

'내가 무엇 때문에 코르셋까지 입고 어제 그 난리를 친 건데……!'

조금 억울한 마음도 없지 않았지만, 지금은 그게 중요한 게 아니었기에 베시는 고개를 작게 저었다. 빌헬름 밀러, 이 인간을 이제 대체 어떻게 잡아야 하지?

"……그의 행적이 점점 도를 지나치고 있군요."

무거운 침묵을 찢고, 제일 먼저 입을 연 것은 저스틴이었다. 크리스 역시 고개를 끄덕이며 동의하였다.

"설마하니 그런 형태로 노튼 백작에게 책임을 전부 뒤집어씌울 줄은……."

베시는 테이블 위에 널려 있는 종이 한 장을 집어 들었다. 크리스가 가져온 그것은 노튼 백작의 사체 옆에서 발견된 유서였다.

열 줄도 채 되지 않는 그것에는 베시 에일을 납치한 사람은 자신이 맞으며 와트러 자작에게 모든 책임을 떠넘기기 위해 끔찍한 방화마저 저질렀으나 그로 인한 죄책감이 심하여 죽음으로 사죄한다는 내용이 적혀 있었다.

짧은 유서를 몇 번이나 반복해서 읽던 베시는 그것을 테이블 위로 다시 올려 두었다. 무도회에서 베시와 마주친 빌헬름은 너무나 간단히 노튼 백작을 '버리기로' 결심한 것이다.

미친 자식. 사람 목숨을 대체 뭐로 아는 거야? 베시는 이를 으득 갈았다.

"이렇게 되면 노튼 백작을 법정에 세운 뒤, 빌헬름마저 재판대에 세운다는 계획은 전면 파기군. 빌헬름을 잡는 방법은…… 없는 건가?"

"아니."

크리스가 내뱉은 한탄에 베시는 단호하게 고개를 저었다.

"죄를 지었으면 당연히 그 대가를 치르게 해 줘야지."

"하지만, 베시. 와트러 자작에 이어 노튼 백작의 죽음으로…… 더는 경비부에서 당신의 납치 사건을 손대지 않으려고 들 겁니다."

이번 납치 사건으로 인해 자작 일가 하나와 백작 하나가 연관되어 죽어 나갔다. 경비부는 귀족들의 여론을 의식하여 이 일을 더 깊이 파고들지 않으려고 할 터였다.

애초부터 이런 일에 크게 관심이 없는 황제는 오히려 사건 사고를 부르는 베시의 존재를 탐탁지 않게 여길 가능성이 더 컸다. 베시 역시 그것을 잘 알고 있었다. 그렇다고 해서 이대로 가만히 당할 수만은 없었다.

"상관없어요. 그가 지은 죄가 한 가지밖에 없는 건 아니니까."

"……베시, 설마……?"

무언가를 짐작한 듯, 크리스의 낯빛이 흐려졌다.

"안헬에게 독을 먹인 게 밀러 공작이라는 걸 증명하겠다는 거야? 그건 무리야. 경비부뿐만이 아니라 이미 나 역시 조사를 진행했지만, 아무것도 나온 게 없었어."

베시는 대답 대신 테이블 위에 있는 편지를 노려보았다. 암만 봐도 말이야. 이런 일을 한두 번 해 본 솜씨는 아닌 것 같단 말이지?

제 계획에 방해가 되는 것은 제거하며, 자신에게 향하는 의심을 피하기 위해 허수아비를 이용한다. 베시는 빌헬름의 이러한 수법이 하루 이틀 사이에 완성된 것은 아니리라 생각하였다.

깊은 생각에 잠겨 있던 베시가 고개를 번쩍 들었다. 무언가 떠올랐다는 얼굴이었다.

"크리스! 혹시 안헬 황자가 하마터면 독에 중독될 뻔했던 시기와 맞물려서 관직을 박탈당하거나 자살한 사람은 없었어?"

"응? 그거라면 실종된 보조의 정도밖에 없는 것 같은데……."

크리스는 짚이는 구석이 없다는 얼굴로 고개를 갸웃하였다.

베시가 실망감을 감추지 못하는 얼굴을 하였다.

무언가 한 가지만, 더. 한 가지만 더 손에 넣는다면 분명 연결점이 있을 것 같은데. 초조해진 베시가 입술 끝을 질끈 깨무는 것과 동시에 저스틴이 조용히 입을 열었다.

"라이넬 블랙."

"네?"

갑작스럽게 들려온 이름에 베시가 어리둥절한 얼굴을 하였다. 하지만 크리스와 빅터는 어째서인지 그 이름에 안색이 굳어졌다. 짚이는 구석이 있다는 뜻이었다.

"잠깐, 제이! 설마 그건—"

"하지만 분명 시기적으로는 말이 됩니다."

저스틴의 대답에 고개를 끄덕인 빅터가 얼른 한 마디를 거들었다.

"저스틴 경의 말이 맞습니다, 전하. 최근 귀족들 사이에서 블랙 경이 안델 황자 전하 시해의 범인이 아니냐는 말이 공공연하게 떠도는 것 역시 이상하다 생각했는데, 만일 베시가 짐작한 것이 맞다면……."

"자, 잠깐! 라이넬 블랙이라는 사람이 대체 누군데요?"

베시는 저만 두고 대화를 나누는 세 명의 남자를 노려보았다. 그러자 저스틴이 착잡한 표정으로 입을 열었다.

"베시. 라이넬 블랙은 저의 친우이자 부하이며, 하얀 사자 기사단의 일원이었던 사내입니다."

"……일원이었던?"

"그는 몇 달 전, 은빛 매 기사단에게 참을 수 없는 모욕을 받고, 무단으로 검을 빼 들어 기사 작위를 박탈당했습니다."

"아……."

베시는 어렵지 않게 그 사건이 무엇인지를 떠올릴 수 있었다. 분명 저스틴이 정직 처분을 받고, 도서관에서 봉사 활동을 하게 된 원인이 되었던 사건이었다. 설마, 그 일이 이런 식으로 연결이 될 줄은—

"혹시 그 라이넬이라는 분, 안헬 황자의 독살 미수 사건과 관련해서 무언가 말을 하려고 했다거나 그런 적은 없었나요?"

"특정 인물을 지목하지는 않았지만, 그는 그 날 황성을 호위하던 자로서 조사에 성실하게 임하고 있었습니다. 하지만 그 후에 바로 은빛 매 기사단과의 다툼이 있어서……."

저스틴은 말끝을 흐리며 생각에 잠겼다. 안헬 황자 독살 미수 사건 이후, 라이넬은 저스틴에게 좋지 않은 예감이 드니 각별히 조심하라는 충고를 하였다.

그가 빌헬름이 모든 일의 배후이라고 짐작했던 건 아니었으리라. 만일 그랬다면 그는 저스틴에게 사실을 그대로 전했을 테니까.

단지 석연치 않은 어떤 걸 감지하였기에 그걸 알리려고 하였고, 그걸 알아차린 빌헬름은 사전에 자신에게 의심이 몰릴 가능성 자체를 차단해 버린 것이리라 보는 게 옳을 것 같았다.

저스틴의 말을 들은 베시는 고개를 끄덕였다. 자신이 몇 번 본 빌헬름이라는 사내는 충분히 그러고도 남을 자였다.

"제이. 그가 지금은 어디에 있는지 아나요?"

"마지막으로 서신을 주고받은 지 조금 시일이 지나긴 했지만, 아마 그는 국경 근처에서 머물고 있을 겁니다."

저스틴은 이 사건을 전부 정리하고 나면 크리스에게 청하여 제 친우를 다시 수도로 불러올 생각이었다.

다시 기사 작위를 되찾는 것은 어려울지 몰라도, 그와 같이 훌륭한 인재를 그대로 둘 수도 없는 노릇이었다.

"혹시 모르니까 그에게 서신을 보내줘, 제이. 그의 증언이 필요하게 될 수도 있으니까."

"걱정 마십시오, 전하. 설령 지금은 검을 놓았다 하더라도 그는 언제든지 전하를 위해 다시 검을 잡을 사내입니다."

"……알고 있어. 그를 끝까지 지키지 못했던 내가 이런 청을 하는 것이 뻔뻔하지만, 부탁해."

저스틴은 대답 대신 무겁게 고개를 끄덕였다. 그 모습을 물끄러미 지켜보고 있던 베시가 박수를 한 번 쳐서 두 남자의 시선을 끌었다.

"자, 좋아요. 그자가 이런 수법을 한두 번 쓴 게 아니라는 건 분명하네요. 그리고 내 예상이 맞다면 그 자는 이걸 다른 누군가에게— 예를 들면, 전 밀러 공작에게 배웠을 가능성이 크지 않을까요?"

황제가 황태자에게 제왕학을 가르치는 것처럼, 공작 역시 제 후계자에게 자신이 가진 모든 정치적 기술을 전수한다. 베시는 슐레이 반 듀벨의 암살 사건 때도 분명 비슷한 일이 있으리라 확신하였다.

"크리스. 내가 너한테 준 책 기억해? 네 할아버지의 기사가 적혀 있던 스크랩북 말이야."

"물론 기억하지."

"그 기사 중에는 슐레이 반 듀벨이 암살되기 몇 시간 전, 성 밖으로 나가는 것을 누군가가 목격했다는 내용이 있었어."

베시의 말을 들은 빅터와 저스틴은 눈을 동그랗게 떴다. 선대 황제의 암살 사건에 관련된 정보는 외부에 공개된 것이 거의 없었기에 그들에게는 이것이 매우 생소한 이야기였다. 하지만 이미 스크랩북을 정독한 크리스는 고개를 크게 끄덕이며 동의하였다.

"맞아! 분명 그런 내용이 있었지. 그렇다는 건 그 목격자를 찾을 수만 있다면 무언가 단서를 찾을 수 있겠군!"

"……그렇겠군요, 전 밀러 공작이 그 목격자를 죽이지 않았다면 말이죠."

초를 치는 저스틴의 말에 크리스가 얼굴을 찌푸렸다.

"제이. 이럴 때 정도는 좀 긍정적인 답을 하면 안 되겠어?"

"물론 저도 그러고 싶습니다. 하지만 선대 황제를 섬기던 시종이나 기사들은 대부분 죽거나 성을 나가 소식이 끊겼다는 사실을 기억하니 마냥 기뻐할 수는 없어서."

그 말은 전부 사실이었기에 크리스는 입을 꾹 다물었다. 단서를 찾았다며 기뻐하던 크리스의 어깨가 삽시간에 축 늘어졌다. 그것을 물끄러미 지켜보던 베시는 문득, 빅터가 미간을 잔뜩 찌푸리고 있다는 걸 깨달았다.

"오빠. 왜 그러세요? 뭔가 짚이는 거라도 있으세요?"

"아니, 실은…… 당시의 일을 기억할 만한 인물이 이 수도에 한 명 있는 것 같아서 말이다."

"그게 누군가!?"

시무룩하던 크리스가 고개를 번쩍 들어 올리며 외치자 빅터가 움찔 놀라며 입을 열었다.

"부, 붉은 도끼입니다, 전하."

"……그건 대체 누군가."

크리스가 당혹감을 감추지 못하는 얼굴로 저스틴을 한 번 보았다. 저 기괴한 이름이 누구의 별명이냐 묻는 시선이었다. 저스틴 역시 짚이는 구석이 없었기에 고개를 저었다.

"말도 안 돼!"

그러나 베시는 혼자 빅터의 말을 알아들은 것처럼 자리를 박차고 일어섰다. 덕분에 의자가 우당탕, 소리를 내며 뒤로 넘어갔지만, 흥분한 베시는 그것도 모르고 제 오빠에게 소리를 질렀다.

"오빠! 그게 진짜예요? 붉은 도끼 그 양반이 선대 황제랑 대체 무슨 관련이 있는데요!?"

기겁한 빅터가 뒤로 반걸음 물러서서 입을 열었다.

"그, 그는 무척 실력이 좋은 용병이라 선대 황제 폐하와 함께 여러 번 전쟁터에 나선 적이 있다 들었거든. 선황께서 승하하신 후에는 용병 일을 그만두고, 수도 어딘가에서 고서점을 운영하고 있다고 들었는데……."

"고서점? 용병?"

무언가 친숙한 단어의 조합에 저스틴이 얼굴을 찌푸렸다. 먼지 낀 더러운 창문, 간판조차 없는 어느 서점과 다리를 저는 근육질 주인장의 모습이 뇌리를 스쳤다.

"잠깐— 베시?"

그가 간신히 상황을 파악했을 때, 어느새 베시가 그의 손을 잡아끌고 있었다.

"가요, 제이!"

그렇게 외친 베시는 저스틴이 무어라 말을 할 틈도 주지 않고, 그를 데리고 움직였다. 당황한 크리스가 그들의 뒤통수에 대고 외쳤다.

"베시! 어디로 가는 거야?"

"너 빨간 책 사는 곳!"

크리스가 허를 찔린 얼굴을 하는 사이, 베시는 저스틴과 카페를 빠져나갔다.

더는 그 뱀 같은 사내에게 꼬리를 자를 틈을 주지 않겠다고 다짐하며.

17.

모든 만남에는 이유가 존재한다

수도의 길에 훤한 저스틴 덕에 베시는 비교적 빠르게 서점이 있는 뒷골목에 도착할 수 있었다. 변함없이 먼지가 치덕치덕 붙은 창문을 보며 반가움을 느낄 겨를도 없이 그녀는 가게 문을 뻥, 열어젖혔다.

"아저씨! 이 망할 영감탱이야!"

다짜고짜 소리를 질러 대는 그녀의 모습에 책상에 기대어 꾸벅꾸벅 졸고 있던 서점 주인이 의자에서 미끄러졌다. 쿠탕탕— 요란한 소리가 들리며 앓는 신음이 흐릿하게 서점을 울렸다.

"아, 아이구구— 이 마녀가 미쳤나! 갑자기 왜 엄한 가게에 쳐들어와서 지랄이야!"

성질이 난 서점 주인이 책 더미 속에서 얼굴을 내밀며 소리를 질러댔다. 베시 역시 그에 지지 않는 음량으로 응대하였다.

"왜 진즉 말 안 했어요!? 당신이 슐레이 반 듀벨의 검 중 하나라고!"

서점 주인은 놀란 듯 눈을 커다랗게 뜬 채로 굳어 버렸다. 한 걸음 느리게 서점 안으로 들어선 저스틴은 그 옆으로 다가가 서점 주인의 몸을 잡아당겨 그를 강제로 다시 의자에 앉혔다. 그제야 정신을 차린 서점 주인이 더듬더듬 입을 열었다.

"마녀, 너 그걸 어디서……."

"어째서 모른 척한 겁니까?"

이번에는 저스틴이 조용한 목소리로 서점 주인을 힐난하였다.

"아무리 당신이 용병 출신이었다 하더라도 선황의 은혜를 입은 몸이었다면 황제의 검으로서 그에게 갖추어야 할 예우가 있었을 겁니다."

왕 혹은 황제와 함께 참전하여 그를 비호한 자들은 흔히 '검'이라 불리었다. 기사건 일개 병사건 혹은 용병이건 출신 성분은 상관없었다. 황제의 검은 가장 마지막까지 황제의 곁에서 그를 지키고 섬긴 자만이 얻을 수 있는 칭호였다.

즉, 저스틴의 말은 가장 모욕적인 비난이었다.

황제의 죽음에 입을 닫고, 세상을 등지기로 한 검에 대한 지탄.

그것을 누구보다 잘 알고 있는 서점 주인의 얼굴에 깊은 그늘이 졌다.

"……이미 부러진 검일세. 내가 무슨 힘이 있겠나."

자조적인 어조로 중얼거린 그가 이마를 문질렀다. 평소에는 잘 단련된 어깨를 쭉 펴고 있는 서점 주인의 모습이 유난히 초라하게 보였다. 그것을 조용히 지켜보고 있던 베시가 숨을 골랐다. 들어오자마자 소리부터 내지른 통에 내심 호흡이 부족하였다.

"아저씨."

감정을 가라앉힌 베시가 천천히 말을 이었다.

"그 스크랩북 다른 데서 구해온 거 아니죠? 아저씨가 만들어서, 아저씨가 갖고 있었던 거였죠?"

질문의 형태를 빌렸지만, 베시의 목소리에는 확신이 가득하였다.

절대 못 구한다 말한 것치고는 너무나 완벽한 스크랩북을 구해 온 것이 좀 이상하다고는 생각하였다. 마치 언젠가 어느 순간에 귀하게 사용되기 위해 준비되었던 것처럼 보존 상태가 너무나도 좋았으니까.

"슐레이 반 듀벨에게 무슨 일이 있었던 거죠?"

베시의 목소리가 적막한 서점 안을 채웠다. 가느다란 숨소리 외에 다른 소리는 들려오질 않았다.

한참의 침묵 후, 서점 주인이 느리게 입을 열었다.

"……나 역시 모르네. 그날 밤, 그분에게 대체 무슨 일이 있었던 것인지."

힘없는 목소리에서는 진심이 묻어났다. 그는 거짓말을 하고 있는 게 아니었다. 그 역시 슐레이 반 듀벨의 죽음에 감추어진

진실이 무엇인지 모르는 것이다. 오히려 그렇기에 스크랩북까지 만들어 가며 혼자 조사를 했던 것이리라.

"내가 할 수 있는 것이라고는…… 그저 그분이 지키라고 했던 걸 지키는 것뿐이었네."

고개를 푹 숙인 서점 주인이 중얼거렸다.

"전하께서 남기신 4권의 책과 암호 금고, 그것들이 다른 이의 손에 들어가지 않도록 말일세."

아— 베시는 그제야 슐레이 반 듀벨의 편지가 담긴 금고가 왜 휴게실에 숨겨져 있었는지 알아차렸다. 이 서점 주인 덕에 선대 황제가 남긴 단서들은 모두 무사할 수 있었던 것이다.

"주인장. 그 스크랩북의 기사에는 선황께서 성을 빠져나가는 걸 본 자가 있다는 이야기가 있었다고 했습니다. 그게 사실이라면 그 목격자는 대체 누구입니까?"

저스틴의 물음에 서점 주인이 고개를 저었다.

"그자는 아내를 잃었네."

뜬금없는 말에 베시와 저스틴이 서로를 마주 보았다. 먼저 입을 연 것은 베시였다.

"그게 무슨 말이에요, 아저씨?"

"슐레이 전하께서 성 밖으로 나가시던 걸 목격했던 자. 그날 문지기였던 사내. 그 사내는 저가 본 것을 말하고 난 후, 바로 아내를 잃었어."

"……."

이번에는 두 사람 모두 서점 주인의 말이 무슨 뜻인지 분명하게 이해할 수 있었다. 그가 쉽게 입을 떼지 못하는 것이 목격자에 대한 걱정 때문이리라 짐작한 저스틴이 무릎을 굽혔다.

"그렇다면 제가 지키겠습니다."

그 어떤 미사여구도 덧붙이지 않은 진실한 맹세였다. 서점 주인이 천천히 고개를 들어 올려 저스틴의 얼굴을 바라보았다. 그와 눈을 마주 한 저스틴이 다시 한 번 말하였다.

"저스틴 하이네의 이름을 걸고, 맹세합니다. 그 누구의 희생도 허락지 않겠습니다."

서점 주인의 눈동자가 조금 흔들렸다. 젊은이 특유의 오만함이라 치부하기에는 너무나 강인하고, 긴박한 상황 탓에 나온 헛된 말이라기에는 흔들리지 않는 신념이 엿보였다.

그는 과거에도 이런 남자를 한 명 알고 있었다.

"브라이언 하이네……?"

"제 아버지를 아십니까?"

저스틴이 의외라는 얼굴로 중얼거린 말에 서점 주인이 무어라 표현할 수 없는 얼굴을 하였다. 하지만 그의 얼굴에 곧 웃음 비슷한 것이 번졌다.

"자네가 하이네 삼 형제 중 막내 공자님이로군."

그렇다면 어쩔 수 없지. 뜻을 알 수 없는 말을 중얼거린 서점 주인이 더러운 메모지에 무언가를 끄적거렸다.

"선황이 타계하신 후…… 한쪽 다리가 망가진 채, 밀러의 눈 밖에 나 버린 내가 이곳에 자리를 틀 수 있게 해 준 자가 있었네. 나는 이런 내가 대체 어떻게 보답을 할 수 있겠나 싶어 그 도움을 받지 않으려 했지. 하지만 그는 이렇게 말하며 날 도와주더군."

어떤 주소지가 적힌 메모지를 앞으로 내밀며 서점 주인이 말을 이었다.

"'모든 만남에는 이유가 있소. 그러니까 훗날 일은 알 수 없는 거요.'"

베시에게도, 저스틴에게도 귀에 친숙한 말이었다. 저스틴은 서점 주인이 건넨 메모지를 조심스레 손에 쥐었다.

"자네의 부친이 어떤 분인지를 아네. 그러니 그 훌륭한 분의 인품을 닮았을 자네의 맹세 또한 믿네."

"……반드시 제 맹세를 지키겠습니다."

저스틴이 다시 한 번 온 힘을 다해 다짐을 하자 그제야 서점 주인이 웃었다.

부러진 검신에서 녹 부스러기를 털어 낸 것처럼 환하게.

* * *

서점을 빠져나와 주인이 적어 준 주소를 따라 목적지에 도착한 베시와 저스틴은 건물 앞에서 당혹감을 감추지 못했다.

"……제이. 정말 여기 맞아요?"

"이 메모지에 적힌 주소지는 분명 여기가 맞습니다."

그렇게 말하면서도 저스틴 역시 메모지를 한 번 더 들여다보았다. 입속으로 몇 번 주소지를 되뇐 그는 '출입국 심사 관리소'라는 간판이 붙은 건물을 바라보았다.

어쩨 주소지가 묘하게 눈에 익은 것 같다 생각은 하였지만, 설마 여기일 줄이야.

"그 아저씨가 가짜로 주소를 적어 준 건 아니겠죠?"

"그건 아닐 겁니다. 여기 이름도 적혀 있으니 일단 들어가서 이 이름을 가진 인물이 있나 찾아보도록 하죠."

저스틴의 말에 고개를 끄덕인 베시가 막 출입국 관리사무소 안으로 발걸음을 옮기려던 찰나였다.

"베시!"

제 이름을 반갑게 부르는 목소리에 놀란 베시가 걸음을 멈추었고, 저스틴 역시 소리가 돌린 방향으로 고개를 돌렸다. 예상 밖의 인물이 손을 흔들고 있었다.

"어? 줄리아?"

"멀리서 보고 설마 했는데, 정말 베시가 맞군요! 공작 부인께 듣기로는 몸이 안 좋다고 했는데, 이제 괜찮은 건가요?"

줄리아는 베시가 적잖게 반가웠는지 그녀의 몸을 이리저리 살피느라 분주하였다. 베시는 얼떨떨한 얼굴로 고개를 끄덕였다.

"괜찮아요. 이미 다 나아서…… 아! 보내 주신 애플파이 고마워요. 잘 먹었어요."

인사가 늦어 미안하다며 베시가 사과를 하자 줄리아는 웃으며 고개를 저었다. 베시는 그런 줄리아와 출입국관리 사무소와 번갈아 보며 물었다.

"그나저나 줄리아가 여긴 어쩐 일이에요? 배달이라도 온 건가요?"

"아니에요. 오늘은 가게가 쉬는 날이라 아버지랑 점심을 같이 하려고 나왔어요. 저희 아버지가 여기서 근무하고 계시거든요."

줄리아의 아버지가 공무원이었구나. 베시가 아무 생각 없이 고개를 끄덕이며 그러냐고 대답하던 순간, 조용히 지켜보고 있던 저스틴이 불쑥 입을 열었다.

"줄리아."

"어머, 저스틴 경! 죄송합니다! 저스틴 경에게 인사부터 드린다는 게, 베시를 보고 너무 반가워서……."

"당신이 여길 자주 방문했다면 알 거라는 전제하에 한 가지 묻고 싶은 게 있습니다."

쓸데없는 시간 낭비 없이 본론으로 바로 들어가려는 저스틴의 태도에 줄리아는 당황하는 얼굴을 하였다.

"제프 하워드라는 사람이 누구인지 알고 있습니까?"

저스틴이 입에 담은 이름은 서점 주인이 준 메모지에 적혀 있던 이름이었다. 슐레이 반 듀벨이 성을 빠져나가던 것을 목격한 문지기.

"제프 하워드요?"

"네. 혹시라도 그를 알고 있다면 어떤 사람인지—"

"그거야 당연히 알죠. 그분이 저희 아버지인 걸요."

줄리아가 살포시 웃으며 던진 말에 저스틴과 베시가 동시에 굳어 버렸다.

"두 분께서는 저희 아버지께 볼일이 있으신 건가요?"

"아, 아니, 줄리아, 저기, 그게—"

베시는 말을 더듬거리기 시작하였다. 문득, 아까 전 서점 주인이 했던 말이 떠올랐다.

'그 사내는 저가 본 것을 말하고 난 후, 바로 아내를 잃었어.'

아내를 잃은 문지기에게는 딸이 남아 있었다. 베시는 어째서 제프가 비겁하게 침묵하는 쪽을 택했는지 알 수 있었다. 딸 줄리아를 지키기 위해서이리라.

"줄리아, 우리는—"

어지러운 머릿속을 정리하며 베시가 막 입을 연 찰나.

"아, 마침 저기 아버지가 오시네요! 아버지!"

줄리아가 베시와 저스틴의 뒤를 향해 손을 크게 휘저어 보였다. 반사적으로 몸을 뒤로 돌려 줄리아의 아버지, 제프를 확인한 베시가 눈을 커다랗게 떴다. 베시의 태도가 무언가 이상하다는 것을 알아차린 저스틴이 작은 소리로 물었다.

"무슨 일입니까, 베시? 얼굴을 아는 자입니까?"

베시는 그렇다 대답을 하는 것조차 잊은 채, 뒤에 서 있는 노인을 바라보았다.

'고향은 언제든지 당신을 기다리고 있는 법이오. 집에 돌아 온 걸 환영합니다. 아가씨.'

그는 부드럽게 베시를 맞이해 주었던 바로 그 심사관이었다.

* * *

베시는 짧게 숨을 내쉬었다. 모든 만남에는 이유가 있다. 저스틴의 아버지가 했던 말은 사실이었다. 설마, 자신이 이 수도에 와서 만났던 이들과의 짧은 만남이 이런 식으로 이어지게 될 줄이야.

그녀는 제 앞에서 찻잔에는 손도 대지 않은 채, 입을 다물고 있는 심사관 제프를 보았다.

지금 베시와 저스틴, 그리고 제프는 줄리아의 가게 안에 있었다. 무언가 분위기가 심상치 않다는 것을 감지한 줄리아가 제 가게에서 조용히 이야기를 나누라 권한 덕이었다. 줄리아는 신메뉴 연구를 한다며 주방으로 사라졌다.

베시가 망설이는 사이, 먼저 입을 연 것은 저스틴이었다.

"처음 뵙겠습니다. 제프 하워드 씨. 단도직입적으로 말씀—"

"말할 수 없소."

저스틴이 말을 미처 끝내기도 전에 제프가 답했다. 여지가 없는 단호한 거절이었다. 저스틴이 눈썹을 꿈틀거리며 불만을 표했지만, 제프는 꿈쩍도 하지 않았다.

"당신들이 날 어떤 목적으로 찾아왔을지 짐작하오. 하지만 말할 수 없으며 말하지 않겠소."

"하워드 씨. 무엇을 걱정하는지는 압니다. 하지만 당신이 우려하는 그런 일은 절대 없을 거라 맹세하겠습니다."

저스틴은 서점 주인 앞에서 그러했던 것처럼 진심을 다해 약속하였다. 하지만 제프의 반응은 차가웠다.

"기사의 맹세는 고결한 것이지만, 그렇다고 깨지지 않는 건 아니지. 경이 아무리 하얀 사자 기사단의 부단장이며 하이네 공작가의 일원이라 하더라도 내 두려움을 완전히 잠재울 수는 없소."

서점 주인 때와는 다르게 쉽게 그의 마음을 돌릴 수는 없을 것 같았다. 난처해진 저스틴은 베시를 향해 고개를 돌렸다. 그녀의 의견을 살피기 위해서였다.

"……베시?"

어째서인지 베시는 주머니를 뒤적거려 펜과 수첩을 꺼내 들고 있었다. 혹시 마법으로 강제로 제프의 입을 열 셈인가? 저스틴이 불안하게 베시를 지켜보자 제프 역시 덩달아 얼굴을 찌푸렸다.

"〈작성 시작〉."

그리고 〈작성 끝〉. 그녀의 중얼거림은 짧았고, 메모에 적힌 내용 역시 간단하였다. 〈그 누구도 줄리아 하워드를 해할 수 없다.〉 그녀는 몇 장의 마법을 더 준비하였다. 적힌 문구는 달라도 내용은 대부분 비슷하였다.

순식간에 줄리아를 지키는 수십 개의 마법이 완성되었다.

"나는 줄리아의 애플파이를 좋아해요. 그녀의 애플파이는 내가 살면서 먹어 본 것 중에 가장 맛있거든요."

마법이 적힌 종이 한 장을 만지작거리며 베시가 입을 열었다.

"그뿐만 아니라 나는 줄리아도 좋아해요. 그렇게 친한 것도 아니건만, 아픈 나를 위해 기꺼이 특제 애플파이를 보내 줄 정도로 친절하고 다정한 사람이거든요."

마법이 적힌 종이를 살핀 그녀가 수첩에서 새로운 종이를 북 찢었다.

"그녀의 목숨을 담보로 흥정 같은 걸 할 생각은 없어요. 대가를 바라고 그녀를 지키겠다 말하지 않겠어요. 당신이 우리를 돕지 않아도 상관없어요. 줄리아는 반드시 지킬게요. 그러니까 대신 우리는 이렇게 하죠."

베시는 아직 아무것도 적지 않은 종이 한 장을 들어 올렸다.

"계약을 해요. 제프 하워드. 나의 이명을 걸고."

"베시!?"

깜짝 놀란 저스틴이 목소리를 높여 그녀의 이름을 불렀다. 이명을 건 계약이라니. 그것은 마녀에게 있어서는 생명 혹은 영혼을 내주는 것과 견줄 만한 행위였다.

"대체 무슨 생각을 하는 겁니까?! 아무리 그래도 당신이 그런 일을 자처할 필요는 없습니다!"

제프 하워드에게 줄리아가 그 무엇보다 소중한 존재이듯, 저스틴에게는 베시가 그러하였다. 줄리아를 다치게 할 뜻은 조금도 없었지만, 그렇다고 해서 그것이 베시가 스스로 위험에 제 목을 들이밀어도 된다는 뜻은 아니었다.

"아니요, 제이. 이렇게 하는 게 옳아요. 누군가에게 그가 가진 전부를 걸라 말하기 위해서는 나 역시 그렇게 해야 해요."

하지만 당신을 걸 수는 없으니까. 베시가 웃으며 작게 속삭인 뒷말에 저스틴이 숨을 들이켰다.

저스틴은 그녀의 말이 잘못되었다고 말할 수는 없었다. 지금 그들이 제프에게 요구하는 건 딸의 목숨까지 내걸라고 종용하는 것과 마찬가지였다.

베시는 하워드 부녀에게 그런 일을 시키고 싶지 않았다. 하나뿐인 딸을 지키기 위해 이렇게 긴 시간 동안, 기꺼이 벙어리가 되기로 한 아비에게만큼은.

"안심하세요, 제프 하워드. 이명을 가진 마녀가 제 이명을 걸고 하는 계약은 절대적인—"

"알고 있소. 마녀에게 계약이 얼마나 중요한 의미인지를."

눈을 살짝 내리깐 베시를 향해 제프가 무겁게 입을 열었다. 그는 테이블 위에 쌓여 있는 종이 쪽지 중 하나를 집어 들었다. 주름진 노인의 눈가에서 스치는 빛이 처연한 동시에 비장하였다.

"계약은 되었소. 하지 않겠소."

제프의 입에서 흘러나온 말에 베시는 입술을 꾹 깨물었다. 어쩔 수 없다는 체념이 그녀의 고개를 위아래로 움직이게 하려던 순간, 제프의 말이 이어졌다.

"그날 밤…… 선황께서는 시찰을 할 때 자주 이용하시던 비밀 입구를 통해 성 밖으로 빠져나가셨소."

놀란 베시가 번쩍 고개를 들어 올렸다.

"선대 밀러 공작과 함께 말이오."

쪽지를 만지작거리던 제프가 양손을 테이블 위로 가지런히 올려놓았다. 아주 먼 기억을 더듬는 것처럼 그의 눈썹이 팔자로 휘어 있었다.

"하지만 돌아올 때는 선황 폐하 한 분만 돌아오셨소. 이제껏 내가 한 번도 본 적 없는 얼굴을 한 채로."

"……증언을 해 주실 수 있습니까?"

조용히 그의 말을 경청하고 있던 저스틴이 물었다. 테이블 위에 있는 제프의 손이 순간 움찔하였다. 하지만 그는 곧 고개를 끄덕였다. 저스틴은 그제야 굳은 어깨에 힘을 풀고 고개를 가볍게 숙였다.

"협조에 감사드립니다. 하워드 씨."

"……관리소에 심부름을 하며 드나드는 꼬마 녀석이 하나 있소."

난데없는 제프의 말에 저스틴이 한쪽 눈썹을 꿈틀거렸다. 갑자기 이 상황에서 왜 심부름꾼 아이 이야기가 나오는 건가 싶었다.

"꽤 머리가 좋은 아이라서 한 번 들은 건 절대 잊어버리지 않아 나도 종종 심부름을 부탁할 때가 있지. 그런데 어느 날, 그 녀석이 그러더군. 도서관에 새로운 관장이 왔다고."

어째서일까. 가만히 이야기를 듣고 있던 베시는 그 머리가 꽤 좋은 심부름꾼 소년이 누구인지 알 것 같다는 생각이 들었다. 떠오르는 얼굴이 있었다. 언젠가 도서관으로 숨어들어 몰래 책을 보고 있던 어린 소년, 피터.

"저가 책을 보는 걸 나무라지도 않고, 오히려 개인 소장품인 책을 빌려주었다며 얼마나 기뻐했는지 모르오."

"……피터는, 꽤 영민한 아이처럼 보였거든요. 조금 수준 높은 책을 읽어도 될 것 같았어요."

베시가 잠긴 목소리로 한 대답에 제프가 빙그레 웃었다. 첫날, 출입국 심사 관리소에서 보았던 그 미소였다.

"고맙소. 내 딸의 목숨으로 흥정을 하려 들지 않아서."

타인의 목숨으로 거래를 논하지 않는 태도, 옳은 것을 위해서라면 조금도 고개를 꺾지 않는 신념, 생면부지의 고아 소년에게 따스함을 베풀 수 있는 온정. 제프의 눈에 보인 붉은 머리의 마녀는 그 모든 걸 갖추고 있었다.

"……그러니 당신을 믿겠소, 에일 관장."

화답하듯 베시가 마주 웃었다. 그녀는 테이블 아래에서 저스틴의 손을 조용히 잡았다.

이제 교활한 뱀을 우리에 가둘 시간이었다.

*　*　*

어스름하게 땅거미가 질 무렵.

저스틴은 수십 명의 부하를 이끌고 밀러 공작저로 향하였다. 성에서 그리 멀지 않은 곳에 있었기에 곧 하얀 사자 기사들이 공작 저를 에워쌌다.

"빌헬름 밀러 공작에게 전한다! 황제폐하의 명을 받아 선황 슐레이 반 듀벨 전하의 시해 혐의를 조사하고자 하니, 당장 나와 조사에 응하라!"

저스틴이 소리 높여 빌헬름을 불렀지만, 저택 안에서는 아무런 반응이 없었다. 기사 중 한 명이 창문을 가리켰다.

"저길 보십시오, 부단장님!"

서둘러 창문을 확인해 보니 피로 물든 손자국이 보였다. 불길한 징조였다.

저스틴은 당장 발로 문을 걷어찼다. 두꺼운 문짝에 쩍— 균열이 가자, 그는 다시 한 번 더 발길질을 하였다. 곧 우지끈, 소리와 함께 경첩이 떨어져 나갔다. 기사들이 모두 아연실색하여 저스틴을 바라보는 가운데, 그는 재빠르게 저택 안으로 들어섰다.

쥐죽은 듯 고요한 저택 안에서는 피 냄새가 진동하고 있었다. 바닥에 널린 시체를 본 저스틴이 이를 악물었다.

"부단장님! 아무래도 전부 당한 것 같습니다!"

누가 이런 짓을 했는지는 확인할 필요도 없었다. 뱀이 완전히 본색을 드러낸 것이다. 저스틴은 기사들에게 지시하였다.

"달렌 경, 아직 숨이 붙은 자가 있는지 찾아보십시오! 로너드 경! 지금 당장 성으로 가서 상황을 보고하시기 바랍니다."

말을 마친 저스틴이 날랜 몸놀림으로 계단을 올랐다. 다른 기사들 역시 저마다 다른 공간을 확인하기 시작하였다.

순식간에 가장 높은 층까지 올라간 저스틴은 핏자국이 없는 복도를 보고 멈칫하였다. 저 앞에 있는 방은 아무래도 밀러 공작의 침실인 모양이었다. 그는 허리춤에 찬 검을 소리 없이 뽑아 들었다.

조용히 문 바로 앞까지 다가간 저스틴이 차가운 손잡이를 잡아 문을 밀었다. 소름이 돋을 정도로 긴장한 살갗에 닿는 공기가 서늘하였다.

어둠 속에서 하늘거리는 얇은 커튼의 모습이 눈에 들어왔다. 밖으로 통하는 창문이 활짝 열려 있었다.

그것을 확인한 저스틴이 문을 크게 열어 안으로 들어왔다. 바닥에 떨어져 있는 촛대 하나를 제외하면 지나치게 깔끔한 침실이었다. 저스틴이 사람이 생활하는 공간처럼 보이지 않는 그곳을 둘러보는 사이, 수색을 맡았던 기사 한 명이 헐레벌떡 저스틴을 찾았다.

"부단장님, 생존자는 없습니다!"

잔악무도한 인간 같으니라고. 저스틴은 이를 악물었다. 무고

한 사람을 죽이는 것을, 파리 잡는 것만도 못하게 여기는 자였다.

"……전부 밀러 공작이 한 짓 입니까?"

자세한 사정은 모른 채, 저스틴에게 동행했던 기사가 불안한 얼굴로 물었다.

한동안 대답 없이 창문 밖을 노려보던 저스틴이 입을 열었다.

"달렌 경. 지금 당장 모든 기사들을 데리고 성으로 돌아가십시오. 당장 모든 기사단의 단장에게 연락을 취해 성의 경비를 강화하도록 해야 합니다."

저스틴의 목소리가 흡사 전쟁터에서 적의 급습을 대비하는 그것과 같다는 것을 깨달은 달렌이 굳어졌다. 그는 무겁게 고개를 끄덕인 후, 바로 밀러 공작의 침실 밖으로 빠져나갔다. 검집으로 검을 되돌린 저스틴은 한 박자 느리게 그 뒤를 쫓으려 하였다.

하지만 문 바로 앞까지 갔던 저스틴은 순간, 멈칫하며 뒤를 돌아보았다. 바닥을 나뒹굴고 있는 촛대로 시선이 갔다. 촛대에서 튕겨 나온 초에서는 촛농이 뚝뚝 떨어져 있었다. 그리고 그 촛농이 향하고 있는 방향은—

"벽?"

무심코 혼잣말을 중얼거린 저스틴은 얼굴을 찌푸렸다. 무언가가 이상했다. 촛대가 쓰러진 방향이나 촛농이 눌러 붙어 있는 길은 벽에서 시작되어 창문가로 이어지고 있었다.

그는 걸음을 다시 돌려 촛농을 따라 걸었다. 아무런 특징 없는 벽 앞에 선 저스틴은 천장부터 바닥까지를 샅샅이 훑었다. 바닥 가장 아래쪽에는 유독 머리가 툭 튀어나온 작은 못이 하나 있었다.

저스틴이 그것을 조심스레 돌리자 드드드— 무언가가 움직이는 소리가 들려왔다. 익숙한 소리였다. 하이네 공작 저에도 이런 장치로 감추어진 비밀 방이 있었으니까.

한 걸음 뒤로 물러서자 곧 하얀 벽 대신 검은 입구가 모습을 드러냈다. 계단이 아래로 길게 늘어져 있었다. 몰려오는 공기는 미지근하였다. 저스틴은 바닥에 떨어져 있는 초를 주워 올려 불을 켰다.

손에 초를 든 채, 저스틴은 계단을 따라 내려갔다. 약 40여 개의 계단을 내려가니 나온 것은 예상보다도 훨씬 더 작은 방이었다.

벽면 전체가 책장으로 되어 있고, 정중앙에 덩그러니 책상 하나만 놓여 있는 공간.

저스틴은 책상 위에서 불에 타다 만 종이 몇 장을 발견하였다. 그것을 조심스레 집어, 분별이 가능한 내용만 읽어 내려가던 그의 얼굴이 굳어졌다.

"……어째서?"

그을음이 진 종이 수십여 장은 전부 베시의 까마귀— 에릭에 대한 보고서였다.

* * *

"……베시. 제이가 걱정되는 건 아주 잘 알겠지만, 좀 가만히 앉아 있는 게 어때?"

황태자의 집무실 안. 크리스는 산만한 강아지처럼 안절부절못하는 베시를 보며 한숨을 내쉬었다.

"시끄러. 애초에 내가 제이를 따라가게 해 주었으면 내가 걱정할 일도 없잖아."

날 선 목소리로 쏘아붙인 베시가 팔짱을 꼈다. 그를 걱정하고 있다는 걸 감추지는 않는군. 조금 씁쓸한 기분으로 웃은 크리스가 어깨를 으쓱하였다.

"걱정마. 제이가 빌헬름보다 강하니까."

"……진짜?"

"응. 저스틴 하이네가 그토록 오만방자하게 구는 젊은 기사인데도, 황제 폐하 눈 밖에 안 난 이유가 뭐겠어? 타국의 황제조차 탐내는 그 실력 때문이라고."

턱을 괸 크리스가 가지런한 이를 드러내며 씩 웃었다.

"하지만 난 제이가 검술 실력뿐만이 아니라 여자 꼬시는 재주도 그렇게 좋을 줄은 미처 몰랐지. 설마 하니 천하의 베시 에일을 함락시키다니."

"누가 들으면 내가 무슨 난공불락의 요새인 줄 알겠다?"

비슷한 게 아니었던가. 크리스는 대답 대신 그냥 웃었다. 아직은 깊게 생각하고 싶지 않았다. 일에 집중했을 때는 잊을 수 있다가도 이렇게 조금이라도 여유가 생기면 때때로 묻고 싶어졌다.

왜 하필 그인 거냐고.

"음…… 그거야 나도 물론 제이가 어디 가서 다치고 올 사람 같진 않긴 한데, 이상하게 영 기분이 꺼림칙해. 뭐랄까, 맨손으로 코 푼 기분이랄까?"

"……."

감성적인 기분에 젖어 있던 크리스가 책상 위로 머리를 올렸다. 어째 힘이 주르륵 빠지는 기분이었다.

"베시…… 넌 정말."

그런 점이 변함이 없어서 좋아. 아무리 네가 누군가의 사람이 되었다고 하더라도 내가 아는 베시 에일이 남아 있다는 거니까. 크리스가 입속으로 그런 말을 중얼거리던 찰나였다.

"아! 알겠다!"

손뼉을 짝, 친 베시가 크리스 앞으로 달려와 책상을 두들겼다.

"크리스! 너 그거 꺼내 봤어?"

"응? 뭘?"

갑작스러운 베시의 말에 크리스가 부스스 고개를 들어 올렸다. 베시는 답답해 죽겠다는 얼굴로 말했다.

"너희 할아버지가 남긴 편지랑 같이 있던 주머니! 준비가 다 되면 열어 보라던 그거!"

베시의 말에 고개를 갸웃하던 크리스가 아, 하는 짧은 소리를 흘렸다. 워낙 여러 일이 한 번에 터지는 통에 잊고 있었지만, 분명 슐레이가 제 앞으로 그런 주머니 하나를 남겨 놓긴 했었다.

"밀러 공작이 저지른 일들이 다 밝혀졌으니, 뭔지 몰라도 준비가 다 끝난 거 아니야? 이제 그 주머니를 확인해 보는 건 어때?"

계속 찝찝했던 게 아무래도 그 때문이었던 것 같다 말하며 베시가 눈을 반짝 빛냈다.

"그래, 그게 좋겠군."

까맣게 주머니의 정체를 잊고 있었던 크리스는 순순히 비밀금고를 꺼내 들었다. 모든 의문이 다 풀린지라 그는 딱히 주머니의 내용물이 궁금하진 않았다. 그래도 베시가 원한다니 못 보여줄 건 또 없지 싶었다.

금고 안에서 주머니를 꺼내 든 크리스는 스트링을 잡아당겨 입구를 벌려 내용물을 책상 위로 쏟았다. 달그락 소리를 내며 책상 바닥에 떨어진 것은 작게 접힌 메모지, 그리고 작은 은패였다. 그것도 반으로 깨져 있는.

"뭐야, 이건?"

베시는 은패를 집어 들어 요리조리 살펴보았다. 은패는 마치 만들다 만 태양 같은 모양새였는데, 가만 보니 황실의 문장이 작게 새겨져 있었다.

"……어?"

베시의 얼굴이 굳어지는 것과 동시에 메모지를 읽고 있던 크리스의 얼굴이 굳어졌다.

"크리스! 이거—"

"황제가 세상에 공표하지 못하는 황손에게 주는 증표."

크리스의 눈이 베시의 손에 들린 작은 태양 모양 은패로 향하였다. 그는 미간 사이를 문지르며 자신이 들고 있던 편지를 베시에게 내밀었다. 편지를 받아 든 그녀는 얼른 그 내용을 살폈다.

≪셔링크로스가(st) 34번지. 짙은 갈색 머리, 푸른 눈동자, 남자아이, 회색 뉴스보이 캡, 모자챙.≫

수수께끼 같은 단어의 나열이었다. 베시는 그 단어들을 한 번씩 더 되새기며 읽어 보다가 크리스를 향해 고개를 돌렸다. 긴 손가락으로 미간 사이를 문지르던 크리스가 입을 열었다.

"선황께— 성 밖에 숨겨진 아이가 있다는 소문이 돌았던 적이 있어."

베시 역시 한 번 들어 본 적이 있던 말이었다. 슐레이 반 듀벨에 대한 숱한 소문 중 가장 신빙성이 높다 여겼던 소문이었다.

"……소문이 사실이라는 거야?"

"셔링크로스 가 34번지에서 발견된 짙은 갈색 머리의 남자 아이를 찾아보면 알 수 있겠지."

그 누구보다 충격을 받았을 크리스는 덤덤한 모습이었다. 베시는 뉴스보이 캡이라는 단어를 유심히 보며 말했다.

"이 모자 이야기는 뭘까?"

"조부가 성 밖으로 정체를 감추고 시찰을 나가실 때 썼던 모자가 그런 형태라 들었던 것도 같아. 만일 내 예상이 맞다면 이 은패의 반쪽은 그 모자 챙 속에 숨겨져 있는 거겠지."

모자챙에 숨겨진 황가의 은패, 라니. 팔짱을 낀 베시는 문득 이상한 기분에 휩싸였다. 어라? 회색 뉴스보이 캡을 쓴 짙은 갈색 머리칼의 남자아이?

"……아냐, 설마…… 그럴 리가."

베시는 제 머릿속에 떠오른 가능성을 부정하기 위해 고개를 저었다. 하지만 다음 순간, 떠오른 것은 언젠가 에릭이 했던 말이었다.

'바구니 속에 나랑 이 모자가 같이 들어 있었대.'

잠깐, 이게 아니야. 다시 생각해 보자. 베시는 한 손으로 이마를 쥐었다. 분명 그 말을 하기 전에 에릭이 했던 말은—

'날 처음 발견했던 건 서링크로스 거리에 살던 어느 젊은 부부였는데.'

온몸에서 소름이 돋았다. 하마터면 들고 있던 은패를 떨어트릴 뻔했던 베시가 하얗게 질린 얼굴로 뒤로 한 걸음 물러섰다.

"베시? 왜 그래?"

무언가 심상치 않은 것을 감지한 크리스가 걱정스러운 얼굴로 그녀를 보고 있었다. 베시는 제 손에 있는 작은 은패를 힐끔 본 후, 그것을 들어 올렸다.

"크리스! 나 잠깐 이것 좀 빌려줘!"

베시의 터무니없는 부탁에 크리스는 당황하였다. 숨겨진 황손의 존재를 증명할 수 있는 증표를 빌려 달라니. 하지만 다른 누구도 아닌 베시가 꺼낸 말이었다. 크리스는 분명 무언가 이유가 있으리라 짐작하고 고개를 끄덕였다.

"알았어, 베시. 그런데 무슨—"

"짚이는 게 있어! 일단 다녀와서 설명할게!"

그 한마디를 외친 베시는 뒤도 돌아보지 않고, 집무실을 빠져나갔다. 크리스는 착잡한 얼굴로 베시가 사라진 문을 바라볼 뿐이었다.

* * *

숨이 턱에 차도록 걸음을 서두른 덕에 베시는 곧바로 본드 가에 도착할 수 있었다. 그다지 치안이 좋지 않은 곳이라 그런지 어둠에 휩싸인 공기가 을씨년스러웠다.

에릭의 하숙집은 총 3층짜리 목조 주택의 가장 꼭대기 층이었다.

왜 하필 제일 높은 데에 방을 빌린 거야! 속으로 연신 불평을 내뱉으며 그녀는 계단을 올랐다. 간신히 계단을 다 올랐을 적에는 다리가 제법 후들거렸다.

"에릭! 에릭!"

베시는 낡은 문짝을 두들기며 에릭의 이름을 불러 댔다. 평소 같으면 시끄러 죽겠다며 짜증을 부릴 소년의 목소리가 쉬이 들리지 않았다. 불길한 무언가가 등줄기를 휙, 스쳤다. 베시는 얼른 주머니 속을 더듬거려 수첩과 펜을 꺼내 들려고 하였다.

하지만 그녀가 펜을 움켜쥐는 것과 동시에 문이 벌컥 열렸다. 어? 베시가 얼빠진 소리를 내기도 전에 문안에서 뻗어 나온 손길이 그녀를 우악스럽게 방 안으로 끌어당겼다.

"읏……!"

비명을 지를 틈도 없이 그녀는 바닥을 나뒹굴었다. 소매 안으로 쑥 들어가 버린 펜이 피부를 따갑게 찔러 댔지만, 아프다고 투덜거릴 새도 없었다.

푸석하게 피어오르는 먼지가 눈과 코를 쏘았다. 콜록, 콜록 기침을 하며 베시가 고개를 들어 올렸다. 검은 망토를 드리운 채, 표정 없는 얼굴로 서 있는 남자가 있었다.

"빌헬름, 밀러……."

"다음에는 편한 자리에서 만나고 싶었는데, 이런 만남이 될 줄은 몰랐군. 에일 관장."

높낮이가 없는 목소리로 답한 빌헬름의 뒤로 굳어 버린 에릭의 모습이 보였다.

"에릭!"

"……너무 큰 소리를 내지 않는 게 좋아, 관장. 희생자를 늘리고 싶나?"

희생자? 그제야 베시는 방 안에서 미미한 피비린내가 감돈다는 것을 깨달았다. 황망히 시선을 돌리자 근처에 쓰러져 있는 어느 중년 여성의 모습이 보였다. 에릭의 하숙집 주인이었다.

핏기가 오른 흰자위와 거품이 묻은 입가가 그녀의 상태를 설명해 주고 있었다. 베시는 엉거주춤 몸을 일으켜 자리에 앉았다.

"이게 무슨 짓이죠, 밀러 공작? 아무리 당신이 신분 높은 귀족이라도 이런 식으로 무고한 이를 죽이는 행동은 용서받지 못해요."

이미 한 번 빌헬름에게 철저하게 당한 경험이 있는 베시는 지금 상황이 상당히 불리하다는 것을 알고 있었다. 게다가 전과 달리 지금의 빌헬름에게는 더 이상 자를 꼬리가 없었다.

그것은 즉, 눈에 뵈는 게 없을 거란 뜻이었다.

하필 이럴 때 예비용 보호 마법도 하나 안 가져 오다니. 베시는 제 머리를 쥐어뜯으며 걸쭉한 욕설을 퍼부어대고 싶었다. 하지만 뒤늦은 후회는 아무 의미가 없었다.

정신이라도 바짝 차리자며 베시는 빌헬름 뒤에 있는 에릭의 상태를 살폈다. 다친 곳은 없어보였지만, 충격에 빠진 것처럼 시선이 어지러이 움직이고 있었다.

"에릭?"

걱정 어린 목소리가 베시가 그를 부르자 소년이 천천히 고개를 돌렸다. 핏기 하나 없는 얼굴이었다.

"베시."

에릭이 입꼬리를 파르르 떨고 있었다.

"이 남자가…… 미쳤나 봐. 자꾸 이상한 말을 해. 내가, 슐레이반 듀벨의 숨겨진 아들이래. 내가…… 황족이래."

"……."

"말이 돼? 내가, 황족이라고? 하하……."

에릭이 고개를 저었다. 말도 안 돼. 그럴 리가 없잖아. 에릭이 연달아 저를 부정하는 말을 내뱉자 빌헬름이 조용히 입을 열었다.

"에릭 반 듀벨. 믿건 안 믿건 네 자유지만, 그렇다고 해서 사실이 거짓이 되는 건 아니다."

빌헬름은 에릭을 향해 손을 뻗었다. 움찔한 에릭이 몸을 잔뜩 웅크렸지만, 빌헬름의 손이 향한 곳은 에릭의 목이 아니라 그의 바로 뒤— 벽에 걸려 있던 모자였다.

회색 뉴스보이 캡. 에릭이 평소 쓰고 다니던 바로 그 모자.

그것을 쥔 빌헬름은 아무 망설임 없이 모자챙을 뜯어냈다. 부욱— 원단이 찢겨져 나가는 소리와 함께 안에서 유독 두꺼운 심지가 모습을 드러냈다. 빌헬름은 노련하게 심지를 찢어발겨 그 안에 들어 있는 걸 꺼내 들었다.

태양 모양을 한 반쪽짜리 은패였다.

"……어떻게 당신이 그런 걸 아는 거야? 크리스조차 몰랐던 걸?"

베시가 이해할 수 없다는 얼굴로 던진 질문에 빌헬름이 피식 웃었다.

“잊었나, 베시 에일? 슐레이 반 듀벨이 죽기 전 누구와 함께 성 밖으로 나갔는지를?”

“선대 밀러 공작은…… 에릭의 존재를 알고 있었다는 거야?”

경악에 찬 베시의 목소리가 허공 사이로 흩어졌다. 빌헬름은 바닥에 주저앉아 있는 베시를 향해 다가와 그녀의 눈을 가만히 들여다보았다.

“마녀. 은패의 존재를 알고 있다는 이야기는 황제가 남겨 둔 반쪽을 찾았다는 이야기겠지?”

“…….”

당연하지. 지금 내 주머니에 그 반쪽이 들어 있으니까. 베시는 그렇게 말하는 대신 눈에 힘을 바짝 주었다.

“……그래서? 무슨 속셈이야? 어째서 에릭을 찾아온 거야?”

베시의 눈동자를 찬찬히 들여다보던 빌헬름이 입을 열었다.

“겨울 하늘 같군.”

“뭐?”

난데없는 말에 어리둥절 하는 것도 잠시, 그녀의 몸이 허공으로 붕 떠올랐다. 마치 짐짝을 옮기는 것처럼 베시를 들어 올린 빌헬름이 그녀를 에릭 바로 옆으로 내던졌다. 딱딱한 매트 위에 내동댕이쳐진 베시의 눈에서 순간, 눈물이 핑 돌았다. 저 망할 새디스트 자식!

“에릭 반 듀벨.”

빌헬름은 한곳으로 몰아넣은 토끼 무리를 보는 것처럼 에릭과 베시를 바라보며 입을 열었다.

"비록 반쪽의 피긴 해도 너에게는 황실의 피가 흐른다. 너에게는 황실의 일원으로서 누릴 수 있는 모든 것이 보장된다. 지금의 황태자 크리스 반 듀벨이 그러한 것처럼."

등줄기로 서늘한 것이 스쳐 지나갔다. 베시는 경악 어린 얼굴로 빌헬름을 노려보았다.

"빌헬름! 당신 설마 에릭을 이용하려는 거야?!"

아무리 에릭이 슐레이 반 듀벨의 직계라 하더라도 엄밀히 말하면 그에게는 황위 계승권이 없었다.

하지만 크리스가 황태자로서의 입지가 불안한 지금, 슐레이 반 듀벨의 아들이 등장하게 된다면 충분히 혼란이 일어날 것이다. 이제까지 안헬 황자와 안젤라 공주 사이에서 갈팡질팡하던 귀족들이 에릭을 허수아비 삼아 무슨 일을 벌이려고 할지는 뻔하였다.

"이용, 이라는 표현은 듣기 좋지 않군. 난 그가 마땅히 가져야 했던 것을 되돌려 주려는 것뿐이다."

빌헬름이 그들에게 한 걸음 더 다가왔다. 반사적으로 베시는 에릭을 보호하려는 것처럼 그를 단단히 끌어안았다. 그녀의 소매 끝이 침대 위를 툭, 스쳤다. 날카로운 펜촉이 손끝을 스쳤다.

"잘 생각해 보아라, 에릭 반 듀벨. 네가 누구인지를 밝히기만 하면 된다."

그러면 뒷골목에서 해를 피해 살던 쥐새끼의 삶은 끝나겠지.

빌헬름이 속삭임이 마치 위험한 거래를 종용하는 악마의 목소리 같았다.

그가 이렇게 부드러운 음성을 낼 수도 있던 인물이었던가. 베시는 침대 바닥을 더듬거리며 입술을 작게 달싹였다. 기도하듯 조용히.

“황태자가 가진 것을 너 역시 그대로 가질 수 있다. 똑같이 반만 섞인 피라면 어째서 그는 되고, 너는 안 되겠는가.”

빌헬름은 에릭을 설득하려 들고 있었다. 자신의 뜻대로 따르면 이제까지 네가 갖지 못했던 모든 것을, 감히 원할 수조차 없던 전부를 다 안겨 주겠다고.

베시는 간신히 떨림이 멎은 에릭의 작은 정수리를 내려다보았다. 만일 에릭이 원한다면 베시는 이 소년이 선택한 것을 막을 권리는 없었다. 제 뿌리를 찾겠다는 그 소망을.

거친 시트 자락에 손을 대고 있던 베시가 천천히 숨을 내뱉었다.

“에릭…….”

참을 수 없는 안타까움에 베시가 조용히 그의 이름을 부르자, 빌헬름 역시 독촉하듯 소년을 불렀다.

“에릭 반 듀벨.”

그때, 꺼질 것 같은 목소리로 에릭이 입을 열었다.

“—마.”

지나치게 작은 소리에 빌헬름이 눈썹을 까닥거렸다. 에릭이 천천히 고개를 들어 올렸다. 어느새 아까 전의 겁먹고 혼란스러워 하던 모습은 온데간데없었다.

"그렇게 부르지마. 나는 에릭이야."

모든 고뇌가 끝났다 말하는 것처럼 가슴을 편 소년이 말했다.

"설령 내가 전 황제의 자식이라 하더라도 당신이 나에게 반 듀벨의 이름을 붙일 순 없어. 그건 나의 선택이야."

안도감에 베시의 입가가 실룩거렸다. 그녀는 누구보다 초연하게 이 상황에 맞서려는 에릭을 와락 끌어안아 주고 싶었다. 이 소년은 역시 베시가 택한 마녀의 까마귀였다.

"당신의 뜻대로 놀아나는 꼭두각시 노릇은 사양이야. 그럴 바에는 차라리 뒷골목 쥐새끼로 살아가겠어."

"쥐가 아니야."

보다 못한 베시의 한마디에 에릭이 그제야 베시에게 시선을 주었다. 소년의 얼굴에 곧 개구진 미소가 번졌다.

"맞아. 난 쥐새끼 따위가 아니야. 마녀의 까마귀지."

베시가 마주 웃어 주었다.

"……그래, 에릭. 네가 전 황제의 아이라서가 아니야. 그 누구도, 설령 너라도, 온힘을 다해 살아가려는 네 가치를 낮출 수 없어."

살아 있는 것은 존재 자체로도 모두 고귀하다는 그런 말은 조금 상투적인 소리였다. 하지만 베시는 에릭을 위해 기꺼이 그렇게 말하고 싶었다.

"혈통은 상관없어. 너는 너일 뿐이야."

에릭을 향해 부드럽게 웃어 준 베시가 천천히 고개를 옆으로 돌렸다. 빌헬름은 실망한 것처럼 보이지 않았고, 분노한 것처럼 보이지도 않았다. 그저 평소와 같은 무표정으로 입을 열었다.

"그렇다면 어쩔 수 없군. 이 은패는 내가 대신 사용하는 수밖에."

대신? 반사적으로 그의 말을 따라하려던 베시가 움찔하였다. 이 증표는 황제의 피를 이어받았다는 것을 증명하는 증표. 그렇다면 빌헬름이 이 증표를 사람들 앞에 내놓는다면—

"빌헬름! 황손 행세를 할 셈이야?!"

"최선이 통하지 않으니 차선을 택하는 수밖에."

"사람들이 당신 말을 믿을 것 같아? 아무리 전 황제가 남긴 증표를 가지고 있더라도 현 공작이 황제의 사생아라는 건 터무니없는 소리잖아!"

"어떤 이들은 언제나 자신이 믿고 싶은 것을 믿지. 그리고—세상에는 차라리 내가 황제가 되길 바라는 이들이 상당히 많아, 베시 에일."

베시는 이를 악물었다. 저를 죽이려 찾아왔던 붉은 늑대 기사, 롤랜드가 떠올랐다. 순수한 피를 들먹이며 헛소리를 지껄이던 그는 분명 진심이었고, 안타깝게도 그런 인간이 한두 명만은 아니리라.

"거짓말로 세상을 덮어 보겠다고?"

베시가 악 다문 잇새로 내뱉은 말에 빌헬름이 답했다.

"거짓을 진실로 만들면 그만이니까."

무덤덤하게 말한 그가 검 끝을 세워 에릭의 앞으로 내밀었다. 기겁한 베시는 더욱 힘주어 에릭의 몸을 제 품안으로 끌어당겼다.

"빌헬름!"

"베시 에일. 여기서 손을 뗀다면 네 목숨은 살려 주겠다."

그러니 어서 그 손을 풀고 여기를 떠나라. 빌헬름의 말에 잠시 놀란 베시가 고개를 저었다. 어림도 없는 소리를 하지 말라는 것처럼.

그녀의 품에 안긴 에릭이 외쳤다.

"베시! 너라도 도망쳐!"

하지만 베시는 조금 더 힘주어 시트 자락을 쥘 뿐이었다.

"웃기지마. 그렇게 말하면 내가 순순히 그래, 좋아! 이렇게 말하고 갈 것 같아? 내 까마귀에게 손댈 생각 하지 마."

"기세는 좋군, 베시 에일. 좋아. 그럼 이제 어떻게 할 생각이지? 네 마법으로 나를 죽일 건가? 아님 다른 방법이라도 있는 건가?"

드물게도 빌헬름이 웃음을 흘렸다. 베시는 입술을 꾹 깨물었다. 그의 말대로 저항할 수 있는 수단이 아무것도 없었다. 한 치의 빈틈도 없는 이 남자 앞에서 태평하게 마법을 쓸 수는 없었고, 그렇다고 해서 몸싸움으로 이길 방법도 없다.

그래도 포기할 수는 없다.

"아니."

포기하지 않는다면, 희망의 끝을 놓지 않는다면 반드시 방법이 있으리라. 베시는 크게 숨을 들이쉬었다. 펜 한 자루 정도의 작은 희망 정도는 아직 쥐고 있었다.

"곧 내 기사님이 대신 당신을 혼내 주겠지. 아주 제대로 말이야."

"호오, 저스틴 하이네가 여길 어떻게 알고 온다는 거지?"

"그건—"

입꼬리를 비튼 베시가 빌헬름을 도전적인 눈빛으로 올려다보며 입을 열었다.

"〈작성 끝.〉"

주문이 끝나는 것과 동시에 그들 앞으로 불꽃이 튀어 올랐다.

팡! 위력이 강하지는 않았지만, 제법 위협적인 소리와 화력에 빌헬름이 반사적으로 뒤로 물러섰다.

펑— 펑— 연달아 터지는 불꽃 사이로 형형색색의 빛깔이 피어났다. 베시는 거치적거리는 시트 자락을 발끝으로 쳐냈다. 그녀가 휘갈겨 쓴 문장이 적힌 부분이 바닥에 툭 떨어졌다.

〈불꽃이 터진다.〉

급한 대로 대충 적은 마법이라 썩 효과가 좋지 않았다. 기왕 터질 거 이런 불꽃놀이 폭죽 같은 규모 말고 엄청 큰 불꽃—이 터졌으면 나도 다쳤겠구나. 아쉬움에 혀를 차던 베시는 얼른 에릭을 문가 쪽으로 내밀었다.

"도망쳐, 에릭!"

에릭은 지체 없이 기민한 몸놀림으로 침대를 뛰어넘어 문가로 달려갔다. 빌헬름이 그 뒤를 쫓으려는 것처럼 움직이자, 다시 한 번 불꽃이 터졌다.

푸식, 주황색 불똥이 빌헬름의 눈 안으로 튀어 올랐다. 반사적으로 그가 손을 들어 눈앞을 가리자, 베시는 얼른 그의 손에 들려 있던 은패를 빼앗았다.

목적을 달성한 그녀는 곧바로 에릭의 뒤를 따라 문밖으로 뛰쳐나갔다. 뒤에서 빌헬름이 그녀의 이름을 크게 부르는 소리가 들렸다. 하지만 뒤를 돌아 볼 필요는 없었다.

문가에서 베시를 기다리고 있던 에릭이 그녀의 손을 잡아당겼다.

"무조건 사람 많은 곳으로 가자!"

그의 판단이 옳다 생각한 베시는 고개를 끄덕였다. 두 사람은 서너 개의 층계를 껑충껑충 뛰어넘었다. 단숨에 1층에 도착한 뒤, 그들의 걸음은 큰 길로 향하였다.

원래 치안이 좋지 않은 동네라 그런지 도움을 청할 만한 행인이 없었다. 한 손에는 은패를, 그리고 다른 손에는 펜을 쥔 채 베시는 정신없이 달렸다. 그녀보다 운동 신경이 우월한 에릭이 조금 앞서서 길을 인도해 주고 있었다.

"어디로?"

숨을 헐떡이며 베시가 던진 질문에 에릭이 손을 뻗어 좁은 골목길 하나를 가리켰다. 어디로 이어지는 곳인지는 알 수 없었으나 베시는 죽자 사자 에릭을 따라 뛰었다. 습한 비린내와 썩은

쓰레기 냄새가 진동을 하였지만, 그것이 불쾌하다 느낄 겨를은 없었다.

“저기서부터 번화가로 이어져!”

에릭의 말대로 골목길의 끝에 환한 불빛이 보였다. 이 시간의 번화가라면 아직 행인도 상인도 많을 터였다. 빌헬름도 쉽사리 손을 쓰지 못하리라 생각하며 베시가 다리에 바짝 힘을 주던 찰나였다.

“베시!”

에릭이 저를 부르는 소리에 그녀는 본능적으로 몸을 옆으로 틀었다. 휘이익— 바람을 얇게 찢는 섬뜩한 소리가 귓가를 스쳤다. 잘려나간 머리카락 몇 올이 허공에서 먼지처럼 춤을 추었다.

반사적으로 고개를 돌린 그녀의 눈에 검을 든 빌헬름의 모습이 들어왔다.

휘청거리던 베시가 주춤거리며 뒷걸음질을 쳤다. 그녀의 뒤에는 에릭이 있었다. 이 자리를 섣불리 피할 수는 없었다. 그녀가 한 걸음 더 뒤로 물러섰다. 빌헬름이 세워 든 검 끝이 그녀의 목을 향하고 있었다.

“베시 에일.”

이런 상황에 저를 몰아넣은 상대라고는 믿을 수 없을 만큼, 조용한 목소리로 빌헬름이 베시를 불렀다.

“한 번 더 말하지. 여기서 그만 손을 떼라.”

예상 밖의 말에 베시는 눈썹을 꿈틀거렸다.

"날 어지간히도 죽이기 싫은가 봐? 내 배에 칼을 박아넣고, 독까지 먹였던 장본인이라고는 생각하기 어려운걸?"

그녀의 빈정거림에도 빌헬름은 표정을 바꾸지 않았다. 그저 담담하게 입을 열었다.

"그럴 필요가 없다면 네 목숨까지 거둘 생각은 없다."

"……."

문득, 몬터스 후작의 무도회에서 빌헬름과 나누었던 대화가 떠올랐다. 먼 옛날의 마녀와 제가 닮았다고 말하던 남자의 눈에 어떤 감정이 어려 있는 것처럼 보이던 건 기분 탓이 아니리라.

"아니."

베시는 작게 숨을 내뱉었다.

"미안하지만, 난 절대 안 물러설 거야."

저 멀리서 보이는 어둠 속에서 은빛 한 줄기가 예리하게 번뜩였다. 차츰 가까워지는 그것을 본 베시가 희열에 찬 미소를 지었다.

"말했잖아. 내 기사님이 당신 가만 안 둘 거라고."

빌헬름이 몸을 뒤로 돌리는 것과 동시에 거세게 바람을 가르는 검이 그의 왼쪽 어깨를 파고들었다.

"빌헬름 밀러!"

저스틴의 노기 어린 음성과 살기에 빌헬름이 순간, 비틀거렸다. 반사적으로 몸을 날리긴 하였으나 검 끝에 베인 옷감이 바닥으로 나풀나풀 떨어졌다. 그의 어깨가 붉게 젖어드는 것을 보며 베시는 뒤로 물러섰다.

에릭의 옆에 다가온 베시가 헐떡거리는 숨을 달래며 손에 꼭 쥐고 있던 은패를 내밀었다. 한동안 머뭇거리던 에릭이 그것을 조심스레 받아 들었다. 은패를 쓰다듬는 에릭의 삐쩍 마른 손가락이 덜덜 떨리고 있었다.

물끄러미 그 모습을 보던 베시가 고개를 옆으로 돌렸다. 저스틴과 빌헬름이 한창 대치 중이었다.

"……저스틴 하이네."

빌헬름은 제 등 뒤를 덮친 그를 노려보며 그의 이름을 중얼거렸다. 저스틴이 검을 쥔 손에 힘을 주자 빌헬름은 검을 고쳐 잡았다.

둘 사이에서 상대를 집어삼키려는 것 같은 예리한 공기가 넘실거리기 시작하였다. 저스틴이 천천히 앞으로 향하자 빌헬름 역시 천천히 저스틴을 향해 검을 세웠다.

적잖이 의외라는 듯, 저스틴이 눈썹을 꿈틀거렸다.

"도망치지 않을 겁니까?"

"어째서 내가 도망을 쳐야 하지?"

빌헬름은 불리한 상황에 처해 있다고는 볼 수 없을 만큼 태연자약하였다.

"도망은 잘못을 저지르고, 죗값을 치르지 않으려는 자들이나 하는 행위지. 내가 도망을 칠 필요가 무엇이 있단 말인가?"

"황족을 시해하려 한 죄, 무고한 이들을 무참히 죽인 죄, 내 약혼녀를 납치하여 살인 미수에 해당하는 상해를 입힌 죄. 이래도 지은 죄가 없다 말할 겁니까? 경비부에서도 그 변명이 통하면 참으로 좋겠군요."

저스틴의 빈정거림에 빌헬름이 조용히 웃었다. 보는 사람의 등골이 오싹해지는 섬뜩한 미소였다.

"저스틴 경. 지금의 제국은 실패작일세. 황제는 평민의 인심과 귀족의 지지를 모두 얻기 위해 박쥐처럼 굴어 대지. 그에게 진심으로 이 제국을 위하는 마음이 있다고 생각하나?"

"당신이 진정으로 제국을 위하는 사람이라고 말하려는 겁니까?"

"이곳이 본래 갖추어야 할 모습을 되찾게 해 주려는 것뿐이지."

"노망이 벌써 들었나 봅니다, 공작. 그건 당신의 역할이 아닙니다."

빌헬름의 눈 안쪽에 서늘한 빛이 일렁였다.

"그럼 누구에게 자격이 있지? 마녀의 능력을 이용하기 위해서 기꺼이 제가 사랑하는 여자를 죽음으로 내몰았던 황제의 핏줄? 아니면 사랑하는 여자 하나 지키지 못하고 잊어버린 잔인한 기사의 피 인가?"

일순, 말문이 막힌 저스틴이 멈칫하였다. 하지만 그는 곧 눈을 서늘하게 빛내며 답하였다.

"그렇다고 해서 당신에게 그 자격이 주어지는 건 아닙니다, 밀러 공작. 목적을 위해서라면 그 어떤 잔혹한 짓도 태연하게 저지르는 당신이 통치하는 나라는 상상만 해도 끔찍합니다."

사랑하는 여자를 잃었다고 해서 무고한 자들마저 죽여 가며 복수를 완성하려 하는 것이 정말 정의라 할 수 있겠는가. 애초에 정답 따윈 없는 문제였다.

다만 한 가지는 분명하였다.

이토록 진한 피비린내를 품은 밀러의 방식은 절대 옳은 것이 아니었다.

"이제 모든 게 끝났음을 인정하십시오."

빌헬름이 고개를 절레절레 저었다. 마치 저스틴을 가엽게 여기는 것 같은 동작이었다.

"경이야말로 섬길 자를 잘못 골랐다고밖에 말할 수 없겠군. 이미 모든 걸 돌이킬 수가 없네."

빌헬름이 피로 젖은 제 어깨를 뒤로 당겨 폈다. 제법 통증이 심할 터인데도 그의 표정에는 아무런 변화가 없었다.

"오늘 밤, 이 제국의 역사는 바뀌게 될 것이다. 수도는 불타오르고, 가장 밝은 곳에서 어두운 곳까지 비명 소리가 처연하게 울려 퍼지겠지."

대놓고 반역을 선포하는 공작 앞에서 저스틴이 숨을 거칠게 내뱉었다.

"밀러. 당신의 반역은 불가능합니다. 은빛 매 기사단의 신변은 이미 확보했습니다."

저스틴의 대답에 빌헬름이 웃었다.

"정말 내가 그깟 어중이떠중이들을 데리고 큰 그림을 그렸다고 생각하나? 역시 자네는 잘못된 선택을—"

"아, 저기. 분위기 깨서 미안한데."

가만히 상황을 지켜보고 있던 베시가 손을 번쩍 들어 올렸다. 빌헬름이 반사적으로 뒤로 시선을 주자 베시가 빙그레 웃으며 말했다.

"혹시 몰라서 말할게. 바마로족이 원군으로 오는 건 기대하면 안 될 거야. 그건 이미 손을 써 두었거든."

좀처럼 변화가 없던 빌헬름의 얼굴에 처음으로 당혹감이 어렸다. 저스틴은 그 모습을 저만 보는 게 아쉽다 생각하며 말을 거들었다.

"베시의 말대로입니다. 빌헬름. 바마로족은 오지 않을 것이며 따라서 당신을 도울 자는 아무도 없습니다."

몬터스 후작의 무도회 날, 베시가 저스틴에게 부탁해 두었던 것이 바로 그것이었다. 그녀는 빌헬름이 국경까지 직접 바마로족을 상대하러 간 게 수상하다며 저스틴에게 조사를 부탁했다.

"……어떻게 알았지, 마녀?"

베시가 어깨를 으쓱하였다.

"당신이 나보고 수도를 떠나라고 했잖아."

빌헬름의 충고는 수도에서 불특정 다수가 위험에 빠질 일이 벌어진다는 걸 예고한 거나 다름없었다. 거기서부터 시작된 의심은 빌헬름이 수도를 비우는 일이 매우 드문 것이라는 데까지 뻗어나갔다.

베시의 말을 들은 빌헬름이 오래도록 그녀를 보았다. 기묘하게도 그 눈빛 속에 떠오른 것은 원망이 아니었다.

베시가 한쪽 눈을 깜빡이는 찰나, 빌헬름이 입을 열었다. 네가 이곳에 오지 않았다면 좋았을 것을. 마치 바람 소리 같은 작은 중얼거림이었다.

"이제 알았습니까, 밀러? 모든 게 끝났습니다. 그러니 순순히—"

저스틴이 말을 미처 끝내기도 전에 빌헬름이 움직였다. 그가 자신의 검을 크게 휘두르며 저스틴에게 달려들었다. 숨을 얕게 들이쉰 저스틴이 팔을 앞으로 내던지듯 뻗어 그 공격을 막아 냈다.

검과 검이 부딪치는 소리가 굵게 골목길에 울려 퍼졌다. 챙! 저스틴이 상체를 뒤로 미는 것과 동시에 빌헬름이 다시 한 번 저돌적으로 공격해 왔다.

챙— 챙— 챙—!

검이 부딪힐 때마다 짧은 불꽃이 튀어 올랐다.

왼쪽 어깨를 다쳐서인지 빌헬름의 검이 평소보다 더 거칠었다. 그 때문에 그의 검을 읽는 것이 쉽지 않았다.

"어리석은, 발악입니다! 밀러! 당신 혼자서 대체 뭘 어떻게 하겠다는 겁니까?!"

그러니 어서 투항하라 저스틴이 외쳤다. 그러나 빌헬름은 끝까지 물고 늘어졌다. 적어도 너를 저승 동무로 삼겠다고 말하는 것 같은 공격이 이어졌다.

휘익— 쉭!

빌헬름이 위아래로 짧게 휘두른 검에 저스틴의 걸음이 순간 흐트러졌다. 빌헬름의 한쪽 입가가 실룩거렸다. 그의 검이 곧바로 저스틴의 왼쪽 가슴— 심장을 향하고 있었다.

"제이!"

베시의 외침이 비명처럼 허공을 뒤흔들었다. 그 순간, 다리 중심을 교묘하게 반대쪽으로 옮긴 저스틴이 오른쪽으로 몸을 틀었다. 때마침 왼쪽을 노리던 빌헬름의 움직임에 빈틈이 생겼다.

저스틴은 그 한순간을 놓치지 않았다.

"악!"

빌헬름의 얇은 입술 사이에서 고통스러운 비명이 터져 나왔다. 푹, 소리와 함께 저스틴의 검이 빌헬름의 가슴에 꽂혔다.

"커— 헉…… 저스틴, 하이네—"

쿨럭, 피비린내가 나는 기침을 한, 빌헬름이 증오 어린 눈으로 저스틴을 바라보았다. 보통 사람이라면 겁을 집어먹고 그대로 주저앉을 만큼 끔찍한 시선이었다. 하지만 저스틴은 그 앞에서 눈 하나 까딱하지 않았다.

푸욱— 가슴에 박혔을 때와 마찬가지로 검이 묵직한 소리와 함께 뽑혀 나왔다. 저스틴은 핏 줄기가 뚝뚝 흐르는 검을 바닥으로 향하도록 잡은 뒤, 빌헬름을 보았다.

한 번, 두 번, 세 번. 눈을 깜빡거린 빌헬름이 휘청거리더니 곧 주저앉듯 바닥으로 쓰러졌다. 저스틴은 마지막까지 그의 모습에서 눈을 떼지 않았다. 검을 꾹 쥔 손등 위로 핏줄이 불거졌다.

바닥으로 쓰러진 빌헬름이 연신 기침을 하였다. 피비린내가 서늘한 밤공기에 엉켜 안개처럼 주변을 뒤덮었다.

빌헬름이 천천히 고개를 돌려 베시를 바라보았다. 그와 눈이 마주친 베시가 움찔하였다. 하지만 그녀는 뒤로 물러서거나 비명을 지르지 않았다. 누군가의 죽음을 목도하는 것이 드문 일은 아니었다.

"마, 녀……."

빌헬름이 베시를 불렀다. 어느새 흰자위가 붉게 달아올라 있었다. 그가 세상에서 제일 무거운 것을 움직이는 것처럼 입술을 달싹거렸다.

"……."

그의 입을 타고 흘러나온 것은 바람 소리보다도 작은 소리였다. 베시보다 그에게 더 가까이 있는 저스틴의 귀에도 들리지 않았을 소리. 그러나 베시는 빌헬름이 한 말이 무엇인지 알 것만 같았다.

달은 정말 차가운가?

달? 베시는 천천히 고개를 들어 올려 하늘을 올려다보았다. 구름 사이로 숨어 있던 달이 슬그머니 얼굴을 내밀고 있었다. 서늘한, 그래서 밤에 더 어울리는 온도의 달빛이 지상으로 쏟아졌다.

언젠가 빌헬름과 주고받았던 대화가 떠올랐다.

'당신도 별을 택했군.'

'태양은 지나치게 눈이 부시고, 달은 너무 차가우니까요.'

빗물처럼 떨어지는 달빛을 따라 다시 아래로 시선을 돌린 베시가 천천히 숨을 들이 내쉰다.

빌헬름 밀러의 두 눈에서 어느 틈엔가, 빛이 사라져 있었다.

* * *

화창한 날이었다. 서쪽에서 밀려온 바람이 조금씩 열기를 품기 시작한 터라 사람들의 옷차림이 전보다도 더 가벼웠다. 베시 역시 평소보다 얇은 블라우스에 검은 면바지 차림으로 큰길을 따라 걷고 있었다.

곧 그녀의 눈앞에 거대한 저택 하나가 모습을 드러냈다. 그 앞에서 딱딱한 얼굴로 보초를 서고 있는 경비대원들이 보였다. 베시가 저택 현관을 향하자 경비대원 중 하나가 그녀를 만류하려 들었다.

"이보시오, 아가씨! 여긴 출입 금지 구역입니다. 함부로 들어갈 수 없어요."

"알아요."

짧게 대답한 베시가 바지 주머니 안에서 신분증을 꺼내 보였다. 신분증에 적힌 이름과 신분을 확인한 경비대원의 표정이 굳어졌다.

출입을 제지할 수 없는 상대라는 걸 알아차린 경비대원이 얼른 뒤로 물러섰다. 베시는 수고한다는 인사 대신 가볍게 묵례를 하였다. 현관 앞에 선 그녀의 등 뒤로 수군거리는 소리가 들려왔다.

"……저 여자가 그 마녀인 건가?"

"맞는 것 같군. 밀러의 반역을 사전에 막아 낸 공을 높이 사서 작위를 하나 하사받기로 했다는 말도 있던데."

"응? 그런 말이 있나? 난 저스틴 경이 하얀 사자 기사단 단장이 될 거라는 이야기만 들었는데?"

"오호, 어쩌면 둘 다 일지도 모르겠군. 며칠 새 죽어 나간 이들이 한둘이 아니라 어디든 빈자리가 많지 않나."

뒤에서 들리는 소리를 무시하며 그녀는 밀러의 저택 안으로 들어섰다.

그날 밤으로부터 벌써 며칠이 지나 있었지만, 여전히 현장은 참혹했다. 벽이나 바닥에 검게 눌러 붙은 핏자국을 가만히 세어 보던 베시가 고개를 들어 올렸다.

제일 꼭대기 층에 그녀의 시선이 스쳤다. 베시는 천천히 층계를 밟아나갔다.

곧 밀러의 침실에 도착한 그녀는 커다랗기만 한 방을 한 번 둘러보았다.

"……하얀 벽. 바닥에 있는 못."

저스틴이 알려 주었던 것들을 되새기며 방을 살피던 그녀는 곧 어렵지 않게 비밀 방으로 통하는 입구를 찾을 수 있었다.

창문에서 들어오는 환한 햇빛이 입구 안쪽을 어렴풋이 밝혔다. 베시는 주머니에서 수첩과 펜을 꺼내 짧게 마법을 휘갈겼다. 곧 그녀의 손에 들린 종이 한 장이 햇볕만큼 밝게 빛나기 시작했다.

계단을 따라 비밀 방으로 들어온 베시는 주변을 둘러보았다. 아직 여기까지는 경비대가 조사를 하지 않은 터라 이 방의 모든 것은 빌헬름이 두었던 그대로였다.

책장에는 여러 가지 책이 빼곡하게 꽂혀 있었고, 그중에는 이미 오래전에 세상에서 사라진 것으로 알려진 귀한 서적이 제법 보였다. 얇게 먼지가 앉은 책장을 바라보던 베시가 문득, 방 가운데에 놓인 책상을 보았다.

책상 위에는 태우다 만 종이 부스러기가 어지러이 널려 있었다. 다가가서 살피니 저스틴이 말해 주었던 대로 에릭에 대한 보고서가 적혀 있었다.

베시는 책상 서랍을 뒤져보았다. 대부분 자물쇠가 걸려 있었기에 그녀는 다시 한 번 펜과 수첩을 뒤적여 마법을 사용해야만 했다.

〈작성 끝〉이라는 주문을 외자마자 총 세 개의 서랍이 덜컹거리며 스스로 열렸다.

첫 번째 서랍 안에는 독약이 들어 있었다.

칼레이도스코프(kaleidoscope), 그리고 아무도 없었다(And

Then There Were None), 구울의 눈물(Tear of ghoul), 그 외에도 구하기 어려운 독이 투명한 유리병에 담겨 있었다. 베시에게는 친숙한 병이었다.

두 번째 서랍 안에는 선대 밀러 공작의 수기가 놓여 있었다. 밀러 가문이 등에 업고 있는 것이 무엇이며 후계자에게 어떤 교육을 해야 하는지 상세히 적힌 그것을 읽던 베시가 얼굴을 찌푸렸다.

≪감정을 죽여야 한다. 동정을 가르쳐서는 안 된다. 연민을 모르게 하라.≫

수기에 적힌 바에 의하면 모든 밀러 공작의 후계는 다섯 살 때, 애완동물을 한 마리 선물로 받는다. 그리고 여덟 살이 되는 해에 자신이 키우던 동물을 제 손으로 죽이는 것으로 후계 수업을 시작하였다. 빌헬름 역시 이렇게 제 아비의 손에서 자라났으리라.

"……이건 아동 학대잖아."

베시가 입술을 꾹 깨물었다. 그 외에도 수기에는 차마 믿을 수 없는 밀러 가문의 비밀이 적혀 있었다.

마지막으로 펼친 장에 적힌 것은 조금 충격적인 이야기였다.

≪슐레이 반 듀벨이 사랑하던 여자와 그 아이를 잡은 나는 그에게 택할 수 있는 기회를 주었다. 제아무리 사자 왕이라 불리며 추앙받는 그라도 결국 프라드한의 핏줄이다. 그의 선조가 그러하듯 여

자 목숨 하나쯤은 간단히 버릴 것이라 생각하였다. 하지만 그는 여자를 택했다. 제 아이를 위해 스스로 독을 마시는 길을 택한 것이다.≫

베시는 천천히 눈을 깜빡거렸다. 슐레이 반 듀벨이 남긴 암호는 '만일 시간을 되돌릴 수 있다 해도 후회하지 않는다. 나는 스스로 선택하여 지킨다.'

그는 과연 무엇을 지키려고 했던 걸까?

어두운 밤, 선대 밀러 공작과 함께 성을 빠져나갔던 슐레이 반 듀벨. 그 후, 독살된 그의 시체에는 아무런 저항의 흔적이 없었다.

선대 밀러 공작의 말이 사실이라면 슐레이 반 듀벨은 스스로 독을 택한 것이다.

사랑하는 이들을 위하여.

조금 엇나가게 맞추어져 있던 퍼즐이 그제야 완전히 제자리를 찾았다.

선대 밀러 공작의 수기를 제자리에 되돌려 둔 베시는 세 번째 서랍으로 손을 뻗었다.

그 안에서 나온 것은 어느 여인의 그림이 담긴 액자였다. 환하게 웃고 있는 부드러운 인상의 여성이었다. 그녀의 옆에는 하얀 사자가 함께 있었다. 앨범의 밑에는《디아나 에카테리아에게. 사랑을 담아.》라는 문구가 적혀 있었다.

"……에카테리아."

베시는 어째서 프라드한이 황성의 이름을 예카테리아로 지었는지 그제야 알 수 있었다. 그 역시 그 마녀를 결코 잊지 못했던 것이다.

액자의 가장자리를 쓸어내리며 베시는 물끄러미 그림 속 마녀를 내려다보았다. 액자의 보존 상태는 놀라울 만큼 완벽했다. 벌써 몇 백 년이 지난 골동품일 터인데도 상한 구석이 하나도 없었다. 소유주들이 이것을 아주 소중하게 손질하고, 간직해 왔음을 알 수 있었다.

어쩌면 역대 밀러 공작들이 모두 제 후계에게 마녀— 디아나를 사랑하도록 세뇌해 왔던 것이 아닐까.

문득 그런 생각이 고개를 들었다. 그렇지 않고서야 그 빌헬름마저 몇 백 년도 더 된 이 액자를 이렇게 소중하게 보관해 둔 것은 말이 되질 않았다. 만일 그게 아니라면—

"마녀, 최초의 왕."

필연적인 어떤 것으로 묶여 버린 존재들의 이름을 중얼거리며 베시가 눈을 깜빡거렸다.

던칸으로 시작된 밀러 가문이 정말 마녀 때문에 이 모든 일을 벌인 것이라면, 어쩌면 이 모든 건 '마녀의 불행' 때문인 건 아닐까.

베시는 죽기 전에 빌헬름이 남겼던 한마디를 떠올렸다.

달은 정말 차가운가?

그의 말에 무어라 대답을 해 주어야 했던 걸까. 잊어야 하는 일이라는 걸 알고 있었다. 하지만 며칠이 지나도록, 계속 그 마지막 모습이 머릿속을 떠나질 않았다.

결국 그 때문에 여기까지 발걸음을 한 것이건만, 여전히 가슴이 답답하였다.

그림을 다시 서랍 속으로 집어넣어 둔 베시가 방 안을 둘러보았다. 주인을 잃은 공간은 유독 쓸쓸해 보였다.

더는 살펴 볼 것이 없다는 것을 깨달은 베시가 걸음을 옮겼다. 삐걱거리는 층계를 밟아 위로 올라서니 예상 밖의 인물이 그녀를 기다리고 있었다.

"제이?"

지금쯤이라면 크리스와 함께 황제를 알현하고 있을 그였다. 에릭의 존재를 공표할지 말아야 할지 논의하는 아주 중요한 자리였다.

베시가 의아함을 감추지 못하고 눈을 깜빡거리자 저스틴이 그녀를 향해 손을 내밀었다. 그가 무엇을 원하는지 알아차린 베시가 마주 손을 내밀자, 저스틴이 그녀를 끌어당겼다. 베시는 순순히 그 품에 안겼다.

"어쩐 일이에요? 에릭은요? 벌써 논의가 끝난 거예요? 어떻게 하기로 한 거예요?"

쉴 새 없이 질문이 쏟아지자 저스틴은 베시의 등을 가만히 쓸어내리며 답했다.

"그의 선택을 존중하기로 하였습니다."

"……그럼."

"에릭 반 듀벨의 존재를 공표하지 않을 겁니다."

하지만 그가 더는 본드가의 음침한 하숙집에서 살 일은 없을 겁니다. 저스틴의 말에 베시는 안도의 한숨을 내쉬었다.

이것이 제 까마귀에게 행복의 시작이리라 단언할 수는 없었다. 그래도 그가 제 뿌리를 찾은 것을, 그들에게 받아들여진 것을 순수하게 기뻐하고 싶었다. 베시가 잘됐다 중얼거리는 소리를 가만히 듣던 저스틴이 입을 열었다.

"……알현실을 나오자마자 도서관을 찾았더니 당신이 없어서 가슴이 철렁했습니다. 이곳에 올 때는 제가 함께 동행할 터니 미리 말해 달라 말하지 않았습니까."

부드러운 책망 앞에서는 입이 열 개라도 할 말이 없었다. 베시는 미안하다는 말 대신 넓은 가슴에 이마를 살살 문질렀다.

"조금 생각하고 싶은 게 있었거든요."

저스틴이 베시를 끌어안은 팔에 조금 힘을 주었다.

"……그녀 때문이 아닙니다. 그들이 스스로 택한 일이잖습니까."

베시가 놀란 얼굴로 고개를 치켜 올렸다. 어떻게 알았어요? 그녀의 물음에 저스틴이 조용히 웃었다.

"난 당신 생각만 하니까."

"내 생각?"

"베시 에일이 지금 무엇을 하고 있을지, 베시 에일이 어디에 있을지, 베시 에일이 어떤 것을 보고 어떻게 느끼고 있을지, 늘 생각합니다."

저스틴이 길고 단단한 손가락으로 베시의 눈가를 어루만졌다. 하늘처럼 말간 눈동자가 파르르 떨리는 속눈썹 사이로 잠시 모습을 감추었다. 그것이 사랑스럽다 생각하며 저스틴이 눈꺼풀에 입을 맞추었다.

"내 시간은 눈을 떠서 감는 순간까지, 온통 당신으로 채워져 있습니다. 그러니까 알 수 있습니다. 당신이 무슨 생각으로 이곳에 왔고, 또 무슨 생각을 하며 저 방을 나섰을지를."

"……."

그만큼 당신을 많이 사랑한다는 말을 조금 길게 풀어 말한 저스틴이 베시의 입술에 입을 맞추었다. 그러니 더는 홀로 외로워하지 말라고, 마음속에 있는 것을 전부 나에게 떼어달라고 전하기 위해.

베시는 얕은 숨을 들이마시며 그를 받아들였다. 새가 간질이는 것 같은 짧은 입맞춤을 끝낸 저스틴이 베시의 뺨을 어루만졌다.

"베시."

제 이름을 부르는 목소리가 너무 달콤해서 어쩐지 눈물이 날 것 같았다. 온갖 귀하고 소중한 것으로 이루어진 것을 만지듯, 저스틴은 베시를 만졌다. 자신이 얼마나 이 남자에게 사랑받고 있는지를 매순간, 느낄 수 있었다.

조금 전까지 가슴을 옥죄고 있던 답답함이 어딘가로 사라져 버린 것만 같았다. 베시는 불에 덴 것처럼 화끈거리는 열기를 식히기 위해 눈을 빠르게 깜빡거렸다.

"제이."

"네."

"마녀가 별을 사랑하는 이유가 뭔지 알아요?"

"……글쎄요."

저스틴은 기억을 더듬어보았다. 베시가 빌헬름과 대화를 나눌 때, 뭐라 말을 했더라?

"태양은 눈이 부시고, 달은 차갑기 때문입니까?"

"아니요."

고개를 저은 베시가 저스틴을 올려다보며 웃었다. 행복함에 젖은, 하지만 아직은 조금 그것을 어색해하는 사랑스러운 미소.

"당신이라서."

내가 사랑할 수밖에 없는 나의 기사님. 그래서 마녀는 별을 좋아하는 거예요.

"사랑해요, 제이."

온 힘을 다해 고백하는 목소리가 파르르 떨렸다. 베시의 눈가에 이슬처럼 고인 눈물을 본 저스틴이 입술로 그것을 닦아주며 속삭였다. 나 역시 당신을 사랑합니다.

베시가 눈물이 그렁그렁한 눈으로 활짝 웃었다.

세상에서 가장 사랑스러운 그의 마녀였다.

18.

도서관에는 마녀가 필요하다

고위 관리나 귀족만이 드나드는 내성의 한 복도 앞. 황태자와 즐거운 담소를 나누고 귀가하던 몬터스 후작은 때마침, 저 멀리서 반가운 얼굴을 발견하였다.

“오! 저스틴 경, 아닌가? 경, 축—”

“죄송합니다, 몬터스 공작 각하. 제가 지금 좀 바빠서 다음에 뵙죠.”

숨 쉴 틈도 없이 말을 마친 저스틴은 휑하니 몬터스 후작을 지나쳐버렸다.

“—하하네, 단장으로 임명된 걸…….”

머쓱한 축하 인사가 허공으로 흩어지거나 말거나 저스틴은 걸음을 서둘렀다. 그가 향하는 방향이 도서관 쪽이라는 걸 안 몬터스 후작이 쓴웃음을 지었다. 여전하구먼.

몬터스 후작을 지나친 그가 반쯤 뛰다시피 하며 내성으로 빠져나갔다.

도서관 근처에 접어들자 이제는 익숙해진 풍경이 눈에 들어왔다.

"애, 애들아! 우리 조금만 조용히 하고, 책을 읽어 볼까?"

커다란 야외용 테이블에 옹기종기 모여 앉은 아이들이 깔깔 웃음을 흘리자 애니드는 땀을 삘삘 흘리며 애들을 통제하려고 하였다.

그중에는 의젓한 얼굴로 다른 아이의 공부를 봐주는 소년, 피터도 있었다.

"네가 백날 그런다고 애들이 어디 조용해지는 거 봤어?"

팔짱을 낀 에릭이 애니드에게 잔소리를 했다. 그럼 어쩌느냐고 애니드는 울상이었다. 저 사람이 전직 암살자라고 누가 믿을까.

소리 없이 그들을 지나친 저스틴이 도서관 안으로 발을 들였다.

"약학에 관련된 도서는 2층에 있는 전문 서적 구역에 비치되어 있답니다."

로비에서는 이네딧 부인이 낯선 복장을 한 이방인과 대화를 나누고 있었다.

"그나저나…… 마르샤에서 오셨다고요? 그 먼 데서 어떻게 여기까지 오셨나요? 아! 저희 관장님, 아니, 도서관이 거기까지 소문이 퍼졌다고요?"

얼핏 열린 문틈 너머로는 책을 집어 드는 사람들의 모습이 보였다. 호기심 많아 보이는 소년, 이미 양손에 가득 책을 들고 있으면서도 또 책장을 서성이는 여성, 진지한 얼굴로 꼼꼼히 쪽지를 확인하는 노인. 다양한 사람들이 저마다 도서관에서 은밀한 기쁨을 찾고 있었다.

그 모습에 잠시 시선을 주던 저스틴은 제 손에 들린 편지의 존재를 깨닫고 다시 걸음을 옮겼다. 그는 최대한 소리를 죽여 층계를 단번에 서너 개씩 뛰어올랐다.

2층을 지나칠 때에는 복도에서 열띤 토론을 벌이고 있는 어느 학생 무리가 보였다. 저들 딴에는 최대한 조용히 떠든다고 한 모양이지만, 곧 어느 신입 사서에게 야단을 맞고 말았다.

얼마 전에 왔다는 남자 사서의 얼굴을 유심히 본 저스틴은 3층으로 올라섰다.

관장실이 있는 복도는 유독 조용하였다. 저스틴은 제 편지 봉투에 쓰인 발신인을 한 번 더 확인하였다. 브라이언 하이네— 아버지에게 온 소식은 적잖이 반가운 것이었다.

그를 이렇게 정신없이 베시에게 달려오게 할 만큼.

문을 두 번 노크하자, 언제 들어도 좋은 이의 목소리가 들려왔다.

"들어와요, 제이."

입가에 미소를 머금은 저스틴이 문을 열자 책상 앞에서 책 한 권을 읽고 있던 베시가 고개를 들어 올렸다. 겨울 하늘처럼 맑은 눈동자가 저스틴을 향해 빙그레 웃었다.

저스틴이 입을 열어 기쁜 소식을 전했다.

그때, 창밖 너머에서 또다시 아이들의 웃음소리가 들려왔다.

코끝을 스치는 꽃향기는 달콤하였다. 사람들의 기쁨이, 즐거움이 겹겹이 쌓이는 공간이었다. 아무리 오랜 시간이 지나더라도 이곳은 사람들에게 잊히지 않고 기억되리라.

모든 것이 완벽했다.

그러나 이 완벽함을 위해 꼭 필요한 것이 있다는 걸, 모두가 알고 있었다.

도서관에는 마녀가 필요하다.

낡은 수첩과 펜 한 자루로 다정한 마법을 부리는 붉은 머리의 마녀가.

〈완결〉